MARY SIMSES
O IRRESISTÍVEL
— café de —
CUPCAKES

Tradução
SONIA MANSKI

paralela

Copyright © 2013 by Mary Simses

Edição publicada em acordo com Little, Brown, and Company, New York, New York, USA.

A Editora Paralela é uma divisão da Editora Schwarcz S.A.

Grafia atualizada segundo o Acordo Ortográfico da Língua Portuguesa de 1990, que entrou em vigor no Brasil em 2009.

TÍTULO ORIGINAL The Irresistible Blueberry Bakeshop & Café

CAPA estúdio insólito

FOTO DE CAPA Corbis (RF)/ Latinstock

PREPARAÇÃO Tato Carbonaro

REVISÃO Larissa Lino Barbosa e Renato Potenza Rodrigues

Dados Internacionais de Catalogação na Publicação (CIP)
(Câmara Brasileira do Livro, SP, Brasil)

Simses, Mary
    O irresistível café de cupcakes / Mary Simses ; tradução Sonia Manski. — 1ª ed. — São Paulo : Paralela, 2014.

    Título original: The Irresistible Blueberry Bakeshop & Café.
    ISBN 978-85-65530-61-3

    1. Ficção norte-americana. I. Título.

14-02298   CDD-813

Índice para catálogo sistemático:
1. Ficção : Literatura norte-americana 813

[2014]
Todos os direitos desta edição reservados à
EDITORA SCHWARCZ S.A.
Rua Bandeira Paulista, 702, cj. 32
04532-002 — São Paulo — SP
Telefone (11) 3707-3500
Fax (11) 3707-3501
www.editoraparalela.com.br
atendimentoaoleitor@editoraparalela.com.br

*Para Bob e Morgan,
e em memória de Ann e John*

Uma recepção fria

"Não se mexa, é perigoso!"

Ouvi alguém gritar, mas já era tarde. As tábuas de madeira do píer cederam debaixo dos meus pés e não resistiram. Pranchas trincaram, ripas podres se romperam, e eu afundei três metros nas águas geladas do mar do Maine.

Talvez, por uma fração de segundo, eu tenha visto o homem correndo para o cais, gritando para eu parar. Se eu tivesse me virado vinte graus à direita, teria reparado nele correndo pela praia em direção ao píer, fazendo sinal com os braços. Mas eu estava com os olhos colados no visor da minha câmera Nikon, dando um zoom em um objeto do outro lado da água — a estátua de uma mulher com vestido franzido, carregando o que parecia ser um balde de uvas.

Enquanto eu lutava para chegar à superfície, agitando mãos e pés, com o coração batendo acelerado no peito, os dentes batendo de frio, sabia que estava me movendo, e movendo rápido. Uma corrente forte estava me puxando e me arrastando para longe do cais. Cheguei à superfície tossindo, com o mar ao redor agitado, cheio de espuma e areia. E eu continuava me movendo, me afastando do ancoradouro e da praia, as ondas batendo em mim, a água salgada entrando pela boca e pelo nariz. Meus braços e pernas começaram a ficar adormecidos, e eu não conseguia parar de tremer. Como o mar podia ser tão gelado no final de junho?

Tentei nadar contra a corrente, dando meu melhor no nado crawl australiano, batendo as pernas com toda a força possível e empurrando a água até me doerem os membros. Estava indo para o alto-mar, a correnteza ainda se movendo rapidamente.

Você costumava ser uma boa nadadora quando estudava em Exeter, tentei me lembrar. Você consegue nadar até a costa. Minha voz interior tentava se mostrar confiante, mas não estava dando muito certo. O pânico se alastrou até as extremidades dos meus dedos das mãos e dos pés. Alguma coisa tinha acontecido em todos esses anos. Havia passado tempo demais sentada em uma escrivaninha, lidando com pareceres jurídicos e aquisições, e tempo de menos na prática do nado borboleta.

De repente, a corrente que tinha me levado parou de se mover. Estava no meio de um monte de água negra e espuma branca. À minha frente, o oceano aberto, escuro e infinito. Me virei e por um instante não consegui ver nada além de um monte de água. Me levantei acima da crista de uma onda e enxerguei o cais e a praia, bem longe e minúsculos. Comecei a nadar de novo, em direção à costa — respirando, dando braçadas, respirando, dando braçadas. Estava difícil continuar e minhas pernas pesavam muito. Não queriam mais bater. Estavam cansadas demais.

Parei e tentei manter a cabeça acima do nível da água, os braços tão exaustos a ponto de eu querer chorar. Senti o queixo ardendo e, quando pus a mão no rosto, havia sangue no meu dedo. Alguma coisa me cortou, provavelmente durante a queda.

A queda. Mal sabia como tinha acontecido. Só queria ver a cidade a partir da água, do jeito que minha avó deve ter visto quando morava aqui nos anos 1940. Tinha atravessado a praia, aberto um portão e entrado no píer. Algumas tábuas estavam faltando e alguns corrimões tinham sumido, mas tudo parecia bem até eu pisar em uma tábua macia demais. Quase me senti em queda livre de novo.

Uma onda bateu no meu rosto e engoli um punhado de água. A Nikon se enroscou e se chocou contra mim, e eu me dei conta de que ela ainda estava pendurada no meu pescoço, feito uma pedra me arrastando para baixo. A máquina nunca mais funcionaria. Eu tinha certeza. Com a mão tremendo, tirei a alça da câmera por cima da minha cabeça.

A recordação do meu último aniversário veio como um flash na minha mente — jantar no May Fair em Londres, meu noivo Hayden me entregando uma caixa embrulhada em papel prateado e um cartão que dizia: "Feliz 35º, Ellen — Espero que faça jus ao seu talento extraordinário". Dentro da caixa, estava a Nikon.

Abri a mão e deixei a alça escorregar pelos dedos. Observei a câmera deslizar para dentro da escuridão e imaginá-la no fundo do oceano me partiu o coração.

Foi quando comecei a pensar que não ia conseguir voltar. Que estava com muito frio e muito cansada. Fechei os olhos e deixei a escuridão me envolver. Escutei o sussurro do mar ao meu redor. Pensei na minha mãe e em como seria terrível não a encontrar nunca mais. Como ela iria lidar com duas mortes em menos de uma semana — primeiro minha avó e depois eu?

Pensei em Hayden e em como tinha garantido a ele, antes de sair de manhã, que ficaria em Beacon por apenas uma noite, duas, no máximo. E em como ele tinha me pedido para esperar uma semana para poder vir comigo. Eu tinha dito que não, que ia ser uma viagem curta. Nada de mais. *Hoje é terça*, eu tinha dito. *Estarei de volta a Manhattan amanhã*. E agora, apenas três meses antes do nosso casamento, ele descobriria que eu não voltaria mais.

Me soltei, deixando a água me levar, e experimentei uma sensação de calma, de muita paz. Uma imagem da minha avó em seu jardim de rosas, segurando uma tesoura de poda, passou pela minha mente. Ela estava sorrindo para mim.

Assustada, abri os olhos. Do outro lado do monte de água escura, avistei o píer, e havia alguma coisa — não, alguém — na extremidade. Vi um homem pulando na água. Voltou à tona e começou a nadar rápido na minha direção. Podia ver os braços dele atravessando as ondas.

Está vindo me salvar, pensei. Graças a Deus, está vindo me salvar. Outra pessoa está aqui e está vindo me ajudar. Comecei a sentir um calor dentro do peito. Obriguei minhas pernas a baterem um pouco mais forte e meus músculos voltaram à vida. Pus o braço para fora, tentando fazer um sinal para que ele me visse.

Observei-o se aproximar, mal conseguindo respirar de tão forte que meus dentes batiam. Acho que nunca tinha visto um nadador tão poderoso. Tratava as ondas como se fossem algo sem importância. Finalmente, chegou perto o suficiente para que eu pudesse ouvi-lo. "Aguente firme", ele gritou, respirando com dificuldade, faces coradas, cabelo escuro todo puxado para trás pela água do mar. Quando me alcançou, minhas pernas tinham desistido e eu estava boiando de costas.

"Vou te pegar", ele disse. Tomou fôlego algumas vezes. "Faça como eu digo e não se pendure em mim ou nós dois vamos afundar."

Sabia muito bem que não podia me apoiar nele, embora nunca tivesse percebido como era fácil uma pessoa se afogando cometer esse erro. Fiz um gesto para ele saber que eu tinha entendido, e nós nos encaramos, mantendo a cabeça para fora da água. Olhei para ele e tudo o que eu podia ver eram seus olhos. Tinha olhos superazuis – azul-claro, quase da cor de gelo azul, como águas-marinhas.

E de repente, apesar de toda a exaustão, a vergonha me dominou. Nunca fui boa de aceitar ajuda das pessoas e, por causa de uma regra estranha de proporção inversa, quanto mais extrema a situação, mais constrangida eu me sentia de aceitar ajuda. Minha mãe diria que era por causa da nossa velha linhagem Yankee. Hayden diria que era orgulho bobo.

Tudo o que eu sabia naquele momento era que estava me sentindo uma idiota. Uma donzela em perigo caiu de um píer, foi arrastada pela corrente, incapaz de voltar para a costa, incapaz de tomar conta de si mesma.

"Eu consigo... voltar nadando", murmurei, os lábios tremendo e uma onda batendo no meu rosto. "Nado do seu lado", continuei, as pernas feito blocos de concreto.

O homem negou com a cabeça. "Acho melhor não. Não é uma boa ideia. Por causa das correntes de refluxo."

"Eu era... da equipe de natação", consegui dizer ao mesmo tempo em que uma onda nos levantava. Minha voz estava ficando rouca. "No Ensino Médio." Tossi. "Exeter. Chegamos até... a fase nacional."

Ele estava tão próximo que o braço roçou na parte superior da minha perna. "Eu vou nadar agora." Respirou fundo algumas vezes. "Faça o que eu disser. Meu nome é Roy."

"Meu nome é Ellen", eu falei, ofegante.

"Ellen, ponha as mãos sobre meus ombros."

Ele tinha ombros largos. O tipo de ombros que pareciam vir de trabalho, não de musculação. Ele franziu os olhos, me observando.

Não, não vou fazer isso, eu pensava, enquanto continuava a impelir as mãos dormentes através da água. Eu vou sozinha. Agora, sabendo que há alguém do meu lado, vou conseguir. "Obrigada", eu disse, "mas eu vou dar conta se..."

"Ponha as mãos sobre os meus ombros", ele falou, aumentando o tom da voz. Dessa vez, não era uma opção.

Coloquei as mãos sobre os ombros dele.

"Agora deite. Mantenha os braços retos. Estenda as pernas e fique assim. Eu nado."

Eu conhecia a manobra, o reboque do nadador cansado, mas nunca fui o nadador cansado. Me inclinei para trás, o cabelo todo desgrenhado. Senti um raio de sol morno no rosto. Estávamos acompanhando a oscilação das ondas, corpos boiando, flutuando por cima das cristas.

Roy se posicionou acima de mim, e eu enganchei as pernas ao redor dos seus quadris, como ele mandou. Ele começou a nadar de peito com a cabeça para fora da água, e nós flutuamos. Fui relaxando conforme me deixava levar. Meu rosto estava junto ao seu peito. Fechei os olhos e senti sua musculatura sob a camisa, se contraindo a cada braçada. Suas pernas eram compridas e fortes, batendo como motores de popa entre minhas pernas. Sua pele cheirava a sal e alga do mar.

Eu ouvia cada braçada atravessando a água e sentia o calor do seu corpo. Abri os olhos e vi que estávamos nos deslocando paralelamente à costa. Percebi o que tinha acontecido. Eu tinha sido arrastada por uma corrente de refluxo e, em pânico, não me dei conta. E, por causa disso, desobedeci a regra fundamental das correntes contrárias — não tente nadar contra elas, nade paralelamente à costa até conseguir contorná-las e depois nade de volta.

Logo mudamos de direção e tomamos o rumo da praia. Vislumbrei algumas pessoas de pé na costa. Estamos quase chegando, pensei, aliviada. Mal podia esperar para sentir o chão sob meus pés, saber que não estava mais à deriva na escuridão.

Quando a água ficou rasa o suficiente para Roy ficar em pé, ele me pegou e me segurou, me abraçando. Ele estava ofegante. De onde meu rosto se apoiou no seu peito, dava para dizer que ele media pelo menos um metro e noventa, uns bons vinte centímetros mais alto do que eu.

"Você consegue ficar em pé aqui", ele disse, com o cabelo pingando gotas de água.

Me afastei devagar, segurando suas mãos quando ele ofereceu. Coloquei os pés no chão e fiquei de pé com água até a altura do peito. Pisar na areia, estar ancorada de novo em chão firme era como estar no céu. Atrás de mim, o oceano se revolvia e mergulhava na escuridão, mas, apenas alguns passos à minha frente, a praia brilhava como uma nova promessa sob o sol do entardecer. Senti meus músculos relaxarem e, por um instante, não senti frio. Senti apenas a excitação de me conectar com o mundo ao redor. Ainda estou aqui, pensei. Estou salva. Estou viva.

Um sentimento vertiginoso foi crescendo dentro de mim, e comecei a rir. Largando as mãos de Roy, comecei a rodopiar, uma bailarina alucinada na água. Eu ria, e me virava, e agitava os braços, Roy me olhava com uma cara de espanto. Será que ele pensou que eu tinha perdido o juízo? Pouco me importava o que ele pensasse. Eu tinha voltado do vazio do mar aberto para o chão firme e não havia nada no mundo que me fizesse sentir tão bem como aquele momento único.

Me aproximei de Roy e olhei em seus olhos. Joguei os braços em volta do seu pescoço e dei um beijo nele. Um beijo por salvar minha vida, um beijo vindo de um lugar que eu nem sabia que existia. E ele me beijou de volta. Os lábios quentes tinham gosto de mar, os braços, fortes e firmes, me apertaram como se fôssemos nos afogar. Não queria nada mais do que me entregar a esse abraço. Logo percebi o que tinha feito e rapidamente me afastei.

"Me desculpe", eu disse, ofegante, percebendo, de repente, que havia muita gente observando. "Eu tenho... Tenho que ir." Me virei e fui dando passadas largas na água, o mais rápido possível, em direção à praia. Estava tremendo, roupas ensopadas, olhos ardendo do sal, e a vergonha que eu tinha sentido antes não era nada comparada com a daquele momento. Não sei o que deu em mim, o que se apossou de mim para beijá-lo.

"Ellen, espere um minuto", Roy disse, me alcançando. Ele tentou pegar minha mão, mas me esquivei e continuei andando contra a água. Finja que nada aconteceu, pensei. Nunca aconteceu.

Dois homens de jeans vieram da praia correndo na nossa direção. Um deles estava com uma camiseta amarela. O outro usava um boné de baseball do Red Sox e um cinto de ferramentas, que balançavam para a frente e para trás conforme ele corria para dentro da água.

"Roy, você está bem? Ela está bem?" O homem de camiseta amarela perguntou, me ajudando a chegar na praia.

"Acho que ela está bem", Roy respondeu, se arrastando para fora da água, com o jeans grudado nas pernas.

O homem de boné colocou o braço em volta de mim e me ajudou a chegar na areia. "Você está bem, senhorita?"

Tentei responder que sim com a cabeça, mas estava tremendo tanto que ela nem se mexeu. "Frio", eu grunhi, com os dentes batendo.

Um homem corpulento de barba e careca veio na minha direção. Usava um cinto de ferramentas e carregava uma jaqueta de couro. Colocou a jaqueta sobre meus ombros e fechou o zíper. O forro era grosso e acolhedor, como um cobertor de flanela. Fiquei agradecida pelo calor.

O homem da camiseta amarela disse: "Quer que eu ligue para a emergência? Pedir que te levem para o hospital em Calvert? Não vai demorar para chegarem aqui".

Não tinha ideia de onde ficava Calvert, mas a última coisa que eu queria era dar entrada em um hospital, onde iriam provavelmente querer chamar a minha mãe (nada bom) e Hayden (pior ainda).

"Por favor", eu pedi, tremendo. "Eu só queria sair daqui."

Roy se aproximou e ficou ao meu lado. "Vou levar você para casa."

Ai, não, eu pensei, sentindo o rosto ruborizar de vergonha. Outra pessoa precisa me levar. Não posso ir com ele. Olhei para os outros dois homens, mas nenhum deles abriu a boca.

"Vamos", Roy disse, pegando no meu ombro.

Rapidamente, comecei a andar pela areia. Ele me alcançou e mostrou o caminho em silêncio. Fomos até a extremidade da praia, onde estava o píer e uma casa em construção. Três homens estavam no telhado colocando telhas. Segui Roy até o estacionamento de chão de terra em frente a casa, e ele abriu a porta de uma picape Ford azul.

"Desculpe a bagunça", ele disse, retirando do banco dianteiro uma caixa de ferramentas, uma fita métrica, um nível de pedreiro e alguns lápis. "Ferramentas de carpinteiro." A água que escorria da minha roupa quando eu sentei formou uma poça no tapete de borracha no piso. Olhei para os meus pés, cobertos por uma camada fina de areia.

"Não sei o que aconteceu lá", eu sussurrei baixinho. "Estava em pé no píer e de repente..." Tremi e levantei a gola da jaqueta para cima do pescoço.

Roy virou a chave e o motor tossiu, cuspiu e depois pegou. "Você não é daqui da região, é?", ele perguntou. Os mostradores no painel acenderam, e o rádio brilhou com uma luz quente, amarela.

Abanei a cabeça e murmurei: "Não".

"As correntes de refluxo são bem perigosas por aqui", disse Roy. "E aquele píer não está em boas condições. Sorte que eu vi você."

Fechei os olhos para afastar a lembrança da corrente e do píer, mas mais ainda para afastar a lembrança do beijo. Uma imagem de Hayden passou pela minha mente — o sorriso quente, o cacho de cabelo loiro sempre caindo sobre a testa, a piscadinha que ele dá quando gosta de alguma coisa, seus olhos castanho-claros, confiantes... Nunca poderia contar a ele o que tinha acontecido.

"Sim, sorte", eu respondi.

Roy olhou para mim, e percebi que ele tinha algumas rugas na testa. As sobrancelhas eram escuras, mas com alguns fios grisalhos.

"Obrigada", eu agradeci. "Por me salvar."

Ele deu uma olhada pela janela de trás e deu marcha à ré.

"De nada." Engatou a primeira e andou até o fim do terreno, junto da estrada. Esperamos enquanto alguns carros passavam. Ele tamborilou os dedos no volante.

"Você foi incrível. Onde aprendeu a nadar assim?", eu perguntei, depois de um silêncio incômodo.

Roy ergueu as sobrancelhas. "É um superelogio, vindo de alguém que nadou em... como é mesmo o nome? O campeonato nacional?"

Sabia que ele estava me provocando, mas havia um esboço de sorriso no seu rosto.

"Ah... sim, bem, faz tempo", eu disse, observando as gotículas de água caírem do cabelo dele na camisa.

O cabelo era grosso, escuro e ondulado, com umas mechas grisalhas que só faziam melhorar a aparência geral. Era impossível não ficar curiosa para saber como ele ficaria em um terno.

"Então... você foi salva-vidas?", eu perguntei.

Ele entrou na estrada. "Não."

"Então você aprendeu em..."

"Por aí", ele disse, encolhendo os ombros e se inclinando para ligar o aquecedor. "Onde você está hospedada?"

Por aí? Fiquei imaginando como alguém aprende a nadar daquele jeito *por aí*. Coloquei as mãos na frente da saída de ar do aquecedor. Se tivesse sido treinado, ele poderia ter sido um atleta olímpico.

"Então, você está hospedada onde?", ele perguntou.

"Estou no Victory Inn", respondi, observando uma cicatriz pequena na lateral do nariz, abaixo do olho esquerdo.

"Sei. A pousada da Paula. E você está na cidade por... quanto tempo?"

"Não muito. Não muito mesmo."

"Então é melhor alguém dar uma olhada nesse corte."

"Que corte?" Abaixei o visor, mas não tinha espelho.

Ele apontou para o meu rosto. "Seu queixo."

Passei a mão no queixo. Meu dedo ficou cheio de sangue.

Roy parou e acionou o pisca-alerta. "Deve precisar de um ponto ou dois. Conheço um médico em North Haddam e posso levar você..."

Senti uma onda de calor me invadindo o rosto e sabia que as bochechas deviam estar vermelhas. "Não, não", eu disse. "Não é preciso, de verdade." A ideia de ele me levar a outra cidade para ver um médico era... perturbadora, de alguma maneira. Eu não ia fazer aquilo.

"Não é nenhum problema." Ele sorriu, e vi que tinha covinhas. "Estudei com o cara e tenho certeza de que ele..."

"Olha", eu disse, com as mãos levantadas, o rosto corado. "Eu agradeço muito a ajuda, mas talvez seja melhor eu ir embora agora e voltar andando. Não é longe e eu já tomei demais do seu tempo."

As linhas da testa dele pareciam mais fundas. "Você não vai andando a lugar nenhum", ele falou, enquanto esperava um carro passar. "Não quero parecer insistente", continuou. "Apenas acho que você deveria ver esse corte."

Ele passou os dedos na lateral do meu rosto, inclinando meu queixo para ver melhor o corte, e eu senti um tremor me atravessar.

"Está tudo bem", eu disse, me aprumando. "Eu devo... humm... ir embora amanhã", gaguejei, "e... humm... vou consultar meu médico em Manhattan quando voltar."

Roy sacudiu os ombros de novo. "Você é quem sabe." Ele deu meia-volta e se dirigiu para o Victory Inn.

Olhei pela janela, me perguntando se devia mencionar o beijo, pedir desculpas. Afinal de contas, não queria que ele pensasse que... eu não queria que ele pensasse nada.

"Sinto muito pelo que aconteceu", eu disse.

Ele me olhou, surpreso. "Você não tem nada que se desculpar. As correntes de refluxo são perigosas. É muito fácil se meter em encrenca..."

"Não, não estava me referindo à corrente", eu expliquei enquanto ele parava ao lado da pousada. "Estava me referindo ao..." Não consegui falar.

Ele colocou a marcha no ponto morto, para estacionar, se recostou no assento e passou as mãos na direção. "Não se preocupe", ele disse, encolhendo os ombros. "Foi apenas um beijo."

Se era para me fazer sentir melhor, não funcionou. Fiquei ofendida por ele não ter ficado nem um pouco abalado com o beijo.

"Sabe", falei sem pensar, "as pessoas no Maine deveriam manter os atracadouros em melhores condições." Dava para sentir farpas na minha voz, mas não consegui parar. "Eu podia ter me machucado seriamente na queda."

Roy olhou para mim, espantado. Por fim, ele disse: "Fico feliz que você não tenha se machucado — uma nadadora tão talentosa. E fico feliz de ter estado lá para salvar você". Ele abaixou a viseira do boné; o sol do cair da tarde coloria o banco dianteiro do carro com um reflexo dourado.

Achei que ele devia estar me gozando de novo, mas notei que a sua expressão estava séria.

"Naturalmente", ele disse, agora sorrindo, "uma coisa que as pessoas do Maine sabem fazer é ler. Se *você tivesse* lido a placa..."

O que ele estava dizendo? Que as pessoas no Maine sabiam ler? Que placa?

"Claro que eu sei ler", eu disse, percebendo que me colocava ainda mais na defensiva naquele instante, incapaz de controlar o tom estridente na voz. "Cursei quatro anos de Ensino Superior e depois mais três de especialização na Faculdade de Direito. Li muito."

"Faculdade de Direito", Roy fez um gesto lento com a cabeça, como se acabasse de entender uma coisa.

"Sim, Faculdade de Direito", confirmei, observando a lateral do seu rosto. Estava com a barba por fazer, o que eu poderia achar atraente em outra circunstância, no meu tempo de solteira. Mas, agora, ele estava me dando nos nervos.

Ele se virou para mim de novo. "Então você é uma advogada."

"Sim", afirmei.

"Em que área de direito você... atua?"

"Trabalho com direito imobiliário."

"Ahn." Ele coçou o queixo. "Então você entende bastante de invasão de propriedade?"

Claro que eu sabia *alguma coisa* sobre invasão de propriedade, mas não tinha participado de muitos casos nessa área.

"Sim", eu respondi, me sentando um pouco mais ereta. "Sei tudo sobre invasão de propriedade. Na empresa, eu sou a especialista na legislação sobre invasão de propriedade. Lido com todos os casos de invasão de propriedade."

Um Toyota parou na transversal e Roy fez sinal para o motorista continuar. "Uma *especialista* em invasão de propriedade", ele disse, levantando as sobrancelhas. "Precisa de uma especialização para trabalhar nessa área?"

Uma especialização? Que pergunta idiota. "Não, claro que não precisa..." Eu interrompi a fala porque o brilho no seu olho denunciava que dessa vez ele estava definitivamente me provocando.

"O.k.", ele disse. "Com todo esse background, toda essa leitura e sendo uma expert em invasão de propriedade, por que você não leu a placa de ENTRADA PROIBIDA no cais? Ou se leu, por que entrou do mesmo jeito?"

De que placa de ENTRADA PROIBIDA ele estava falando e por que estava me fazendo um interrogatório? Senti um fio de água escorrendo pelas costas e me lembrei vagamente de ter visto uma placa na praia, perto do píer. Será que dizia ENTRADA PROIBIDA? Estava escrito mesmo? Não, não é possível, eu pensei. Caso contrário, eu estaria em apuros. Ele teria todo o direito de pensar que eu era uma completa imbecil.

"Não vi nenhum aviso de ENTRADA PROIBIDA", eu falei. "Não havia nenhum aviso. Eu teria percebido."

Roy retirou uma alga da perna do jeans e jogou pela janela. "Pode ser que você não tenha visto", ele disse, "mas havia um aviso lá, sim. Há uma casa nova sendo construída. Na verdade, eu estou trabalhando nela. E o cais e a casa estão na mesma propriedade. O aviso foi colocado para ninguém entrar no imóvel." Ele olhou de soslaio para mim. "Sobretudo no cais."

Olhei de novo para os meus pés cheios de areia e a poça d'água em volta e tentei encaixar as peças. Procurei visualizar de novo o píer e a praia. Sim, conseguia ver a placa. Branca com letras pretas. O que dizia? Ai, caramba, acho que estava escrito ENTRADA PROIBIDA. Comecei a sentir enjoo. Não tinha prestado a mínima atenção. Como pude passar reto pelo aviso e entrar no píer? Fiquei mortificada. Como nadadora, não devia ter me deixado ser pega por uma corrente contrária e, como advogada, não devia ter invadido uma propriedade. Desafivelei o cinto de segurança com um estalo. Não iria contar para ele. Nunca iria admitir o que havia feito.

"Sabe o quê?", eu disse, consciente de que minha voz estava hesitante e nessa altura tinha pulado uma oitava acima. "Você precisa falar para o proprietário manter o imóvel em melhores condições." Senti um nó na garganta ao pensar no píer se afundando. "Foi muita sorte eu não ter me machucado." Fiz uma pausa. "Ou morrido." Apontei o dedo para Roy. "Alguém poderia ser processado por causa daquele píer. Precisa ser demolido."

Pronto, agora dei o troco, eu pensei, justo quando um bocado de areia se desprendeu do meu cabelo e se estatelou no meu colo.

A expressão de Roy permaneceu inalterada, mas de novo algo nos olhos dele e no canto da boca me dizia que ele estava achando tudo muito engraçado. Recolhi a areia do meu short e atirei no chão.

Ele olhou para o chão e depois para mim. "O cais vai ser demolido. É por isso que tem um portão."

"Mas o portão não está *trancado*", eu disse, o queixo começando a arder por causa do corte.

"Deveria estar."

"Mas não estava. Caso contrário, como eu teria entrado?"

Parecia que ele ia dizer algo, mas eu interrompi. "E tem mais uma coisa. Talvez você deva falar para o proprietário colocar o aviso ENTRADA PROIBIDA no píer e não no meio da areia." Belo argumento, eu pensei. Precisam colocar onde realmente faz sentido.

Ele se virou para mim e dessa vez não havia erro. Ele estava rindo — um sorriso de esguelha que me fez sentir como o rato na armadilha do gato. "Ahn", ele falou, "então você viu a placa, *sim*."

Ai, meu Deus. Me deixei capturar na minha própria armadilha. O cara era desagradável, detestável, insuportável. Senti uma ardência nos olhos e percebi que estava prestes a chorar. Não ia deixar que ele visse. Abri a porta do carro e pulei para fora, deixando o assento escorrendo água.

"Obrigada pela carona", eu disse, tentando parecer forte para não chorar. Bati a porta do carro e me dirigi para o caminho da entrada. Então ouvi o Roy me chamar.

"Ellen. Ei, Ellen." Ele estava debruçado para fora da janela do passageiro. O tom da voz era sério e o olhar, circunspecto. Não havia traço daquele brilho que vi quando estava me provocando. Está bem, pensei. Deixe ele falar o que quiser. Comecei a andar em direção ao carro.

"Talvez você esteja interessada", ele disse. "Está tendo uma liquidação na Loja de Acessórios Náuticos Bennett." Agora o sorriso apareceu e vi os olhos se acenderem. "Os coletes salva-vidas estão com 30% de desconto."

A carta

Molhada, exausta e humilhada, subi os degraus para o Victory Inn. Abri a porta e dei uma espiada na recepção. Paula Victory, a dona, estava sentada na escrivaninha atrás do balcão alto de madeira, de costas para mim. Estava cantarolando. Tudo o que eu queria era correr para o meu quarto, entrar em um chuveiro quente fumegante e esquecer o píer, o oceano e Roy. O que eu não queria era que Paula me visse.

A mulher era bastante intrometida, nos limites da inconveniência. Mais cedo, durante o check-in, tinha visto ela observando meu anel de noivado. E ainda teve a ousadia de me perguntar se era de verdade. Agora, ela provavelmente iria querer saber por que eu não estava usando o anel. *Porque, uma hora depois de chegar na sua cidade, meus dedos incharam como cachorros-quentes*, eu iria responder para ela. Podia imaginar a cara dela. Graças a Deus, havia cofre no quarto, pensei ao esfregar o vazio no meu dedo e visualizar o valiosíssimo anel Van Cleef & Arpels são e salvo.

Respirei fundo e me agachei. Então rastejei ao longo do balcão, com as roupas escorrendo água, e consegui chegar até o outro lado da recepção. Graças a Deus, pensei, tirando um resto de alga da perna. Era capaz de imaginar Paula querendo saber por que eu estava ensopada, de quem era o carro cuja porta ela tinha ouvido bater lá fora e o que essa visitante de Nova York estava fazendo ali em Beacon.

Ao pisar no hall, saindo da recepção, ouvi a voz dela atrás de mim. "Esqueceu o maiô, srta. Branford?"

Não parei e não disse uma palavra. Apenas subi os degraus de dois em dois até o terceiro andar, com vontade de ir para casa. Queria voltar para Nova York e estar com Hayden, me aconchegar ao lado dele no sofá e assistir *Sintonia de amor*. Queria passar a mão pelas mechas grossas de seu cabelo e os dedos pelo rosto recém-barbeado. Poderíamos estar bebendo uma garrafa de Pétrus e comendo um delivery do San Tropez, o pequeno bistrô que a gente adora, na rua East 60th. Em vez disso, estava molhada e com frio e *ali*.

Hayden estava certo. Nunca deveria ter ido. Devia ter colocado a carta da Vovó no correio em vez de ter ido até lá entregar. Ou devia ter esperado a cabeça esfriar um pouco mais, antes de embarcar na viagem. Fazia apenas uma semana que minha avó tinha morrido. Éramos muito próximas e eu ainda estava em estado de choque. Talvez por isso não tenha prestado atenção ao aviso de ENTRADA PROIBIDA.

Do bolso do short, tirei uma fita trançada ensopada, de onde pendia a chave do quarto. Destranquei a porta e coloquei a jaqueta de couro sobre a cadeira, no canto. Depois, tirei as roupas molhadas e me embrulhei em uma toalha. Olhei para o relógio — seis e quinze. Peguei o celular do criado-mudo e, sentada na beirada da banheira, telefonei para Hayden. O telefone tocou duas vezes, e eu escutei um clique.

"Ellen?"

Dei um suspiro de alívio. "Hayden."

"Estava tentando falar com você", ele disse. "Tudo bem?"

Apertei os olhos o mais forte que eu pude, para não chorar. Queria que ele me abraçasse. Queria sentir seus braços em volta de mim.

"Tudo bem", eu falei, mas dava para ouvir minha voz trêmula.

"Onde você esteve a tarde toda? Telefonei para você algumas vezes."

Pensei no píer despedaçado, na Nikon no fundo do oceano, na correnteza arrastando a câmera pela areia. Pensei em Roy e no reboque do nadador cansado. Não dava para não pensar no beijo. "Fui dar um passeio", eu disse, com o coração apertado.

"Ah, que bom. Provavelmente você precisava disso depois de dirigir tanto. E que tal sua primeira vez no Maine? Como é Beacon?"

Como é Beacon? Duvido que você realmente queira saber, pensei. Você e a Mamãe tinham razão. Foi uma péssima ideia eu vir. Olhe só o que já aconteceu. Talvez seja apenas um lugar azarado. Talvez por isso a Vovó tenha ido embora assim que teve idade suficiente.

"Beacon?", eu disse. "Acho que é igual às outras cidades pequenas." Respirei fundo. "Hayden, estive pensando... provavelmente você estava certo sobre tudo isso. Falando sério, não tinha nada de errado em colocar a carta no correio. Assim eu poderia voltar para Nova York hoje à noite. Se eu sair lá pelas..."

"O quê?" Pela voz, ele parecia chocado. "Ellen, você acaba de chegar. Por que faria isso?"

"Mas, quando eu saí hoje de manhã, você disse..."

"Eu lembro o que eu disse, querida, mas estava apenas sendo... sabe, *prático*. E estava preocupado porque você ia dirigindo, sozinha. Achei que você se sentiria sozinha. Agora é muito tarde para ir embora."

Muito tarde. Eu queria chorar. Olhei para o tapete artesanal no chão do banheiro — fios azuis, vermelhos e amarelos formando uma bússola. "Como eu gostaria que você estivesse aqui."

"Você sabe que eu teria ido", ele disse, "se não tivesse aquela reunião com o Peterson amanhã."

Eu sabia tudo sobre a reunião com o Peterson. Não só Hayden e eu estávamos noivos como também éramos sócios na mesma empresa, apesar de ele trabalhar na área de casos contenciosos. "Escute", ele continuou. "Você mesma disse que sua avó não teria pedido para você fazer isso se não fosse realmente importante."

Dei uma olhada no quadro pendurado acima do porta-toalhas — um veleiro se aproximando de um ancoradouro ao entardecer. "Eu sei, mas talvez minha mãe tivesse razão quando disse que a Vovó provavelmente não sabia o que estava falando no final. Talvez estivesse delirando. Talvez pensasse que Chet Cummings morasse no final da rua. Quem sabe?"

"A sua mãe estava apenas fazendo papel de mãe, Ellen. Sei o quanto você amava sua avó e sei que entregar essa carta é importante para você. E estou orgulhoso por você estar fazendo isso."

Sentada na beirada da banheira, de toalha, pensei na Vovó no seu último dia de vida. Havia apenas uma semana, estávamos juntas na sala de estar em Pine Point, a cidade de Connecticut onde ela tinha vivido durante anos e onde minha mãe ainda vivia. Me lembrava da Vovó, tão elegante, sentada no sofá azul-claro, cabelo prateado sempre puxado para trás e preso em um coque. Ela estava fazendo as palavras cruzadas do *Wall Street Journal* com caneta-tinteiro.

"Ellen, qual palavra de cinco letras é sinônimo de 'suficiente'?", ela me perguntou.

Pensei um pouco, deslizando suavemente para trás na cadeira, mordendo uma maçã Macintosh. Pela janela eu via o pátio de ardósia atrás da casa, cercado pelo jardim de rosas e o gramado que se estendia colina abaixo até os portões de ferro da entrada, ao longe. Cortadores de grama zumbiam à distância, como abelhas preguiçosas.

"Inteiro?", eu sugeri, calculando mentalmente o número de letras. "Não, tem sete."

Uma brisa entrou pela janela, trazendo o cheiro fresco de grama cortada e pétalas de rosa.

Minha avó murmurou alguma coisa e depois virou o jornal para eu ver. Na página oposta à das palavras cruzadas, um anúncio mostrava uma modelo anoréxica com um vestido quadrado, de tecido brilhante e enrugado.

"Parece um saco de lixo", Vovó disse. "O que aconteceu com o estilo de roupas que a Jackie Kennedy costumava usar? Ela, sim, era um exemplo."

"Jackie *Onassis*", eu corrigi.

Ela rejeitou minha intromissão. "Ela vai sempre ser Jackie Kennedy. Ninguém aceitou aquele homem como marido dela."

"Acho que *ela* aceitou, Vó."

"Bobagem", ela disse. "O que será que ela viu nele? Claro, ele era rico, mas não era nem um pouco atraente. Não como *ela*."

Levantei da cadeira e sentei no sofá ao lado da Vovó. "Talvez ele fosse atraente de um jeito próprio. Talvez ela se sentisse segura com ele. Como uma figura paterna. Afinal de contas, ela passou por uma experiência terrível com o assassinato."

"Isso não é razão para se casar", ela afirmou, fazendo pressão psicológica com seus olhos verdes.

Vovó voltou para as palavras cruzadas e começou a escrever. "Ahá", ela disse. "A palavra é *justo*", e foi soletrando, mas, quando chegou na letra S, ela parou. O corpo ficou tenso e a cabeça caiu para trás, no sofá. Os olhos estavam fechados, mas havia rugas profundas nas laterais, como se ela estivesse apertando os olhos, e a boca estava rígida. Dava para ver que estava com dor.

"Vó?" Peguei a mão dela. "Você está bem? O que aconteceu?" Meu coração bateu acelerado.

Ela se contraiu novamente e parecia que todo o corpo tinha ficado paralisado. Em seguida, a cabeça caiu no peito.

"Vó!" gritei, aterrorizada. Apertei a mão dela com mais força. Parecia que a sala estava girando, tudo se afastando.

"Vó, por favor, me diga que você está bem." Me deu um nó no estômago.

Ela sussurrou meu nome, a voz fraca se esvaindo.

"Estou aqui, Vó. Estou aqui, Vó." A pele estava fria. Senti os ossos frágeis sob a pele. "Vou chamar uma ambulância."

"Ellen", ela murmurou de novo. O rosto estava sem cor, os olhos ainda estavam fechados.

"Não fale", eu disse. "Você vai ficar bem." Não sei quem eu estava tentando convencer mais — a Vovó ou eu.

Peguei o telefone e liguei pra ambulância. Precisei pressionar forte porque meus dedos pareciam gelatina. Me fizeram soletrar o nome da rua duas vezes, apesar de ser simples. Hill Pond Lane. Devo ter falado muito depressa. Depois disso, corri para a cozinha e berrei para Lucy, a empregada da Vovó, chamar minha mãe no Yacht Club Doverside e, em seguida, ir até a entrada da garagem e fazer sinal para a ambulância quando a visse chegar.

Voltei para a Vovó. Seus olhos estavam meio abertos naquele instante, mas não estavam se mexendo. Ela olhou fixamente para mim. Em seguida, agarrando meu pulso com uma força surpreendente, me puxou para perto. Meu ouvido estava próximo do rosto dela e eu senti seu perfume de lavanda. "Por favor", ela disse, as palavras eram pouco mais que um sopro de ar. "Tem uma carta... que eu escrevi. No quarto." Ela me apertou mais forte de novo. "Leve a carta para ele... Ellen."

"Vó, eu..."

"Leve a carta para ele. Me... prometa."

"Claro", eu respondi. "Eu prometo. Faço qualquer coisa que você..."

Os dedos se desprenderam do meu braço e uma golfada de ar saiu da sua boca. Então ela ficou imóvel.

Naquela noite, eu procurei a carta, começando pelo criado-mudo ao lado da cama da Vovó. Na gaveta, encontrei três canetas e um bloco de papel com folhas brancas, dois pares de óculos, um pacote de drops Life Saver e um exemplar de *Cem anos de solidão*, de Gabriel García Márquez.

Fiz uma busca na escrivaninha — uma mesa de trabalho antiga de cerejeira, vinda de Paris. O jornal de quarta-feira, do semanal da região, o *Pine Point Review*, estava por cima. Abrindo a gaveta do meio, encontrei uma caderneta de endereços. Folheei as páginas, me sentindo ora confortada, ora entristecida, ao ver os traços de caneta para cima e para baixo tão familiares da letra cursiva da Vovó. Não havia nenhuma carta.

Seu closet me deu as boas-vindas com um cheiro de lavanda. Nos cabideiros, conjuntos Chanel estavam pendurados lado a lado com vestidos de bancas de liquidação de lojas de departamento. Nas prateleiras, malhas de todas as cores, de pêssego a *cranberry*. Passei a mão sobre um suéter rosa. O *cashmere* era macio como uma nuvem.

Em cima de um gaveteiro, dentro do closet, havia uma coleção de fotos em molduras prateadas. Uma era dos meus avós no dia da formatura do Vovô na Faculdade de Medicina da Universidade de Chicago. Ele estava abraçando a Vovó. Estavam em pé na frente de uma construção de pedra com um arco gótico maciço. O queixo dela estava ligeiramente levantado ao olhar para a câmera e, no seu pescoço de cisne, tinha um fio de pérolas. Meu avô a contemplava, com um sorriso espalhado por todo o rosto.

Em uma moldura oval, uma foto da minha avó e de mim na Alamo Square, um parque do outro lado da rua da casa dos meus avós em San Francisco. Eu tinha dez anos, acho que a Vovó devia ter cinquenta e dois. Vendo a foto, fiquei chocada com a nossa semelhança. Tínhamos os mesmos olhos verdes, cabelos castanho-avermelhados compridos, se bem que a Vovó sempre usava eles presos. Lembrei o dia em que a foto foi tirada. Estava com a máquina a tiracolo e uns turistas, pensando que éramos turistas também, se ofereceram para tirar a foto. Ficamos em pé na frente de um canteiro de flores vermelhas, as duas sorrindo, com a casa amarela da minha avó aparecendo ao fundo.

Coloquei a foto de volta e abri com cuidado as gavetas da cômoda, dizendo para mim mesma que estava fazendo o que ela tinha me pedido. Vasculhei uma gaveta, onde estavam amontoados recibos de roupas, manuais de aparelhos já descartados, um monte de dinheiro estrangeiro guardado de viagens ao exterior, preso com clipes, cartões de aniversário e de Natal recebidos durante anos e uma cópia do comunicado da Winston Reid quando me tornei sócia. Não havia nenhuma carta.

Voltei para o quarto e me sentei na beirada da cama. O que quer que ela tivesse escrito não estava lá. Talvez nem tivesse escrito nada, pensei. Quem sabe ela *estava* delirante no final.

As estantes da Vovó estavam carregadas de romances, biografias e fotografias de família e eu dei uma passada de olhos por todas elas, me perguntando o que fazer em seguida. Contemplei as pinturas nas paredes — paisagens marítimas e do campo. Ela tinha até emoldurado umas fotos que eu tirei quando menina — troncos na praia e um par de tênis velho.

Abri a gaveta do criado-mudo de novo e vi o livro — *Cem anos de solidão*. Ao pegá-lo, uma folha de papel azul-claro voou de dentro das páginas. As iniciais da Vovó estavam gravadas em relevo na margem superior do papel — RGR. Ruth Goddard Ray. Reconheci as letras esbeltas e verticais de sua escrita à mão ao mesmo tempo que vi o nome da pessoa a quem a carta era endereçada: Chet Cummings. Abaixo do nome, estava o endereço, Dorset Lane, 55, Beacon, Maine. Parecia um rascunho; a página estava cheia de palavras apagadas e substituídas, mas, com certeza, eu tinha encontrado a carta.

Respirei fundo e comecei a ler.

Caro Chet,
Pensei em escrever para você muitíssimas vezes, mas sempre fiquei com medo. Suponho que eu imaginava que você enviaria a carta de volta, fechada, e eu iria encontrá-la na pilha de cartas, com o carimbo de cancelamento me encarando e, ao lado, escrito com sua letra ilegível — "devolver ao remetente". Ou, então, você simplesmente ignoraria a carta, jogando ela no lixo com as cascas de laranja, o pó de café e o jornal do dia anterior, e eu nunca saberia o que aconteceu. Justiça poética dos dois jeitos. Ainda assim, eu não queria encarar a frustração.

Talvez, ao completar oitenta anos, tenha acontecido alguma coisa que criou essa urgência de finalmente escrever para você depois de sessenta e dois anos e que me deu forças para enfrentar o resultado, seja ele qual for. Tendo sobrevivido oito décadas, acredito que tenha chegado a hora de resolver assuntos que eu negligenciei e, mais importante, fazer uma reparação.

Na verdade, eu não escrevi antes porque só muito recentemente soube do seu paradeiro. A última notícia que ouvi era que você estava na Carolina do Sul. Isso foi há quinze anos. Daí, um dia, em março passado, descobri que você tinha voltado para Beacon. Estava no computador procurando um criador de rosas em New Hampshire. Sem pensar em nada especial, digitei seu nome na caixa de busca e acrescentei Beacon, Maine. E de repente, lá estava você! Em Dorset Lane. Você não imagina a minha surpresa. Com um clique de nada em uma tecla, encontrei você. Devo ter ficado sentada diante do computador, com a respiração suspensa, por trinta segundos completos depois de ter visto seu nome.

Levei mais três meses depois disso para decidir efetivamente escrever para você. Mas aqui estou, finalmente colocando as ideias no papel, e o que eu quero dizer é que sinto muito pelo que aconteceu entre nós e estou escrevendo para pedir que você me perdoe. Eu te amei, Chet. Eu te amei muito e amei o que vivenciamos juntos — nossos sonhos para o futuro, nossos sonhos de uma vida juntos em Beacon. Quando você veio a Chicago, e eu disse que não te amava mais, eu estava mentindo. Acho que estava tentando me convencer porque era mais fácil assim — mais fácil romper radicalmente. Pelo menos é o que eu acreditava na época. E tudo o que eu fiz dali em diante foi com isso em mente — uma ruptura definitiva.

Sei o quanto minha partida acabou custando para você e nunca pude me perdoar por isso. Se eu não tivesse abandonado você daquele jeito, você não teria saí-

do de Beacon e não teria perdido aquilo que significava tanto para você. Sempre me senti responsável por essa perda e peço desculpas. Espero que você possa me perdoar.

Tenho muitas recordações maravilhosas daqueles dias que passamos juntos. Me faria muito feliz saber que ao menos algumas das recordações que você tem de mim são boas. Me pergunto se alguma vez passou pela sua cabeça sentar embaixo daquele carvalho, com as cigarras cantando e, de noite, os grilos. Ou se alguma vez pensou em como o gelo costumava cobrir os arbustos de blueberry no inverno, dando a eles aquela aparência de sonho. Ou como costumávamos vender tortas para sua mãe na banca na beira da estrada.

Ainda penso em você toda vez que vejo blueberries.

Carinhosamente,
Ruth

Fiquei em pé, no quarto da minha avó, segurando a carta, imaginando ela escrevendo para um homem com quem não falava havia sessenta anos. Como era o caso de amor que eles tiveram? Ela devia ter dezoito anos, apenas uma menina. Depois de todos esses anos, ela estava escrevendo para pedir desculpas por tê-lo abandonado. Sentei na cama da minha avó, segurando a folha azul na mão, imaginando Chet Cummings e o que ele pensaria quando eu entregasse o pedaço de papel para ele. Ele era de fato o amor da vida dela? O romance deles era um segredo que ela jamais ousou mencionar?

Coberta com a toalha molhada do Victory Inn, ainda com o celular no ouvido, eu me perguntava como a vida da minha avó teria sido se ela tivesse se casado com Chet Cummings. Ela não teria tido a casa estilo English Tudor com seis quartos, ou o jardim de rosas, ou as fontes, ou os hectares de grama tão verde no verão e que cheiravam tão bem quando cortados. Teria vivido em Beacon. Teria dado à luz a minha mãe em Beacon. Minha mãe teria ficado, se casado, e me trazido ao mundo em Beacon. E eu teria crescido como uma garota do interior, morando em uma cidade pequena, isolada e longe de tudo o que eu gosto. Não posso nem imaginar a vida sem meus museus favoritos, os lugares para ouvir jazz, as cafeterias em cada esquina, a Broadway, a Brooklin Bridge. A vida sem tudo isso ficaria muito sem graça.

"Você ainda está aí?", Hayden perguntou.

Coloquei o celular no outro ouvido. "Sim, desculpe. Estava pensando na Vovó. Estava imaginando como seria se ela tivesse ficado em Beacon."

"Ainda bem que ela não ficou", disse Hayden. "Ou eu nunca teria te conhecido."

Uma gota de água caiu do meu cabelo e aterrissou no meu lábio. Senti o sabor do sal. "Sim", respondi. "Ainda bem."

Olhei para o tapete de bússola. Talvez eu devesse descobrir essa parte da vida da minha avó por ela. Seria como ajudá-la a colocar as letras que faltavam no jogo de palavras cruzadas.

"Acho que você está certo, Hayden", eu disse. "Devo ficar e entregar a carta. Ela me pediu para fazer isso, e eu prometi a ela que faria." Puxei os joelhos para o peito e coloquei os braços ao redor, segurando o celular com o ombro. "Mas estou com saudades de você."

"Eu também."

"Estarei de volta amanhã à noite", garanti. "Na quinta, no máximo."

"Ótimo, porque o jantar é na sexta à noite e só tem uma pessoa que eu quero ao meu lado."

Não poderia perder o jantar. Hayden seria homenageado por uma organização chamada New York Men of Note, por todos os projetos beneficentes com que ele tinha se envolvido durante anos, desde presidir a Aliança pela Alfabetização até encabeçar a campanha de captação de fundos para o Guggenheim.

"Não se preocupe", eu disse. "Estarei de volta muito antes. Não perderia esse jantar por nada desse mundo." Fechei os olhos e imaginei Hayden recebendo o prêmio das mãos do prefeito. Estava muito contente por ele receber esse reconhecimento. E isso só ajudaria na sua candidatura para a câmara municipal no próximo ano. Não que ele precisasse de ajuda, claro.

Seu pai, H. C. Croft, era senador pela Pennsylvania e chefe do Comitê de Finanças do Senado. Seu tio, Ron Croft, tinha sido governador de Maryland por dois mandatos, e seu primo, Cheryl Higgins, era representante do Congresso no Legislativo de Rhode Island. Ainda por cima, sua falecida tia-avó Celia tinha sido ativista pelo voto feminino. Além do aço, com o qual eles tinham feito fortuna, a política era o negócio da família Croft e, para eles, isso era natural. Eu conhecia o pai e o tio de Hayden relativamente bem, e ambos eram homens charmosos, carismáticos, que conseguiriam atrair uma multidão fosse participando de um baile de caridade ou entrando em uma loja de ferragens. Já corria um zum-zum-zum na mídia sobre a decisão de Hayden de se candidatar.

"Estou tão orgulhosa de você", eu disse, e mandei um beijo para ele pelo telefone.

Quando desliguei, vi que tinha perdido uma ligação da minha mãe. Meu coração começou a se debater como um peixe fora da água. Não dava para falar com ela. Não ainda. Ela tinha um sexto sentido para adivinhar quando alguma coisa estava errada comigo, e eu não estava a fim de preocupá-la contando que tinha caído no mar e quase me afogado. E certamente não iria contar para ela que tinha beijado um completo estranho. Ela ficaria tão preocupada que provavelmente pegaria o carro e viria direto para Beacon. Então decidi mandar uma mensagem de texto. *Td bem, ótima pousada, falo com vc dps. Bj.* Tudo bem, eu me senti culpada por fazer isso. Era uma pouco de exagero. Um grande exagero, já que nada era verdade. Mas no dia seguinte eu resolveria o que contar para ela.

Liguei o chuveiro para deixar a água esquentar. O dia seguinte todo seria muito melhor. Teria uma audioconferência às dez horas, com mais ou menos uma hora de duração, e, logo em seguida, daria uma passada na casa do Sr. Cummings, bateria um papo com ele, entregaria a carta e depois voltaria para Manhattan. Ainda chegaria em casa a tempo de tomar uma vodka com tônica e de jantar na varanda se lá fora não estivesse muito calor. Ótimo.

Testei o chuveiro com a mão e a água estava morna. Paula tinha avisado quando me mostrou o quarto. "A água quente demora um pouco para chegar do aquecedor no porão até aqui em cima", ela disse, estendendo os braços, tentando me mostrar a distância.

Esperei mais um minuto e finalmente o banheiro se encheu de um agradável vapor. De pé no tapete de bússola, observei as letras N, S, L, O desaparecerem ao mesmo tempo que a névoa quente me envolvia.

Entrei do chuveiro e deixei a água quente escorrer pela cabeça e descer pelas costas. Passando as mãos no cabelo, deixei a água levar embora o sal que tinha ficado grudado. Me senti no paraíso. Em seguida, esvaziei uma garrafinha de xampu sobre a cabeça e fiz bastante espuma, inalando o cheiro puro de flores. Justo quando eu estava para enxaguar o xampu, a temperatura da água caiu. A água saiu em um jato gelado e fiquei debaixo dos filetes, tremendo, amaldiçoando o Victory Inn, amaldiçoando Beacon, amaldiçoando todo o estado do Maine. E então eu comecei a chorar.

Furor da mídia

Assim que acordei, na semiescuridão do quarto, pensei que estivesse de volta ao nosso apartamento em Nova York e, por uma fração de segundo, fiquei contente. Mas logo os olhos começaram a discernir formas estranhas, e lembrei, sentindo no peito uma dor solitária, que estava em Beacon. Relembrei o píer, o mar, a água gélida, o homem pulando nela e...

Ai, meu Deus, o beijo. O que tinha passado pela minha cabeça? Revivi mentalmente a cena. Eu não estava pensando, esse tinha sido o problema. Em um segundo, eu estava lá de pé, olhando para ele, e, no seguinte, eu tinha simplesmente perdido a cabeça. Estaria tentando estragar meu próprio casamento? Será que eu não queria me casar? Nada disso fazia sentido. Claro que eu queria me casar. Amava Hayden e queria ser sua esposa. Disso eu tinha certeza.

Rolei na cama e esfreguei os olhos. Não ia mais pensar nisso. Aquele era um novo dia, um recomeço, e ia ser um bom dia porque eu ia entregar a carta da Vovó. Tentei imaginar Chet Cummings. Será que ele usaria bengala? Será que ele vivia sozinho ou tinha um cuidador? Será que ele era doce ou um velho rabugento? Será que ele se lembraria da Vovó?

Eram apenas sete e quinze, de acordo com o relógio no criado-mudo — muito cedo para ir visitar um homem de oitenta anos. Meu plano era ir até a casa de Chet Cummings depois da minha audioconferência das dez horas.

Dei uma olhada no quarto e não acreditei que eu tinha ido parar aqui. Minha secretária, Brandy, disse que tinha reservado a suíte com vista para o mar, mas quem quer que tenha dado esse nome para a suíte deveria voltar para a escola de hotelaria. Era um quarto pequeno, com chão de madeira, um tapete trançado e uma cômoda de mogno, sobre a qual ficava um jarro (uma antiguidade, Paula mostrou orgulhosa). Uma colcha branca cobria a cama também de mogno. Não havia escrivaninha ou mesa, só uma cadeira com um encosto de ripas de madeira nada confortável, no canto. E não tinha frigobar. (Frigo *o quê?* Paula falou quando eu perguntei.)

Pior de tudo, não tinha vista para o mar. As duas janelas davam para o pátio frontal, a rua e as outras casas. Saí da cama e vasculhei a mala até encontrar a confirmação que Brandy tinha me dado.

Victory Inn
Prescott Lane, 37, Beacon, Maine
Suíte de luxo, com vista para o mar
Duas noites.

Suíte de luxo, com vista para o mar. Ali estava.

Lavei o rosto para me refrescar, vesti uma calça e um suéter. Aí fui atrás da Paula para comunicar o engano e pedir para ela me mudar para o quarto certo. Procurei na recepção, na sala de estar e no restaurante e acabei a encontrando no segundo andar, conversando com a camareira. Não dava para desgrudar os olhos da calça dela — amarela, toda estampada com cachorros salsicha.

"Paula", eu comecei. "Acho que deve estar havendo algum engano. Minha secretária reservou uma suíte de luxo com vista para o mar." Entreguei o papel para ela. "Mas o quarto onde estou é... bem, não tem vista para o mar."

O lábio inferior de Paula avançou um pouco para a frente ao examinar o papel. "Em que quarto você está?"

"Quarto 10."

"Está escrito 10 na porta?", ela perguntou, tirando um lápis de trás da orelha e coçando a cabeça com a ponta com borracha.

"Sim."

"Então é o quarto 8."

Como poderia ser o quarto 8? Será que a hotelaria do Maine tinha um sistema diferente de numeração que eu não conhecia? "Mas na porta está escrito 10."

Paula colocou o lápis de volta na orelha e me devolveu a confirmação de reserva. "É o quarto 8", ela disse, satisfeita. "É a nossa suíte de luxo, o melhor quarto da casa, e *tem* vista para o mar."

"Mas eu olhei e não dá para enxergar o mar em nenhum lugar", respondi, me perguntando se tinha entrado em um *reality show* em que, de repente, a produção e a equipe apareceriam rindo do absurdo que era tudo aquilo.

"Ah, a vista não é do *quarto*", Paula explicou. "Você precisa subir até a cobertura."

"Não estou entendendo."

"O telhado", ela repetiu, dando a entender pelo tom de voz que a resposta era óbvia. "Há um porta ao lado do *closet*. Suba as escadas e chegará à cobertura. Pusemos umas espreguiçadeiras confortáveis lá em cima."

Espreguiçadeiras. Na cobertura.

"Tudo bem, vamos deixar de lado a vista para o mar por enquanto", eu disse, imaginando que conseguiria melhores acomodações talvez na própria cidade. "Tenho uma outra questão. Preciso usar o *business center* para imprimir um trabalho para uma audioconferência às dez horas."

Paula franziu os lábios e ela e a camareira se entreolharam. Nenhuma delas disse uma palavra.

"Uma impressora?", eu perguntei. "Tenho um documento que gostaria de imprimir para..."

Paula me dirigiu um olhar vago.

"A impressora está *meio quebrada*", ela admitiu. "Às vezes, o papel entala." Ela girou a mão de um lado para o outro. "Provavelmente por causa da maresia", ela disse, com uma pronúncia característica do local. "Mas você pode tentar."

Meio quebrada. Dei as costas para ela e olhei através da janela redonda para o patamar da escada de entrada. Um homem e uma mulher estavam puxando as malas até o estacionamento de trás. Gente de sorte, eu pensei. Estão voltando para casa.

"Mas vocês dispõem de um *business center*", eu insisti, virando o rosto para Paula. "Minha secretária fez precisamente essa pergunta. Você tem certeza de que não tem uma impressora funcionando?" Não podia acreditar que estava tendo aquela conversa. Poderia ter me hospedado no Ritz-Carlton, em uma cidade próxima, com água quente de verdade e conexão de internet sem fio nos quartos, mas Brandy insistiu que essa pousada seria mais conveniente.

A camareira levantou as sobrancelhas e mudou de lugar a pilha de toalhas que ela estava segurando. Deu para ver a ponta de uma tatuagem na lateral do pescoço. Parecia um papagaio.

Paula fez sinal para ela continuar o trabalho. "Bem, nós temos... deixe-me ver, uma impressora, um fax e um computador. Vou mostrar para você", ela disse, me levando para o primeiro andar e entrando no lobby.

Talvez não chamassem de *business center*, mas pelo menos tinham o equipamento.

"Aqui está." Ela abriu uma porta atrás da sua mesa de trabalho. Dentro de um minúsculo armário, um computador antigo, em cima de um aparelho de fax todo empoeirado. Atrás deles, um monitor dos anos 1980 e uma impressora com fios pendurados sem vida e cabos gastos brotando das pontas como capim.

"Esse é o *business center*?" Ela tinha que estar brincando. Estava ficando frustrada. Primeiro, o quarto e, agora, isso. Teria que escrever uma carta de reclamação ao Bureau para Melhoria das Empresas. Aquele lugar era simplesmente ridículo.

"Essa impressora nem sequer funciona", eu disse, apontando.

Paula se debruçou sobre a impressora e ficou olhando para ela, como se pudesse fazê-la funcionar. "Acho que consigo consertá-la."

Fiquei sem palavras. Olhei para Paula, que coçava a cabeça com o lápis, atravessei o lobby e saí do hotel. Não sabia para onde ir. Só sabia que tinha que sair dali.

O ar matinal cheirava a sal e mudança de maré, e eu respirei fundo algumas vezes, tentando me acalmar. Parei na calçada e me virei para olhar a pousada, tentando entender por que razão Brandy me colocou ali. Tinha três andares, telhas brancas, persianas azuis, duas chaminés e uma varanda que contornava todo o edifício, e ficava mais ou menos a quinze metros da rodovia, ao lado de uma casa cinza, sede da Sociedade Histórica de Beacon. O lugar poderia ser quase simpático, eu pensei, caso fosse modernizado.

Depois de caminhar algumas quadras, virei na Paget Street, a via principal que atravessava todo o pequeno centro da cidade de Beacon. À direita, o quebra-mar, atrás dele, o oceano, com a espuma das ondas brilhando ao sol. Uma jovem mãe com dois meninos estava sentada na beira do muro, olhando para dentro de um balde — conchas, talvez, ou caranguejos. Ou quem sabe fosse apenas um balde de areia. Quem me dera estar com a máquina fotográfica. Daria uma bela foto.

Continuei andando, passei por Tindall & Griffin Advogados, pela Imobiliária Harborside e pelo salão de beleza Shear Magic, todos eles casas antigas bem conservadas, adaptadas para uso comercial. Fiquei atenta procurando um hotel ou algum outro lugar onde pudesse me hospedar, mas não vi nada. Mais adiante, passei pelo Banco Comunitário, com a fachada de tijolinho desbotada para um rosa claro, e por uma construção feita com ripas de madeira com uma placa onde se lia Alfaiataria do Frank.

Quais dessas construções já existiam na época da minha avó? Gostaria de saber. Com certeza, algumas sim. Fiquei contente ao imaginá-la nessa rua, olhando para essa vista, andando por essa mesma praia. Era a cidade dela, sem dúvida, o lugar onde ela cresceu. Era como se eu estivesse seguindo seus rastros.

Passei por um lugar chamado Antler, que parecia um pub, a julgar pelo luminoso de neon da marca de cerveja Michelob na janela. Um pouco mais adiante, vi o Three Penny Diner, uma fachada de tijolos com floreiras penduradas nas janelas, com gerânios vermelhos espichando os caules para alcançar o sol frio do Maine. De repente, percebi que estava com fome e me vi entrando no lugar.

A lanchonete cheirava a rosquinhas de canela. Uma garçonete jovem me indicou um lugar e eu pedi café.

"E para comer?", ela disse.

"Vocês têm fruta fresca?"

"Temos, sim. Blueberries, melões, bananas, blueberries, blueberries." Ela sorriu.

"Acho que vou querer blueberries."

"São a especialidade da casa", ela cochichou. "Mas, se eu fosse você, pediria uma *doughnut* de cidra."

"Como assim?"

"Uma *doughnut* de cidra. São muuuito boas." Ela pronunciou a palavra como se estivesse esticando um pedaço de bala puxa-puxa. "São feitas aqui."

Recusei. "Acho que vou querer só a fruta", eu disse. "Não como *doughnuts*, mas obrigada de qualquer forma."

Em cima da mesa, havia uma pequena jukebox e eu dei uma olhada na lista de músicas. Encontrei "The Way You Look Tonight", uma antiga música de Jerome Kern que eu amava. Pus moedas na máquina e a voz de Rod Stewart saiu pelo minialto-falante.

A garçonete voltou com uma xícara de café, uma tigela de blueberries e um prato com uma *doughnut* de cidra. "Este é por conta da casa", ela disse, pondo na minha frente. "Tenho certeza de que você vai adorar."

O café estava forte e quente e as blueberries eram as maiores e mais doces que eu já tinha provado. Observei a *doughnut* coberta com açúcar cristal. Como uma sirene, ela me chamava. Que seja, eu pensei, um pedaço pequeno não vai me matar. Derreteu na minha boca, quente, doce e cremosa. Peguei mais um pedaço e quando me dei conta o prato já estava vazio. Quem sabe, afinal de contas, Beacon tivesse algum lado positivo.

Às 9h57, sentei na cama, o único lugar confortável do quarto, e disquei o número da audioconferência. Não havia nada além de barulho de interferência no meu celular. Olhei para as barras de sinal, vi que só restava um pauzinho. Não é para menos, eu pensei. Estava sem sinal. Peguei o telefone do quarto e descobri que estava mudo. Silêncio completo. Nem um clique.

Apanhei o celular de novo, fui mudando de lugar, tentando encontrar sinal. Eu preciso de sinal, barras de sinal, apareçam! Era uma chamada importante e eu tinha que conseguir conexão. Como era possível que tudo estivesse dando tão errado?

Foi quando me lembrei do banheiro e da conversa com Hayden na noite anterior. A conexão tinha sido perfeita. Corri para lá, abaixei a tampa do vaso, abri o laptop, e me sentei. Pelos próximos noventa minutos, forneci orientação jurídica para uma transação imobiliária de duzentos milhões de dólares sentada no vaso sanitário.

Assim que a chamada terminou, retoquei o batom e a sombra dos olhos na frente do espelho. Peguei o envelope pardo timbrado — Winston Reid Jennings Advogados — e coloquei a carta da minha avó dentro, para ficar protegida. Do lado de fora, escrevi Sr. Cummings.

Ao caminhar até a porta para sair, reparei que a jaqueta de couro do operário da obra estava pendurada na cadeira, onde eu tinha deixado para secar. Peguei o casaco pensando: É melhor devolver isso.

A jaqueta ainda estava úmida, mas o couro era maleável. O forro era macio e a costura, muito bem-feita. Olhei a etiqueta. Orvis. Imaginei que era uma loja que só vendia camas de cachorro e acessórios para camping, mas ali estava uma bela peça de couro. Peguei uma sacola de plástico e coloquei a jaqueta dentro.

Paula estava sentada na sua escrivaninha, comendo uma cenoura e alisando as dobras do jornal quando entrei no lobby.

"Srta. Branford", ela disse. "Acho que a impressora vai ser consertada esta tarde."

"Obrigada", eu respondi, imaginando quem seria capaz de consertar aquela coisa velha. "Mas não vou mais precisar. Consegui fazer uma ligação e acabei resolvendo sem ela." Comecei a andar, mas logo me detive. "Por falar nisso, tenho quase certeza de que vou embora hoje." Levantei as sobrancelhas. "Para o caso de alguém querer a suíte."

Paula me olhou e logo voltou para o jornal. "Mas a sua reserva é para duas noites." Ela deu uma mordida na cenoura.

A sacola com a jaqueta estava começando a pesar. "É, eu sei, mas é provável que eu consiga terminar o que tenho que fazer ainda hoje. Naturalmente, você pode ficar com a diária da..."

"Nossa!" Paula ficou boquiaberta, a cenoura suspensa no ar. "Alguém caiu do píer em Marlin Beach. Está aqui no *Bugle*." Ela aproximou o jornal do rosto. "Ontem à tarde, junto da casa nova em construção. E estavam *invadindo* propriedade alheia."

Meu estômago começou a ficar embrulhado. "Verdade?", eu disse, a segunda sílaba mal conseguindo sair da garganta.

Será que meu nome estava lá? Será possível que eles tenham colocado meu nome no jornal? Não queria que Paula soubesse que tinha sido eu. Não queria que ninguém soubesse que tinha sido eu. Sempre tive muito orgulho de mim mesma por manter tudo sob controle, por ser capaz de driblar qualquer situação. Queria que aquele episódio no píer desaparecesse.

Dei um passo na direção de Paula, pedindo a mim mesma muita calma. Ninguém naquela praia sabia o meu nome. Seria impossível estar no jornal.

"Espero que eles estejam bem", eu disse, fazendo cara de preocupada. "O que diz o artigo?"

"Não diz muito. Algum turista." Paula fez uma pausa. "Se afogando."

Se afogando? Tinham que publicar isso? Eu não estava propriamente me afogando. Eu estava apenas... um pouco cansada, só isso.

Paula olhou para mim, a cabeça erguida, lábios franzidos. "Um cara saiu nadando... fez o resgate. Nenhum dos dois foi identificado."

Alguma coisa se retorceu dentro de mim. "Um cara saiu nadando." Tentei parecer blasé. "Que sorte", eu disse.

"Humm?" Paula perguntou, ainda olhando para o jornal.

"Que sorte a dela, que ele estava lá." Fui me aproximando da mesa, tentando dar uma espiada, mas Paula dobrou o jornal no meio e virou de cabeça para baixo.

"Acertou em cima", ela disse, dando mais uma mordida na cenoura.

"O quê?"

Ela olhou para mim. "Você sabia que era uma mulher."

Eu sabia?

Ai, meu Deus, eu sabia. Pense, pense. Diga alguma coisa, pensei e fui tomando a direção da porta. "Bem, estatisticamente, eu tinha cinquenta por cento de chance de acertar. Foi só... um bom chute." Senti o olhar de Paula me seguindo, como se eu tivesse um alvo pintado nas costas. Saí e desci as escadas da frente, dizendo a mim mesma, não se preocupe. Meu nome não estava no jornal, caso contrário Paula com certeza teria feito algum comentário.

Contornei o edifício por trás para ir até o estacionamento, onde o sol brilhava sobre a tinta preta da minha BMW, refletindo o telhado da pousada. Programei o GPS para Dorset Lane, 55, onde Chet Cummings morava e liguei a música. A voz de Diana Krall preencheu o carro com uma versão mais rápida de "Let's Face the Music and Dance", de Irvin Berlin. Era capaz de ouvir a Vovó dizendo, *Ellen, musicalmente falando, você nasceu na década errada*. A lembrança me fez rir.

A voz feminina do computador me guiou até Dorset Lane e durante o caminho fui criando uma imagem mental de Chet. Tufos de cabelo branco parecendo neve, rugas no rosto e olhos bondosos. Ele me convidaria para tomar chá e me contaria tudo sobre o romance com a Vovó e como tudo terminou. Ainda teria saudades. Mas não estaria mais bravo.

Ele me ofereceria biscoitos — provavelmente da marca Pepperidge Farm. Talvez aqueles com recheio de geleia de damasco. A Vovó sempre gostou desses. Me levaria para conhecer a sua casa e me mostraria um álbum de retratos antigo com fotos da Vovó.

Cheguei à Dorset Lane, uma rua residencial com casas antigas bem cuidadas, e parei na frente do número 55. A casa de Chet Cummings era um sobrado colonial americano branco, com persianas verdes e chaminé de pedra. Um caminho de tijolos conduzia até a varanda, que ocupava toda a frente da casa. O quintal era delimitado por uma cerca viva de arbustos de um metro e vinte de altura.

Parecia que a casa tinha sido pintada recentemente. O homem deve ter ajuda de gente competente, eu pensei, para conseguir manter a casa com aparência tão boa. Quando peguei o envelope com a carta da minha avó e saí do carro, reparei que tinha um Audi verde estacionado na garagem.

Aqui estou, Vovó. Espero que você esteja vendo, eu pensei ao subir os degraus da varanda. Estava nervosa e empolgada de encontrar o homem que um dia tinha sido tão importante na vida da minha avó. Respirei fundo e bati na porta de tela, fazendo a moldura vibrar. Fiquei olhando a porta de madeira por trás da tela, esperando que Chet Cummings viesse abrir.

Fiquei atenta para ver se escutava passos, escadas rangendo, pisadas nas tábuas de madeira, mas não ouvi nada. Só um cachorro latindo em algum lugar, mais para o fim da rua. Talvez Chet morasse sozinho e não ouvisse bem. Quem sabe ele usasse um aparelho para surdez. Vovó usava. Costumava zumbir quando a bateria estava fraca.

Abri a porta de tela e bati na de madeira. Uma perua Volvo branca veio descendo a rua e estacionou na frente da garagem do vizinho e uma mulher desceu do carro. Parecia ter uns quarenta anos. Ela me encarou e, conforme caminhava levando duas sacolas de mantimentos para dentro da casa, o cabelo loiro balançava.

Bati de novo, dessa vez mais alto. Ele tem que estar em casa, pensei. O carro dele estava ali. Me perguntei se ele tinha desligado o aparelho de surdez. Andei na lateral da casa e espiei pela janela. Vi uma sala de jantar com mesa e cadeiras de pinho. Havia pilhas altas de papéis sobre duas cadeiras, como se alguém estivesse separando a correspondência de meses. No meio da mesa, deitado de lado, todo esticado, tinha um gato marrom. Significa que ele gosta de gatos, eu pensei. Sempre gostei mais de cachorros.

Percorri todo o perímetro da casa, espiando pelas janelas, batendo no vidro. Quando cheguei na da cozinha, chamei bem alto. "Sr. Cummings, Sr. Cummings. O senhor está em casa?" Dei uma pancada na janela. "Preciso falar com o senhor. Por favor. Vim especialmente de Nova York." O único som que ouvia era a conversa dos passarinhos.

Decepcionada, caminhei pelo quintal até o carro. Estava tão ansiosa para encontrá-lo, falar com ele, descobrir o que aconteceu, e, naquele momento, a sensação era de frustração e vazio. Volte depois, eu disse para mim mesma. Ele tem oitenta anos, ele estará aqui. Não pode ficar fora para sempre.

Voltei para a cidade, seguindo a Paget Street pela praia até o terreno da casa em construção. Aliviada pelo fato de a caminhonete de Roy não estar lá, estacionei perto de um jipe empoeirado, em uma área livre. Dois homens estavam colocando manta asfáltica no telhado e batendo pregos.

A porta da frente estava aberta, e eu entrei com a jaqueta na mão. O lugar parecia um labirinto, com vigas onde estariam as paredes, e cabos, fios e canos correndo por todo canto. Serras circulares gemiam e os operários andavam de lá para cá com pistolas de prego e furadeiras elétricas. Fios elétricos cor de laranja serpenteavam pelo chão em meio à serragem, lascas de madeira e bitucas de cigarro.

Andei até os fundos da casa e parei na entrada de uma sala grande. Pelas janelas, dava para ver a praia atrás da casa e rochas cobertas de líquen negro se projetando para dentro do mar. À direita, o píer de onde eu tinha caído. Reparei que tinham colocado uma corrente preta grossa com cadeado no portão. Tapumes de madeira bloqueavam as laterais do píer, impedindo o acesso pela praia.

"Precisa de ajuda?"

Surpresa, me virei e vi um homem na escada, com o barrigão saltando para fora do cinto da calça jeans. Ele lançou um olhar para minha calça de linho e o suéter de seda e prendeu um cabo em uma viga com uma pistola de grampo.

"Sim", eu respondi. "Estou procurando alguém que estava trabalhando aqui ontem. Cabelo curto, barba."

O homem pegou um lápis e fez uma marcação em uma das vigas. "Ah", ele disse. "É o Walter." Ele desceu da escada e caminhou até a estrutura de madeira de uma escadaria. Fui atrás dele.

"Walter? Onde você está?", ele gritou, escalando os degraus enquanto eu esperava embaixo.

"O que aconteceu, Hap?" Veio uma voz de lá de cima.

"Uma moça aqui quer falar com você."

Dali a pouco, Walter desceu, segurando uma furadeira elétrica. "Você disse que..." Ele interrompeu a fala, e um sorriso largo se espalhou em seu rosto. "Ei, como vai? Você está bem?" Ele cutucou Hap. "Essa é a moça que caiu ontem."

"Ah, sim, fiquei sabendo. Roy saiu nadando e foi buscar você, hein?" Ele deu um sorriso irônico e me olhou de alto a baixo. Gostaria de saber o que todos eles disseram uns aos outros sobre o incidente. Será que algum deles viu o beijo? Pelo amor de Deus, espero que não. Senti meu pescoço e rosto arderem de vergonha.

"Sim", eu disse. "Ele, hã, me ajudou..."

"Você está bem hoje?" Walter perguntou, passando a mão pela penugem de seu couro cabeludo. "Você deve ter ficado bem abalada depois de tudo."

"Estou bem, obrigada", eu disse, saindo do caminho para dois homens passarem, carregando uma pilha de tábuas de madeira. "Eu só passei aqui para..."

"Roy nada muito bem", Hap interrompeu, dando uma piscada. "Você teve sorte de não se afogar." Ele levantou o jeans e colocou para dentro a parte de trás da camisa que tinha saído.

"Eu não estava propriamente me afogando", eu disse, colocando os ombros para trás. "Na verdade, eu nado muito bem. Estive na equipe de natação no ensino médio e nós... "

"Ei, Walter", uma voz grave veio do andar de cima. "Preciso de ajuda aqui."

Walter fez um gesto na direção da escada. "Me desculpe. Amanhã vai ter uma vistoria. Está uma loucura aqui hoje."

"Ah, claro", eu disse. "Não quero atrapalhar. Só queria devolver a jaqueta." Entreguei a sacola para ele. "Obrigada por me emprestar."

Ele olhou para a sacola. "Minha o quê?"

"Eu teria mandado lavar a seco, mas estou indo embora amanhã e queria ter certeza de que você ia receber."

Ele pegou a sacola e olhou dentro. "Ah, sei", ele disse. "Mas a jaqueta não é minha — é do Roy. Pode deixar que eu entrego para ele. Agora ele está em outro trabalho."

Do Roy? A jaqueta era do Roy? A jaqueta com o forro macio? Aquela tão quentinha?

"Tudo bem", eu disse. "Eu só queria que o dono recebesse de volta, então, se você puder entregar para, ahn, o Roy..." Virei as costas e fui embora antes de terminar o pensamento, de repente sentindo uma sensação estranha.

No carro, programei o GPS para o Victory Inn. Depois de algumas voltas, vi uma casa de ripas de madeira com uma placa na frente, onde se lia MERCEARIA DO GROVER. Deve ser o ar marítimo, eu pensei, percebendo que estava com fome de novo e parando o carro no estacionamento.

Um aglomerado de pessoas estava em pé nos fundos da loja, no balcão de delicatéssen, esperando para fazer o pedido do almoço. Peguei um cardápio e olhei as opções. Havia muitas saladas tentadoras, inclusive uma com folhas verdes, queijo de cabra, nozes pecan, uva-passa e fatias de maçã. A salada de atum também parecia apetitosa — atum, aipo cortado em cubos, cebola, alcaparras e maionese, servidos sobre um mix de folhas. Alcaparras? Nunca soube que se põem alcaparras em salada de atum. Parecia interessante.

Mais para baixo no cardápio, vi os sanduíches. Rosbife malpassado e queijo brie com tomates fatiados sobre torrada de baguete. Essa pedida parecia ótima, mas eu teria que renunciar ao brie — colesterol demais. Mas, sem o brie, o que restaria senão mais um sanduíche normal de rosbife? O sanduíche de salada de frango também tinha cara boa, com minivegetais, tomate, brotos, uvas e pedaços de gorgonzola, mas, de novo, havia a questão do queijo. Então eu vi uma opção que me atraiu. O especial de Ação de Graças. Peito de peru recheado e assado no forno, com molho de *cranberry* sobre pão de trigo integral. Perfeito.

Atrás do balcão, um adolescente e uma moça grávida estavam ocupados preparando as saladas e os sanduíches, despejando sopa, embrulhando biscoitos e colocando os pedidos em caixas brancas. Enquanto esperava a minha vez, examinei as prateleiras de sobremesa. Bolo de limão, bolo de cenoura, porções de brownie, barrinhas de figo e nozes, pudim de croissant de chocolate, torta de blueberry e torta de morango e ruibarbo.

Morango e ruibarbo. Era a torta predileta da minha avó e ela fazia melhor do que ninguém. Na hora, como um tapinha no ombro, me bateu a lembrança de uma cena na cozinha dela, em San Francisco. Tinha nove anos quando ela me ensinou como preparar essa torta. Me lembro dela pondo a música de Rosemary Clooney e mostrando cada passo da receita, eu, acompanhando tudo ao seu lado, com os ingredientes na bancada à nossa frente.

Misturávamos a farinha, a manteiga, uma pitada de sal e ovos para preparar a massa e, em seguida, dividíamos em bolas e púnhamos na geladeira para esfriar. Quando ficava pronta, abríamos em discos para fazer a base. A massa que eu abria ficava sempre muito fina e a Vovó me ajudava a preencher os buracos. Você precisa ser rápida, ela dizia, me mostrando como colar pedacinhos de massa nas falhas, mexendo os dedos como um mágico. *Se não, o calor dos dedos derrete a manteiga e a massa gruda na mão.*

Juntávamos o ruibarbo e a manteiga com açúcar e limão, um pouco de canela, uma pitada de baunilha, maisena, farinha e outros ingredientes que eu não lembro e depois despejávamos o recheio sobre a base. Cobríamos as tortas com a massa, apertando as beiradas com os dedos e fazendo furos com um garfo, para que o vapor tivesse por onde sair.

Enquanto as tortas assavam, Vovó e eu dançávamos pela cozinha ao som de Sinatra e Shirley Horn, e eu espiava o forno um milhão de vezes. E, depois do jantar, quando finalmente provávamos a torta, era o paraíso. Meio ácida, meio doce, a base leve e amanteigada. Ainda tenho guardada a ficha velha e amarelada, onde a Vovó escreveu em azul a receita para mim com caneta-tinteiro.

"Em que posso servi-la, senhorita?"

Olhei para cima e vi um homem de avental com bloco e caneta na mão, pronto para anotar meu pedido.

"Vou querer o especial de Ação de Graças, por favor", eu pedi. Em seguida, fui até a geladeira, para procurar uma água Perrier, mas me contentei com uma club soda. Quando meu pedido ficou pronto, o homem de avental estendeu a mão para me entregar a caixa. Então ele sorriu, formando pequenas rugas ao redor dos olhos, como um leito de riacho seco.

Ele estalou os dedos. "Sabia que eu tinha visto você em algum lugar. Você é a garota que caiu no mar, não é? A Nadadora!"

O garoto atrás do balcão fez um comentário para a mulher grávida, e ela disse: "É mesmo, na Marlin Beach".

Ouvi cochichos atrás de mim, "Um cara veio salvá-la, ela estava se afogando", e logo um zum-zum-zum se espalhou entre as pessoas na fila.

Ai, meu Deus, eu pensei, é um pesadelo. Eu só queria pegar meu almoço e sair dali. Ao pegar a caixa, percebi que todo mundo estava olhando para mim.

O homem de avental se debruçou no balcão. "Não precisa pagar", ele disse, fazendo um gesto de recusa com a mão. "Você merece. É por conta da casa."

Não aceitei. "Não, não", eu disse. "É muito gentil da sua parte, mas eu insisto em pagar. Faço questão de pagar. Estou bem."

Antes de eu chegar na caixa registradora na frente da loja, a voz do homem de avental ecoou por toda a loja. "Phil, não cobre o especial de Ação de Graças. É *a Nadadora*."

Instruído para não cobrar de mim, Phil, que estava no caixa, fez sinal para eu passar adiante na fila e se recusou a aceitar meu dinheiro. "Estamos contentes que você esteja viva, senhorita", ele disse, com o rosto redondo bem sério, a boca fechada firme. "Experiência de quase morte não é pouca coisa."

Estava tão constrangida que não sabia o que fazer. Peguei uma nota de dez dólares e joguei no balcão. Ele encolheu os ombros, colocou o dinheiro na caixa registradora e gesticulou para o próximo cliente passar. Em seguida, piscou para mim. "A foto não lhe faz justiça."

Foto?

Mal tinha formulado a pergunta quando vi a resposta. No final da fila, empilhadas em caixotes, estavam duas pilhas altas do *Bugle*. Na primeira página, ocupando o quarto lateral superior direito do jornal, havia uma foto, colorida, de um homem e uma mulher em pé, com água até o peito. Não dava para ver o rosto do homem, mas o da mulher estava perfeitamente nítido. As roupas dos dois estavam coladas na pele, os cabelos desgrenhados e cheios de areia. Os corpos estavam grudados, e eles estavam no meio de um beijo apaixonado.

Vale mais do que mil palavras

Fiquei em pé ao lado da caixa registradora, perplexa, observando a foto, com a esperança de que, se a olhasse durante tempo suficiente, a mulher se transformaria em uma pessoa diferente de mim. Voltei meus olhos para as letras pretas enormes sobre a foto: MULHER RESGATADA DE AFOGAMENTO EM MARLIN BEACH AGRADECE AO HOMEM QUE A SALVOU. Meus joelhos começaram a tremer ao ler a manchete: "Vítima é trazida para a praia pelo homem que a salvou depois de ser levada pela corrente de refluxo".

Uma multidão se formou ao meu redor. "A moça que quase se afogou", um homem disse. Em seguida, uma criança perguntou: "Por que ela não sabe nadar, mamãe?".

Eu me virei para a criança. "Eu *sei* nadar", afirmei, cruzando os braços, desafiadora.

Chega, pensei. Tenho que dar um basta nisso. E se o Hayden vir essa foto? Como eu seria capaz de explicar para ele o que não tinha condições de explicar nem para mim? E se a mídia tivesse acesso a essa foto? Quer dizer, a mídia de verdade, lá em Nova York, onde me reconheceriam. Talvez a chance fosse mínima, mas meu coração começou a palpitar no peito quando pensei no que poderia acontecer comigo, com o Hayden. Não podia correr esse risco.

A primeira coisa que eu precisava fazer era me livrar de todos os jornais dessa banca. Me debrucei no balcão, para chegar perto do Phil.

"Por favor", sussurrei. "Quanto sairia se eu levasse todos esses?" Apontei os jornais, com as mãos tremendo.

Phil franziu os olhos para mim. "Você quer *todos*?"

"Sim", respondi. "Todos."

Ele contraiu os lábios por um segundo e logo sorriu: "Ah, entendi. *Souvenirs*".

Alguém atrás de mim cochichou: "Ela vai autografar e depois revender".

"Por favor", eu falei, tentando inspirar e expirar devagar, da maneira como Hayden me falou para fazer quando eu ficasse nervosa ou aborrecida. "Eu não vou assinar e revender." *Respire... Respire...*

"Só quero *comprar* todos. Por favor, quanto é?" Estava com a carteira na mão.

Phil coçou o queixo. "Vou ter que contar. Nós recebemos quinhentos todo dia e eles custam cinquenta centavos cada..."

"Tudo bem", eu completei. "Quinhentos vezes cinquenta é..."

"Sim, mas já vendemos um bocado", disse Phil. "Deixa eu ver..." Ele apertou os olhos e olhou para o teto.

Tirei quatro notas novinhas de cinquenta dólares, duas de vinte e uma de dez. "Tome", eu disse, dando o dinheiro para ele. "Pago por todos os quinhentos."

Phil olhou para o dinheiro como se fosse moeda estrangeira. "Caramba..." Depois ele coçou a cabeça. "Mas é muito."

"Não, por favor", eu disse, empurrando as notas para ele. "Eu insisto." Tive que fazer três viagens para carregar todos os jornais para o carro, andando rápido para fora e para dentro da mercearia, tentando evitar os olhares curiosos dos clientes.

Joguei um exemplar no banco do passageiro e o resto no porta-malas. Entrei no carro, engatei a marcha à ré e segui pela rua. Dirigi durante dez minutos, sem ideia de aonde estava indo, até chegar a um campo cercado por um gradil de madeira preto, onde cavalos pastavam. Saí da estrada e parei no acostamento.

Apanhei o jornal e dei uma boa e demorada olhada na foto. Por um segundo, senti os braços dele me envolvendo de novo, os lábios dele nos meus, o sabor da água salgada. E tudo foi...

Nada. Não foi nada. Eu era uma mulher feliz de estar noiva, ia me casar em três meses e não via a hora de chegar o grande dia. Fiquei imaginando a minha entrada na igreja, tio Whit ao meu lado, de braço dado comigo, no lugar do meu falecido pai. E Hayden estaria assistindo a minha entrada, me esperando, alto e bonito, rosto bronzeado do tênis, do golfe ou do iate da família, cabelo clareado pelo sol. Me faria uma pequena reverência e daria aquela piscada que eu amo.

Abri o jornal e li o artigo.

Uma mulher caiu do píer da Paget Street, 201, em Marlin Beach ontem à tarde e foi aparentemente arrastada por uma corrente de refluxo. Em um resgate ousado, um homem se atirou na água e a trouxe de volta para a praia. A vítima agradecida deu um beijo no herói. Nem a vítima, nem o herói foram identificados. O acidente aconteceu por volta das quatro horas da tarde, de acordo com Dan Snuggler, proprietário da Suprimentos para Animais de Estimação Snuggler, na Cottage Street. Snuggler estava levando seu poodle Milarky para passear na hora do acidente e tirou a foto. "Foi um resgate muito corajoso", declarou Snuggler. "Parecia que ela não sabia nadar." Snuggler também comentou que o píer está localizado em propriedade particular e complementou: "Talvez ela não devesse ter invadido propriedade particular".

Mais fotos na página 7.

Mais fotos? Minha mão tremeu, fazendo as páginas farfalharem conforme eu folheava o jornal — quatro, cinco, seis. Graças a Deus, pensei ao encontrar a página sete. Não havia outras fotos de mim ou de Roy. Só fotos do poodle do Sr. Snuggler brincando na praia, o que me fez questionar que tipo de jornalismo se praticava naquela cidade. E o que era aquele trecho sobre *resgate ousado*? E o *herói*? E a *invasão de propriedade particular*!

Joguei o jornal no banco de trás e na hora me dei conta de que teria que administrar o prejuízo. Apanhei a sacola do mercado e peguei o sanduíche. Sim, sabia perfeitamente controlar os danos, pensei enquanto dava uma mordida. O peru e o recheio ainda estavam mornos. Dei outra mordida. As *cranberries* estavam frescas e revigorantes e o pão parecia ser caseiro. Abri a garrafa de club soda e tomei um gole.

Observei os cavalos pastarem e abanarem seus rabos para espantar as moscas que passavam. De jeito algum aquela foto poderia circular, mesmo que meu nome não estivesse mencionado e mesmo que fosse apenas no *The Beacon Bugle*. Só havia uma coisa a fazer. Eu iria a todas as lojas da cidade que vendessem o jornal e compraria todos os exemplares. Retiraria todos de circulação. Depois, à noite, encontraria uma enorme lata de lixo e jogaria tudo fora.

Rodei pela cidade e fiz seis paradas, acabando no Three Penny Diner, onde o aroma de *doughnut*s de cidra recém-saídas do forno estava arrasador. Coloquei duas notas de vinte no balcão, recolhi os exemplares restantes e joguei no porta-malas. Senti uma onda de alívio quando bati a tampa. O incidente envolvendo a Nadadora estava oficialmente encerrado.

Naquela altura, já eram quase duas horas. Coloquei novamente o endereço da casa de Chet Cummings no GPS e saí. Quando cheguei na rua Dorset Lane, o Audi verde estava no mesmo lugar. Bati na porta diversas vezes e olhei pela janela da cozinha de novo, mas a casa continuava vazia.

Sentei no carro e me perguntei o que fazer. Podia voltar para o Victory Inn, abrir a pasta e trabalhar. Essa era uma opção. Mas o dia estava tão claro e o céu tão azul...

Me reclinei no banco e deixei a brisa entrar pelas janelas enquanto pesquisava a vizinhança. A maioria das casas era antiga — início dos 1900, supus. Cada uma tinha um gramado verde-escuro e jardins repletos de flor-de-cone, lupino, margarida-amarela, margarida gigante, urze e sálvia russa. Conseguia visualizar a Vovó menina cuidando de um desses jardins, do mesmo jeito que a tinha visto tantas vezes adulta — espátula na mão, de chapéu amarelo. Ela cantarolava para si mesma, arrancando ervas daninhas ou retirando flores secas, talvez colocando mais adubo aqui e ali.

Fiquei muito triste de pensar que jamais a veria de novo no jardim. Apertei os olhos para evitar as lágrimas. Queria apenas me sentir próxima dela. Quem sabe eu tenha depositado muita esperança de encontrar essa conexão em Beacon, com Chet Cummings. E então era possível que isso não fosse acontecer. Talvez eu tivesse ido até lá para nada.

Contemplei as residências na rua e tive curiosidade de saber como era a casa onde minha avó passou a infância. E se ela tivesse morado exatamente naquela rua? E se eu estivesse olhando para a casa dela naquele minuto? Foi quando eu percebi que talvez ainda houvesse alguma coisa a fazer. Podia encontrar a casa da Vovó. Isso era algo facilmente realizável. Imóveis eram minha especialidade. Me imaginei dirigindo por uma rua de residências tipo New England, procurando a casa da Vovó, sabendo que era uma delas. Comecei a me sentir muito melhor.

Peguei o celular, olhei na Internet e encontrei o número da prefeitura municipal de Beacon. Lá saberiam me dizer onde ficavam guardados os registros imobiliários. A mulher que atendeu o telefone me informou que os registros ficavam lá mesmo, na avenida Magnolia, número 92. Finalmente, alguma coisa estava dando certo.

O prédio da Prefeitura Municipal de Beacon, na avenida Magnolia, 92, era uma construção térrea de tijolinhos, com quatro janelas ao longo da fachada, venezianas brancas e uma cúpula branca sobre as portas duplas de entrada. Parecia ter sido construído nos anos 1960 — nem muito moderno, nem muito antigo.

Entrei e senti um leve cheiro de amônia. Uma lista na parede indicativa que o escritório da administração municipal ficava na sala 117. Na hora em que cheguei na porta, o odor de amônia tinha sido substituído por um cheiro de molho de macarrão. Uma senhora de cabelo grisalho curto e rosto enrugado como de um cachorro pug estava sentada em uma das duas mesas, comendo *penne alla marinara* em uma bandeja de plástico.

Tudo em volta dela eram pilhas de papel, blocos de notas cobertos por garranchos, montanhas de pastas de papel pardo com as bordas de documentos aparecendo, canetas, marcadores e clipes coloridos. A placa de identificação dizia ARLEN FLETCH.

Ela largou o garfo de plástico e olhou para cima, esperando que eu falasse.

"Meu nome é Ellen Branford", eu disse, estendendo a mão. "De

Nova York", continuei. Dei um largo sorriso para ela enquanto reparava em um micro-ondas amarelado em um pequeno armário do outro lado da sala.

Arlen olhou para a minha mão e me cumprimentou.

"Minha avó morava em Beacon quando era jovem."

Arlen concordou com a cabeça e mexeu o macarrão na bandeja. Um pouco de vapor se ergueu no ar.

"E ela morreu recentemente..." Esperei para ver se causaria alguma reação, mas Arlen apenas olhou para mim de novo. Uma porta fechou em algum lugar no corredor, seguida por risadas.

"Estou aqui tomando conta de alguns negócios para ela", continuei, "e, enquanto estou aqui, gostaria de encontrar a casa onde ela passou a infância."

Arlen enfiou um dos dentes do garfo de plástico em um pedaço de *penne*. Em seguida, colocou a comida dentro da boca. "Então suponho que você não tenha o endereço."

"Isso mesmo", eu concordei, aliviada por ela falar. "É o que eu preciso encontrar."

Ela olhou para a bandeja por alguns segundos, e eu pensei que ia me dizer para voltar dali a vinte minutos para poder terminar o almoço. Em vez disso, ela deu um ligeiro sorriso e disse: "Você veio para o lugar certo".

Ela me levou para a sala ao lado, sem janelas e com o ar seco e abafado. Fora uma mesa com dois monitores, a sala estava cheia, do chão ao teto, de livros em estantes de metal cinza. Pela minha experiência, somando o banco de dados do computador com os livros, a sala continha uma cópia de cada documento de propriedade existente para cada imóvel em Beacon, desde a primeira venda registrada.

Deviam ser matrículas imobiliárias, hipotecas, dívidas fiscais, intimações em ações de reintegração de posse. Também sentenças judiciais, intimações em pedidos de insolvência civil, acordos, restrições em uso de imóvel e servidões. E, em algum lugar, estaria a matrícula imobiliária de uma propriedade em nome dos meus bisavós.

"Vou te mostrar como funciona", Arlen disse, balançando o lápis como se fosse uma batuta de maestro. "Primeiro, alguém chega com um documento. Pode ser uma escritura de propriedade. É um dos mais comuns. Ou pode ser um título de hipoteca ou talvez um..."

"Desculpe", eu disse, e ia levantando a mão para evitar que ela desperdiçasse o tempo dela e o meu, para explicar que passei centenas de horas em salas como aquela, fazendo buscas de escrituras como uma jovem sócia em um escritório de direito imobiliário. Mas ela estava tão compenetrada, tão séria, que eu decidi que era melhor ficar calada.

"Perdão", eu disse. "Pensei que tinha uma dúvida, mas não tenho."

"Sei. Então digamos que seja uma escritura de propriedade. Cecil ou eu, ele senta ali" — ela apontou para a mesa vazia — "nós passamos naquela máquina." Ela mostrou uma antiga máquina de carimbar.

"Ele grava a data e a hora na escritura, de modo a não haver dúvida quanto à data de entrada." Ela apontou o lápis para mim. "Pode ser muito importante quando as pessoas estão discutindo quem é o proprietário do que, sabe."

Isso era Direito Imobiliário básico, mas mordi a língua e deixei-a continuar.

"Aí tiramos uma fotocópia e escaneamos nessa coisa" — ela apontou para um escâner — "e a Alice, que trabalha aqui três manhãs por semana, insere tudo no computador e organiza para que as pessoas possam fazer a busca de uma escritura pelo vendedor, comprador, endereço do imóvel, o que seja."

Continuei em pé, paciente, enquanto Arlen explicava como procurar o nome do meu bisavô nas listas anuais de outorgante-outorgado e como, se encontrasse o nome dele, haveria uma anotação do tipo de documento que tinha sido arquivado no município e o número do livro e a página onde uma cópia do documento podia ser encontrada.

Enquanto Arlen falava, eu me perguntava se encontraria o nome do meu bisavô nessa imensa coleção de livros que continha a história dos imóveis de Beacon. E se descobrisse, onde estaria a casa e como ela seria? Seria de tijolo ou de pedra? Talvez fosse de madeira com venezianas. Talvez tivesse um alpendre gostoso na frente como o de Chet. Por outro lado, pode ser que tivessem feito uma ampliação de mau gosto ou, pior, estivesse malconservada e caindo aos pedaços. Comecei a ficar preocupada. E se fosse propriedade de uma comunidade? Ou de uma quadrilha de traficantes? Havia traficantes em Beacon?, eu me perguntei.

Voltei a prestar atenção e vi que Arlen estava me encarando. Parecia que estava me esperando.

"Me desculpe", eu disse.

Ela moveu o lápis. "Execução fiscal federal. Você já foi processada?"

"Não, não fui." Alguns dos meus clientes já tinham sido, mas eu não ia entrar em pormenores.

Os olhos cinza de Arlen se iluminaram com esse assunto. "Se tivesse sido, com certeza você saberia", ela me advertiu. "O pessoal do Imposto de Renda — eles são uns monstros."

"Com certeza", respondi baixinho. Tinha namorado um cara na Faculdade de Direito, que agora estava trabalhando no escritório do Presidente do Conselho da Receita Federal. Nunca tinha pensado nele como um monstro, embora mais tarde tenha descoberto que ele namorou outra pessoa ao mesmo tempo que estava comigo. Talvez Arlen tivesse razão.

Ela pôs o lápis no bolso da calça. "É melhor você começar por aqui." Ela foi até uma seção de livros encadernados em couro, com aparência de antigos. Eram pesados, com capas desgastadas e descamando, e as páginas amareladas, eu sabia, estavam preenchidas por escrituras lindamente manuscritas e outros documentos que fariam até mesmo Bartleby, o escrivão, se sentar e fazer algumas anotações. Neles estariam os registros mais antigos.

"Depois você pode procurar nesses outros." Ela estendeu a mão para o outro lado da sala, indicando as estantes de livros encapados com plástico branco, um sistema de arquivamento moderno que guarda fotocópias de documentos criados em máquinas de escrever e, mais tarde, feitos em computadores. Finalmente, ela apontou para a mesa com os dois monitores pretos lustrosos. "Qualquer coisa registrada nos últimos cinco anos e meio está no nosso banco de dados, e você pode encontrar em um deles", ela completou.

"Obrigada. Acho que já dá para começar."

Sentei em uma cadeira de metal e procurei por "Goddard", o sobrenome do meu bisavô. Me debrucei sobre todos os anuários de registros por um período de vinte anos, do final dos anos 1800 até o início dos 1900. Apesar de cada livro ter uma seção para cada letra do alfabeto, os nomes em cada seção não estavam em ordem alfabética. O sobrenome Grant podia vir antes de Gibson, e Gates podia vir depois de Goats. Era assim nos livros antigos. As pessoas vinham com as escrituras e outros documentos para serem registrados e os funcionários anotavam no livro, na seção correspondente, na ordem em que eram recebidos. Além disso, todos os registros antigos eram escritos à mão, tornando a pesquisa ainda mais demorada. Depois de duas horas, não obtive resultado algum, a garganta estava seca, e a sala abafada estava me dando dor de cabeça.

Arlen estava organizando uma pilha de jornais quando fui até a mesa dela. "Alguma pergunta?", ela indagou.

"Não." Dei um suspiro desesperançado. Encontrar a casa da Vovó teria sido maravilhoso. Seria emocionante ficar em pé diante de sua casa, pisar no chão onde ela pisou décadas atrás. Fiquei frustrada. Não havia como negar.

"Não, nenhuma pergunta", eu disse. "Acho que acabei. Obrigada de novo pela ajuda."

Arlen voltou aos jornais.

Já tinha me virado para ir embora quando reparei em um conjunto de postais antigos embaçados e emoldurados, pendurados na porta. Me aproximei para dar uma olhada mais atenta. Eram instantâneos amarelados de cenas de rua do centro da cidade de Beacon, mostrando lojas e pessoas andando na calçada e carros com para-lamas arredondados e direções enormes. Um dos postais era de uma construção branca, inóspita, que tinha sido sede da prefeitura. Outro postal reproduzia uma construção de tijolinho sobre um manto verde de grama. Na frente, um carvalho com tronco retorcido, como uma sentinela enrugada. Na extremidade inferior, estava escrito Escola de Primeiras Letras Littleton, Beacon, Maine.

Escola de Primeiras Letras Littleton. O que era aquilo?

Curiosa, me dirigi à Arlen. "Tenho uma pergunta", eu disse, apontando para o postal. "Você sabe se essa escola já existia nos anos 1940?" Se já existisse, minha avó teria estudado lá.

Arlen veio até mim, colocou os óculos de leitura de aro prateado e examinou o postal, como se nunca tivesse visto antes. "É a Escola Littleton", ela disse.

"Sim", eu respondi. "Você tem ideia de quando foi construída?"

"Acho que foi construída nos anos 1920." Ela apertou os olhos e se aproximou do postal até ficar a alguns centímetros dele.

"Mas eu posso dizer com certeza, se você aguardar um minuto." Arlen fez uma busca em um arquivo e puxou algo de uma gaveta.

"Aqui está." Ela acenou para mim com o folheto. "Uma das escolas fez um projeto no ano passado sobre a história das construções antigas em Beacon. Este aqui é sobre a Escola de Littleton."

Ela me entregou o folheto. Na capa amarela, um desenho de uma imensa estufa com cumeeiras na fachada, feito por uma criança. Dentro, fotos de uma dúzia de edifícios históricos típicos, cada um acompanhado de um texto. Dei uma folheada e encontrei uma cópia do mesmo cartão-postal. Construído entre 1923 e 1924, a escola foi inaugurada no outono de 1924, a legenda dizia. Sim, minha avó foi aluna lá.

"Você pode ficar com esse", disse Arlen, fechando o arquivo. "Temos diversas cópias."

"Tenho mais uma pergunta", eu disse, "e agradeço muito a ajuda." Apertei o folheto com a mão. "A escola ainda está lá?"

Ela arregalou os olhos e me encarou. "Claro que está lá. Fica na Nehoc Lane."

Ela se virou, voltou para a mesa e pegou o telefone. Ao passar por ela, reparei em uma mancha alaranjada na manga da camisa e especulei se seria de molho de tomate.

O sol ameno do fim da tarde e o ar fresco foram muito bem-vindos depois do da sala abafada com os livros de registros. Programei o GPS para Nehoc Lane. Ficava a quatro quilômetros de distância. Talvez não tenha encontrado a casa da minha avó, mas descobrir a escola dela era bem razoável. Estava começando a me sentir melhor com relação a Beacon. Alguma coisa na cidade estava ficando quase atraente.

*

A Nehoc Lane era uma rua residencial, onde quase todas as casas eram brancas, afastadas da rua, deixando espaço para extensos jardins, com canteiros de violetas e hortênsias azuis.

A escola tinha o mesmo aspecto da foto no cartão-postal, mas havia algumas diferenças consideráveis. Uma delas era um pátio circular e uma pequena área de estacionamento na parte da frente, que não existia quando tinha sido construída.

Entrei e estacionei. Andei devagar por fora do edifício, estudando as palavras "ESCOLA DE PRIMEIRAS LETRAS LITTLETON 1924" entalhadas na enorme porta de madeira da entrada, reparando na surpreendente maciez dos tijolos quando apalpados, examinando as molduras das janelas e as grossas camadas de tinta branca cobrindo os arremates. Uma extensão foi construída nos fundos do edifício com tijolos novos em folha e, na lateral da escola, havia um playground com superfície emborrachada. Um grupo de crianças brincava nos balanços e nos escorregadores, enquanto as mães batiam papo em uma mesa de piquenique.

Caminhei de volta para a fachada da escola, na direção de um enorme carvalho, com raízes brotando para fora do solo, como dedos com artrite. A copa da árvore gigante estava repleta e pendia sobre a grama como um guarda-chuva frondoso. Sentei com as costas apoiadas na casca de árvore enrugada e imaginei minha avó sentada ali. Talvez ela tivesse seis anos e fosse o primeiro dia dela na escola. Talvez ela tivesse onze anos e estivesse apaixonada por um garoto. Podia senti-la na grama, no sol que se esgueirava pelos galhos, no chão ainda quente debaixo de mim.

Passei os dedos pela parte superior de uma raiz e fiquei com lágrimas nos olhos. Escorreram pela face e caíram na calça, deixando manchas escuras no tecido. "Tenho saudades de você, Vovó", sussurrei, com a voz embargada. "Tenho saudades de você. E vim até aqui para fazer o que você me pediu, mas nada está saindo do jeito que devia. Primeiro, eu caí no mar e quase... Quase me afoguei, Vovó. Depois, tentei entregar a carta, mas ainda não consegui. E tentei encontrar a sua casa e também não consegui. Queria muito saber por que tudo isso está acontecendo. Quem dera você pudesse me contar." Uma brisa fez os galhos da árvore balançarem; pus a cabeça entre as mãos e fechei os olhos.

Um lugar calmo para jantar

Decidi que faria mais uma tentativa de ir à casa de Chet Cummings no caminho de volta para a pousada. Eram cinco horas quando cheguei. O Audi verde estava na entrada da garagem, mas ainda não havia ninguém em casa, e eu comecei a ficar preocupada com a possibilidade de ele ter saído da cidade. Talvez ele tivesse ido visitar um amigo ou tido uma emergência familiar e não voltasse nos próximos dias. Pensei em deixar uma carta na caixa de correio, mas a ideia não me pareceu tão boa. Por outro lado, não poderia permanecer em Beacon para sempre, esperando ele chegar. Sabia que minha avó entenderia.

Tudo bem, eu pensei. Amanhã será quinta-feira. Ainda tenho mais uma chance de cumprir a tarefa. Volto aqui amanhã bem cedo, antes de ele ter oportunidade de ir a qualquer lugar. Se, ainda assim, ele não estiver aqui, deixo a carta e vou para casa.

Voltei para a pousada com o plano de ter um jantar calmo no restaurante do hotel, depois trabalhar por algumas horas e, em seguida, dormir. Quando subi os degraus da entrada e entrei no lobby, parecia que estava tendo uma festa. Três casais, todos altos e bronzeados, nos seus vinte anos de idade, estavam ao redor do balcão do check-in, rindo e conversando. Os homens, vestidos com camisas de golfe e calças cáqui, estavam discutindo se a bola bateu ou não na linha, em um jogo de tênis. As mulheres, com longas pernas de gazela, das quais apenas a parte mais alta estava coberta por shorts curtinhos, estavam debruçadas sobre um livreto. Uma delas mencionou o Antler, o pub que eu tinha visto no centro da cidade e fiquei curiosa para saber se cstavam consultando um guia de viagens.

Ri sozinha imaginando o que o guia *Fodor's* teria a dizer sobre Beacon.

Three Penny Diner: *obrigatório se você aprecia fórmica verde e jukeboxes portáteis em sua mesa. Não deixe de experimentar as* doughnuts.

Victory Inn: *Se você tem um fraco por coberturas, peça a suíte com vista para o mar. Sinal de telefone celular disponível no banheiro.*

Segui o corredor e espreitei para dentro do salão. Vi que tinham servido o aperitivo. Sobre a mesa, diversas garrafas de vinho, bandejas de queijo, biscoitos e um pote com molhos, além de pilhas de copos de plásticos e pratos de papel. Me servi de um copo de Pinot Noir, da Vinícola Galant River, no Napa Valley. Nunca tinha ouvido falar nessa vinícola, mas Hayden deve saber quem eles são. Peguei alguns biscoitos e me dirigi para o quarto.

O barulho no lobby me acompanhou enquanto eu subia as escadas e, quando ouvi uma das mulheres dizer, "Vamos jantar aqui essa noite", decidi que era melhor comer fora. Talvez Paula pudesse me dar uma recomendação.

Estava em frente ao armário, tentando decidir o que vestir, quando o celular tocou. Apanhei a bolsa, desenterrei o telefone e corri para o banheiro, fechei a tampa do vaso e me sentei.

"Oi, querida. Parece que você está sem fôlego." Era Hayden.

"Estava apenas tentando encontrar o telefone e entrar no banheiro." Estiquei as pernas e apoiei os pés descalços na beirada da banheira.

"Ah, bem, você pode me ligar mais tarde."

"Não, não. Quis dizer que eu tenho que *falar* do banheiro. É o único lugar onde consigo sinal do celular."

Fez-se uma pausa e depois Hayden disse: "Não tem sinal de celular?", de um jeito que parecia que eu tinha dito que não tinha água encanada fria e quente, o que, pensando bem, não tinha mesmo.

"Não tem problema", eu disse, não querendo estender o assunto. Ele só ia ficar preocupado. "Sabe", eu disse, "você nunca vai acreditar no que eu encontrei hoje."

"Me conte."

"A escola primária da minha avó."

"O que da sua avó?"

"Escola primária — a escola dela. Fui lá e vi o edifício. Ainda está aqui em Beacon."

"Deve ser bem velha."

"Sim, é. Foi construída nos anos 1920. Estava tentando encontrar a casa onde ela morou e não achei, mas achei a escola. Foi inacreditável, Hayden, e eu..."

"Oi, querida, espere um minuto, o.k.? Meu outro telefone está tocando."

Esperei um momento, contemplando o quadro na parede — um farol lançando um feixe de luz na água, avisando os barqueiros para evitarem os baixios. Depois, fui para o quarto e peguei o folheto com a informação sobre a Escola Littleton para ler para o Hayden.

"Afinal, quando você vai embora?", ele perguntou quando voltou para a ligação. "Estava torcendo para você já estar na estrada."

"Também pensei que já estaria na estrada, mas ainda não fui capaz de encontrar o Chet Cummings. Ele nunca está em casa."

"Talvez ele esteja fora, Ellen. Concordo que foi bom você ter ido para Beacon, mas não é para ficar aí para sempre, esperando ele aparecer."

"Não vou ficar aqui para sempre. Por mim, estaria indo para casa agora mesmo." Olhei através do quarto, por uma das janelas, a suave luz âmbar conduzindo o dia para a noite.

Houve outra pausa. "Só me prometa que você virá para casa amanhã", Hayden pediu. "O jantar é na sexta-feira à noite e eu não quero me preocupar com você dirigindo, tentando chegar aqui a tempo. Sei muito bem como você acelera quando fica com medo de se atrasar. É perigoso."

"Prometo que não vou correr", eu afirmei. "Nem vou precisar, porque vou embora amanhã com certeza. Vou fazer uma última tentativa, de manhã bem cedo, para ver se consigo encontrar o Chet Cummings."

Alguma coisa começou a tilintar e fazer estrondo nos canos dentro da parede: o sistema de encanamento estava ganhando vida de repente.

"E se ele ainda não estiver lá?", Hayden perguntou. "Qual é o plano então?"

"Vou deixar a carta na casa dele", eu respondi ao mesmo tempo que ouvi o barulho de água jorrando pelo cano atrás da parede. "Vou voltar amanhã, não importa o que aconteça."

Um barulho veio pelo telefone.

"Hayden, acho que a ligação está caindo."

Mais barulho.

"Não estou ouvindo", eu gritei. "Eu ligo para você mais tarde."

Desliguei e olhei para o relógio. Eram apenas cinco e meia. Muito cedo para jantar. Dei uma olhada na cama e senti as pálpebras pesando. Talvez, se eu deitar só por um minuto...

Deitei em cima da colcha branca e apoiei a cabeça no travesseiro. A fronha de algodão cheirava a pó de arroz e roupa pendurada no varal ao ar livre.

Estava quase escuro quando acordei. Alguém lá fora, na rua, estava gritando e abrindo e fechando portas de carro. Esfreguei os olhos e olhei para o relógio. Oito e trinta. Meu estômago estava vazio, e eu precisava jantar.

Me troquei e pus uma calça Gucci cinza, um top marfim em tricô e um suéter de manga comprida combinando. Depois de considerar a hipótese de calçar os preciosos sapatos de salto alto Jimmy Choo, optei por um par de rasteirinhas Tony Burch. Peguei o colar de pérolas de duas voltas que a Vovó deixou para mim, passei pelo pescoço e travei o fecho frontal — uma peça de prata em formato de concha. Em seguida, retoquei a maquiagem e peguei um exemplar da *Forbes* da minha pasta. Era bom ter algo para ler — jantar sozinha é sempre monótono.

Antes de chegar ao segundo pavimento, ouvi o barulho do restaurante. Parecia que o grupo que tinha feito check-in mais cedo era responsável por grande parte do ruído. Esperava encontrar a Paula no lobby, mas ela não estava lá. Me deparei com ela do lado de fora, na varanda da frente, fumando um cigarro, passando a mão pelo cabelo. À luz do terraço, o cabelo loiro brilhante parecia quase cor de laranja.

"Que festa", eu disse, apontando para a porta.

Ela me olhou de cima a baixo, segurando o cigarro entre dois dedos e depois exalou uma longa baforada pela boca, como uma nuvem de fumaça de foguete. "Ahã."

"Parece que estão se divertindo."

Ela concordou e olhou para as mãos, examinando as unhas, como se estivesse indo direto para a manicure.

Inspecionei a bolsa procurando as chaves do carro, até finalmente sacá-las de dentro. "Existe algum lugar bom na cidade para um jantar tranquilo?"

Paula franziu os lábios e girou a cabeça para a direita e para a esquerda. "Eu diria que é o Antler. Eles têm bons bifes. Peixe, também. Ótima sopa." A pronúncia dela era meio caipira. "E um bolo de carne realmente bom. Até as pessoas da cidade gostam."

"Ah, sei, o Antler", eu disse, me abrigando mais no suéter por causa da brisa que ondulava a grama. "Parece mais um *pub*. Você acha que vai estar calmo lá à noite?"

Paula franziu o nariz um pouco e moveu o lábio inferior para frente. "Quarta-feira à noite?" Ela encolheu os ombros. "Sim, bem calmo." Ela apagou o cigarro em um cinzeiro de vidro no parapeito da varanda. Em seguida, entrou.

Decidi andar até a cidade. A noite estava fresca e estava me sentindo culpada por não ir à academia havia uma semana. A iluminação da rua dava ao centro de Beacon um brilho alaranjado acolhedor. Havia uma dúzia de pessoas passeando. Turistas espiavam as vitrines das lojas e dos escritórios fechados à noite. Um punhado de adolescentes estava reunido no quebra-mar. Um dos garotos tirou o boné e colocou em uma das meninas e todos eles riram.

Caminhei até a porta do Antler, com o anúncio da cerveja Michelob brilhando como uma fogueira acolhedora na janela. Bolo de carne.

Com tanta coisa para comer, por que alguém iria querer bolo de carne? Me ofereça um belo pedaço de atum ou um simples peito de frango com redução de vinho branco — mas bolo de carne? Tudo bem. Talvez haja quem julgue as minhas escolhas de comida igualmente bizarras.

Com a revista *Forbes* debaixo do braço, abri a porta e entrei em uma sala grande pouco iluminada. Avistei um bar ao longo do lado esquerdo e fileiras de mesas quadradas à direita. Estava tocando música *country*, com o som metálico de uma guitarra havaiana e uma voz rouca de mulher que cantava algo que não consegui decifrar. Um burburinho alto de conversa se misturava a ataques de riso e tilintar de talheres. Não era exatamente calmo, mas eu já estava lá e meu estômago estava roncando. Assim que entrei, reparei que perto da porta havia um cavalete com um aviso escrito à mão: TODAS AS QUARTAS À NOITE — DUAS ENTRÉES POR UMA. Então, pensei, está explicado. Estranho que Paula não soubesse.

O chão do Antler era de madeira escura, com polimento de alto brilho. As armações de madeira atravessavam o teto, e luminárias pendiam das vigas — faróis náuticos de cobre, lustres em forma de sino cromados, candelabros em latão com hastes curvas e lâmpadas tremeluzindo como chamas nas extremidades. O bar era feito com uma madeira avermelhada que tinha sido revestida com camadas de laca transparente. A mesma madeira tinha sido usada para fazer as mesas sólidas e as cadeiras do salão.

Todas as mesas estavam ocupadas, assim como a maioria dos bancos do bar. Andei pelo lugar, olhando para a frente, mas notei que muitos estavam de jeans, calças cáqui e camisetas. Havia algumas pessoas de saias e vestidos de verão, mas a maioria era composta por uma galera de jeans. Percebi que eu estava muito formal para a ocasião.

Me sentei em uma cadeira na extremidade do bar, perto da pista de dança. "Your Cheatin' Heart", na voz de Hank Wiliams, começou a ecoar dos alto-falantes suspensos. À direita, estava sentado um homem de meia-idade e sua esposa, uma morena rechonchuda de rabo de cavalo. À esquerda, alguns banquinhos vazios, logo depois, uns caras de vinte e poucos anos com bonés de baseball. Em um dos bonés estava escrito LOBSTER POT.

Um barman robusto de cabelo grisalho se aproximou, enxugou o balcão com um pano e colocou na minha frente uma bolacha para chope com o logo da Coors Light, que brilhava sob as luzes.

"O que vai querer?"

Cogitei pedir um copo de vinho, mas vi uma placa que dizia A MELHOR MARGARITA AO NORTE DE TIJUANA e pensei, Que se dane!

"Vou querer uma daquelas", apontei para a placa.

Abri a *Forbes* e folheei algumas páginas, mas havia tanto barulho que estava difícil me concentrar. Em vez disso, prestei atenção na tela plana de TV pendurada atrás do bar. Estava passando um *reality show* sobre um motorista de caminhão guiando uma jamanta por uma região montanhosa à noite, no meio de uma nevasca. Estava começando a ficar preocupada com o motorista e prestes a roer as unhas quando o barman trouxe a margarita.

Dei um gole grande e pedi o cardápio. Procurei alguma coisa saudável nas opções. Camarão com arroz e vagem? Não, o camarão era frito. Um par de lagostas puxado na manteiga? Muita comida e a manteiga... O peito de frango poderia funcionar se eu pedisse para eles suspenderem o molho marinara e o queijo.

O barman serviu o casal sentado ao meu lado. O homem tinha pedido bolo de carne e pode ser que fosse só por causa da fome, mas o prato me pareceu bem apetitoso. Um montinho de purê com manteiga dourada por cima, vagens que pareciam fresquinhas e uma fatia de bolo de carne exalando um delicioso cheiro de cebola e ervas. E acho que vi cogumelos.

Tentei calcular o tanto de gordura e quantos quilômetros eu precisaria correr para queimar as calorias. Se Hayden estivesse ali, ele pediria algo saudável para mim. Dei mais uma olhada para o prato do cara. Sim, definitivamente tinha cogumelos.

Bem, Hayden não estava ali, e eu senti um repentino desejo de comer comida caseira tradicional.

"Acho que vou querer o bolo de carne", disse para o barman.

"Alguma entrada?"

Entrada. Pensei em pedir uma salada da casa. Dei uma olhada para ver o que mais meus vizinhos tinham pedido. A mulher estava tomando uma sopa. Sondei o menu de novo e suspirei. Quem tá na chuva, é para se molhar.

"Claro", respondi. "Quero a sopa de vôngole."

Olhei de volta para a televisão. O motorista se arrastava ao longo de uma montanha por uma estrada estreita. Deram um close nas rodas dianteiras, cobertas por correntes que rangiam sobre o gelo. Meus pés se contorceram.

"Oi, Skip, pode mandar outra rodada para nós lá atrás?"

Me virei e vi alguém de pé no espaço vazio à minha esquerda — um homem magro de camiseta com um peixe-espada amarelo estampado na frente.

"Sim, Billy", o barman respondeu. "Já atendo você. Desculpe, estamos desfalcados hoje."

O cara chamado Billy examinou o bar inteiro. "Onde está Sassy?" Aí ele se voltou para mim por um instante e tive a impressão de que me olhava como se alguém tivesse colocado uma placa de FORASTEIRA nas minhas costas.

"Ah, ela precisou ir a Portland. A irmã acaba de passar por uma cirurgia."

"Espero que tudo tenha corrido bem. Diga a ela que eu mandei um oi quando você a encontrar." Billy se dirigiu para uma área de estar onde havia um sofá e algumas poltronas grandes, e eu reparei que alguns homens estavam jogando dardos.

Dei um gole no meu drinque, enquanto Skip preparava os coquetéis, que distribuía para os clientes no bar e para as três garçonetes que circulavam como aviões esperando pela indicação da pista. Em seguida, ele encheu diversas canecas congeladas com cerveja de um barril e disse: "Bridget, leve essas para o Billy e o pessoal lá atrás, por favor". Bridget, um garota de pernas finas com cabelo descolorido, colocou as canecas na bandeja e saiu na direção dos jogadores de dardo.

Olhei para a televisão de novo e vi o motorista de caminhão já fora da estrada, na montanha, e estacionando em uma grande parada de caminhoneiros, onde parecia que ele ia passar a noite. Graças a Deus.

Dei uma mexida na sopa de vôngole que tinha chegado, contemplando o vapor subindo da tigela. Quando levei a colher à boca, tive a sensação de estar sendo observada. Levantei a cabeça e flagrei o Skip me espreitando.

Ele estalou os dedos. "É você. Pensei que era, mas depois achei que não, não é ela, mas é, sim. Você mesmo."

"Como assim?"

Ele deu um grande sorriso, mostrando os dentes e deixando aparecer o vazio de um molar faltando. "Você é a Nadadora! Vi sua foto no jornal. Que beijo!"

Comecei a gaguejar alguma coisa, mas ele pôs a mão grande de urso sobre a minha e se inclinou para perto. "Olhe aqui", ele disse. "Esta é por conta da casa. A refeição toda, na verdade. Aqui nós tratamos bem os turistas, particularmente depois de... do estresse que você passou."

"Não", recusei com veemência. A última coisa que eu queria era qualquer ligação com natação, quase afogamento ou a foto no jornal. Estremeci quando pensei em Hayden chegando a ver aquela foto. "Não, não, está tudo bem", eu disse. "Insisto em..."

Mas Skip já não estava mais prestando atenção. Deu um passo para trás e anunciou: "Ei, pessoal, é a Nadadora". Ele apontava para mim. "É a garota que quase se afogou. A Nadadora!"

Senti uma onda de calor no rosto quando levantei do banco do bar para fugir. O que estava acontecendo? Pensei que tinha comprado todos os jornais. Quis sair correndo pela porta e voltar para a pousada. Queria ir embora de Beacon para nunca mais voltar. Para falar a verdade, não queria nunca mais ver o estado do Maine.

Mas, quando tentei ir embora, não consegui dar mais do que três passos.

Um homem corado, com o nome DAVE costurado na camisa veio correndo em minha direção, seguido por um grupo de pessoas falando ao mesmo tempo.

"Ei, Nadadora, quero cumprimentar você", Dave disse.

"Mais uma bebida para a Nadadora", um homem com uma mecha de cabelos brancos gritou para Skip. "Um brinde à vida."

Ai, meu Deus, parecia um pesadelo, em que a gente tenta fugir, mas as pernas não obedecem. "Eu não estava me afogando", eu disse para o homem de cabelos brancos, o rosto queimando de humilhação. "Eu estava perfeitamente bem. O cara que me ajudou... Deixei que me ajudasse para ele não se sentir ofendido. Ele tem... ele tem um ego frágil."

"Ah, ela é *divertida* também", ele exultou e me deu um tapinha nas costas. "Não queria que ele se sentisse ofendido." A multidão caiu na risada.

"Sabe, eu realmente preciso ir embora", eu disse, tentando abrir passagem pelo grupo.

Uma mulher mascando chiclete bateu de leve no meu ombro. "Você teve hipotermia? Uma vez, meu primo teve e a pele dele começou a descamar. Foi horrível."

Instintivamente apalpei o braço. "Não, *não* tive hipotermia." E me afastei.

Um homem careca agarrou minha mão e ficou sacudindo. "Você viu a sua vida inteira passando como um flash quando caiu?" Ele não me largava. "Porque uma vez eu caí da escada, sabe, e juro que vi minha vida inteira passar como um flash diante dos meus olhos — inclusive a noite em que bebi demais e tentei avançar na irmã da minha mulher."

"Com licença", eu disse e retirei a minha mão. Duas universitárias de Vermont me perguntaram se eu entraria de novo no mar e aí começaram a discutir entre elas se eu devia ou não, e um ex-policial de Bangor me perguntou se eu estava drogada quando aconteceu.

"Esse daqui é para a Nadadora", alguém gritou e todo mundo levantou o copo, menos eu.

Então o Skip passou uma margarita para uma garota e ela repassou para um homem que passou para mim. Bebi tudo em poucos goles, ainda sendo bombardeada por gente me perguntando se eu tinha feito um último desejo antes de morrer ou não.

A multidão estava chegando mais perto, e eu comecei a sentir como se estivessem comprimindo meu pulmão. Empurrando e empurrando. Comecei a sentir falta de ar.

Foi quando Skip disse: "Ei, deixem a moça em paz, ela já passou por muito", e devagar o grupo se dispersou. Skip fez um gesto para eu voltar ao meu lugar.

"Você está um pouco pálida", ele disse. Acho melhor você terminar a sopa.

Reparei que ele tinha colocado outra margarita no meu lugar. Olhei para a sopa. Ele tinha razão: eu estava com fome. Mas comecei com a margarita, entornando metade. Uma sensação de calor me envolveu.

Em seguida, provei a sopa de vôngole. Tinha bastante vôngole, cujo sabor se equilibrava bem com a batata em cubos e a cebola e o aipo fatiados. Raminhos de endro fresco boiavam na superfície. A combinação estava divina, e eu tomei cada gota, fazendo o possível para não pensar no que mais teria dentro. Devia ter creme de leite e manteiga, com certeza. E dava para sentir pedacinhos de bacon. Hayden iria achar que eu perdi a cabeça. Mas estava bom. Estava muito bom.

As pessoas continuavam entrando no Antler, se amontoando ao redor do bar. Bebidas passavam por cima de mim para os clientes que estavam em pé, formando duas e três fileiras atrás de mim. A música vibrava, "Long Hot Summer", na voz de Keith Urban, irrompia dos alto-falantes e era como se o lugar todo estivesse reluzindo, acompanhando o som.

"Skippy... ei, Skippy", eu chamei, mas não consegui ouvir minha própria voz diante do barulho. Por alguma razão, me pareceu engraçado e quanto mais alto eu gritava, mais eu ria.

Levantei o copo e apontei para ele. "Como é mesmo o nome disso? O que é isso, Skippy?" Não conseguia lembrar o nome da bebida.

Skip fez sinal de positivo, mas eu não entendi o que ele quis dizer. Gritei o nome dele de novo e levantei o copo, tentando chamar sua atenção. "Como é mesmo o nome disso? Como se chama?"

Antes que eu me desse conta, Skip fez chegar a mim mais uma dose. Em seguida, a música ficou mais alta e mais animada ainda e as pessoas se amontoaram na pista de dança.

"Ei, você quer sentar conosco?" Uma mulher com um corte de cabelo tigelinha e olhos sonolentos estava de pé ao meu lado. Ela me fazia lembrar de uma técnica em direito que tinha trabalhado na Winston Reid.

"Meu nome é Bliss e esta é Wendy", ela disse. Wendy tinha o físico de uma chefe de torcida, com corpo atlético e cabelos loiros.

Cumprimentei as duas e me apresentei. Fiquei contente de ter companhia.

"Sim, nós sabemos quem você é. Você é a Nadadora", Wendy disse, dando um largo sorriso e me puxando para uma mesa próxima de onde os homens estavam jogando dardos.

Tentamos falar mais alto do que a música, mas o máximo que consegui saber foi que elas eram técnicas em higiene bucal e tinham programado uma saída só de mulheres.

Skip mandou uma rodada de bebidas e comidas para nós, avisando que era por conta da casa. Quantos drinques eu já tinha tomado? E já não tinha pedido o jantar? Achava que sim, mas, só para garantir, pedi sopa de vôngole e bolo de carne de novo.

Bliss começou a falar sobre uma discussão que ela tinha tido com o gerente do escritório, e eu me recostei e observei o jogo de dardos. Quatro homens estavam jogando 301, um jogo que aprendi na faculdade, no primeiro ano que eu cursei no exterior, em Oxford, onde namorei Blake Abbot. Blake era inglês, um gênio no jogo de dardos, e me ensinou a jogar.

Um dos homens arremessou um dardo e o cara chamado Billy riu e disse: "Nossa, Gordon, esqueceu o braço em casa?".

Gordon fez uma careta. "Cai na real. Você acha que consegue ganhar de mim?"

Um homem encostado na parede disse: "Vamos, cai fora daí, é minha vez". Ele se aproximou e arremessou três dardos.

"Você joga como mulher, Jake", um dos jogadores disse. Não dava para saber qual, mas me deu a impressão de que tinha sido o tal Gordon.

Que comentário mais estúpido é esse? Dei uma pancada na mesa. Acho que eu bati muito forte porque minha mão começou a arder. "Você ouviu isso?", eu perguntei.

Bliss arregalou os olhos para mim. "O quê? O quê?"

Estava com o dedo tremendo quando apontei para ela e tentei me expressar. "Vou dizer uma coisa. Um dos caras lá..."

"O quê?" Bliss e Wendy olharam para mim, esperando.

"Um dos caras lá disse para o outro que ele atira como uma mulher." Me deu um ataque de indignação, meus braços ficaram arrepiados. "Vocês não ficam com ódio quando ouvem homens falarem assim?"

Wendy se aproximou de mim. "Eu odeio total. Um cara no escritório do dr. Belden, o periodontista para quem eu trabalhava, vive fazendo esse tipo de comentário."

Dei um olhada maligna para os jogadores de dardos, sem estar segura de onde despejar a raiva, mas certa de que todos eles mereciam.

"Joga como mulher", eu repeti. "O que isso quer dizer? Que mulheres não sabem jogar? Que elas não sabem... o quê? Jogar dardos?"

Estava enlouquecida. Furiosa. Bêbada. E iria mostrar para eles.

Puxei a minha carteira da bolsa e folheei as notas até encontrar uma de cem dólares. Em seguida, empurrei minha cadeira para trás e subi no assento. Fiquei em pé, olhando pela sala, me sentindo invencível. Iria dar uma lição para esses homens preconceituosos.

"Gostaria de dizer uma coisa." Tentei projetar a voz sobre o burburinho, mas era impossível. "Alô!", gritei, acenando com as mãos. "Alô. Por favor." Tentei assobiar com os dois mindinhos na boca, do jeito que meu pai me ensinou, mas não consegui produzir nada mais do que um sopro.

Por fim, inspirei fundo e gritei. "Silêncio! A Nadadora gostaria de dizer uma coisa!"

Tudo em volta parou. As conversas, risadas, discussões, tinir de copos, bater de garfos e facas, tudo se interrompeu. Todos me olharam.

Segurei a nota de cem dólares e friccionei entre as mãos. "Estão vendo essa nota de cem dólares?" Friccionei de novo. "Aposto que consigo vencer qualquer um de vocês no jogo de dardos. Qualquer um de vocês", repeti, apoiando na cadeira como uma cabeça de proa em um navio. "Inclusive o imbecil que disse para qual é o nome dele... para o Jake ali" — apontei para o grupo — "que ele joga como mulher!"

Sorri e esperei para ver que tipo de homem das cavernas surgiria do trabalho de lenhador e aceitaria o desafio. Fez-se um movimento no sofá perto do alvo. Dois homens estavam sentados de costas para mim. Um deles se levantou, estendeu os braços e se virou. Começou a caminhar na minha direção. Era alto, cabelos escuros ondulados, maxilar quadrado, rosto ligeiramente marcado. Poderia ser qualquer coisa, desde piloto de avião até madeireiro. Em outra circunstância, seria até bonito. Vestia jeans desbotado, camisa azul-claro e jaqueta de couro. Ao chegar mais perto e se aproximar da luz, reconheci a jaqueta e senti um aperto na garganta. Era o Roy.

"Acho que eu sou o imbecil", ele disse calmamente. "Aceito o desafio."

Desci da cadeira, sentindo uma onda de lucidez me atravessar. O píer, o resgate do nadador cansado, *o beijo*. O que eu tinha feito? Era a última pessoa no mundo que eu queria encontrar de novo e agora...

"Humm... Oi", eu disse, tentando manter a voz firme. Dei um sorriso e uma saudação informal, como se não fosse nada de mais.

Ele pôs uma garrafa de cerveja e um punhado de dardos na mesa. "Vejo que você se recuperou."

"Recuperou?" Apanhei um dos dardos e apertei o cilindro para sentir o peso. Podia bem ser uma bigorna.

Ele tirou a jaqueta e colocou sobre uma cadeira. "Da prática de natação no outro dia." Acho que vi um brilho no seu olhar.

"Não havia nada do que se recuperar", eu disse, segurando o dardo na altura da orelha e estendendo o braço em um gesto de treino.

Ele encolheu os ombros. "Que bom." Em seguida, ele complementou: "Obrigado por devolver a jaqueta".

"De nada." Ajustei a força da mão, para dar a impressão de que os movimentos sutis faziam parte da estratégia. "Não sabia que a jaqueta era sua."

Ele tomou um gole da cerveja. "Espero que você jogue dardos melhor do que nade", ele disse, cruzando os braços e me examinando.

Também esperava. Oxford tinha ficado no passado, e eu não me mantive propriamente atualizada no jogo. Acrescente a isso alguns daqueles drinques que o Skippy ficou me mandando e...

"Jogo dardos muito bem", eu avisei. "Muito bem de verdade." Dei um largo sorriso aparentando confiança.

Roy aprumou a cabeça. "Então escolha o jogo. Críquete? Três zero um? Shangai?"

Dei uma pensada, para sugerir o jogo mais simples e direto que eu lembrasse. Algo que não envolvesse contagem de pontos complicada porque habilidade matemática não seria um ponto forte no momento. Por fim, tive uma ideia.

Respirei fundo. "Tudo bem", eu disse. "Presidentes Mortos."

Roy riu. "Presidentes Mortos. Você quer jogar Presidentes Mortos?"

Não, o que eu queria de verdade era dar o fora dali.

"Tudo bem, vamos fazer o seguinte. Se você acertar o Franklin primeiro, fica com seus cem e mais outros cem meus. Se eu acertar primeiro, fico com as notas." Roy puxou a carteira do bolso e tirou cinco notas de vinte. "Mas tem que acertar no rosto."

Acertar no rosto. Acertar no rosto? *Impossível*.

"Por mim, tudo bem." Encolhi os ombros e concordei, como se fizesse isso todos os dias. Enquanto isso, as pessoas saíram da pista de dança, uma multidão se formou ao nosso redor e abaixaram o volume da música. Gotas de suor deslizaram pelas minhas costas. Comecei a sentir um pouco de calor, um certo enjoo.

Roy foi até o alvo e retirou os dardos de Jack. Tudo bem, fique firme, eu disse para mim mesma. Fique firme. Arregacei as mangas. Pelo menos acerte os malditos dardos no alvo. Não atire a esmo, deixando os dardos voarem por todo o canto. Ele vai acabar ganhando — é óbvio —, mas assim que ele vencer, você sai dessa droga de lugar.

Roy segurou um punhado de dardos. "Vamos dar uma treinada?" Ele sorria com o canto dos lábios ao oferecer os dardos para mim.

Eu poderia treinar durante uma semana, pensei, e não adiantaria nada. Encolhi os ombros. "Na verdade, nem preciso de aquecimento, mas se você insiste..." Peguei os dardos.

O.k., vamos acabar logo com isso. Andei até a linha de lançamento e pisei atrás dela. Tentei segurar o dardo como seguraria um lápis, do jeito que Blake me ensinou, mas parecia que o braço pertencia a outra pessoa. Ergui o dardo até ele ficar paralelo à minha orelha. Então mirei e deixei que alçasse voo. Ele fez uma trajetória curva e pousou do lado oposto ao que eu tinha mirado. Nem liguei. Estava contente de ter pelo menos acertado dentro do tabuleiro.

Lancei o segundo dardo, mirando no mesmo ponto. Dessa vez chegou mais perto. Os próximos cinco foram melhores e, jogando, percebi que havia algo prazeroso na experiência com um objeto fora do corpo — segurar os dardos, vê-los planando, observá-los atingir o alvo. Fiz os dois últimos arremessos de aquecimento. Caíram perto dos meus objetivos, o suficiente para me fazer sentir melhor.

Pelo aquecimento do Roy, eu não tinha dúvida de quem ganharia. Ele tinha muita habilidade e precisão e provavelmente já estava decidindo o que comprar com meus cem dólares.

"Eu começo", Roy disse, depois de jogarmos para ver quem seria o primeiro e o dardo dele ter chegado muito mais perto da mosca do que o meu. Era o esperado.

Peguei a minha nota de cem dólares e dobrei em três para deixar o rosto de Benjamim Franklin à mostra. Em seguida, deslizei a nota por baixo dos arames mais próximos do anel exterior do tabuleiro e posicionei (mais ou menos) no quadrante das duas horas.

Por favor, acabe logo com isso.

"Tudo bem", eu disse, em um tom animado e otimista. "Estou pronta. Um lançamento cada um, até que alguém acerte o Franklin, certo?"

Roy concordou. "Tem que acertar no rosto."

Sim, no rosto. Eu só queria acertar no alvo. Em algum lugar. Em qualquer lugar.

Roy apanhou um dardo, mirou e não acertou na beirada da nota por mais ou menos dois centímetros.

"Uau", alguém disse e se ouviu um burburinho no grupo à nossa volta.

Comecei a transpirar em cima do lábio ao ver como o dardo dele chegou perto. "Nada mal o seu lance", eu comentei, em um tom bem despreocupado.

Agora era a minha vez. Segurei o dardo, tentando relaxar a pegada. Meu estômago deu um nó, e eu estava tão nervosa que minha pele parecia anestesiada. Aguente firme, eu dizia para mim mesma. Aguente firme.

Roy se apoiou na parede, com as mãos nos bolsos. Observei o pequeno rosto verde no alvo. Parecia se mexer na minha frente. Olhei para baixo e me concentrei. Apenas arremesse. Simplesmente lance. Levantei a cabeça de novo e ergui o dardo na altura da orelha. Então deixei que alçasse voo. Desenhou um arco no ar e pousou com um baque surdo. Por um segundo, fez-se um completo silêncio e logo uma mulher berrou. "Ela acertou!"

Permaneci grudada no lugar enquanto o grupo ao redor gritava e comemorava.

"Ela conseguiu!"

"Um lance; ela conseguiu com um lance!"

As pessoas correram até mim, batendo palmas e rindo. Contemplei o alvo, sentindo os joelhos bambos. Andei até lá e vi que não só tinha acertado o Franklin como também tinha furado o nariz. Não podia acreditar. Se tentasse mais dez mil vezes, nunca seria capaz de fazer de novo. Retirei o dardo e a nota e respirei ofegante diante do rosto mutilado.

Alguém começou a exclamar: "A Nadadora é lançadora! A Nadadora é lançadora!". Logo todo o lugar estava tomado pela frase. As pessoas aplaudiam e repetiam, batiam na mesa e repetiam. Estava cercada pelo clamor coletivo.

Roy veio até mim, segurando as cinco notas de vinte, um barulho quase ensurdecedor em volta. Ele não estava mais sorrindo, mas os olhos estavam tão azuis como nunca. De jeans e camisa com botões, com a jaqueta no braço, ele tinha ficado tão atraente de repente que não consegui tirar os olhos dele. Ele fez um gesto como se ele, também, não acreditasse no que tinha acabado de acontecer.

"Não gaste tudo no mesmo lugar." Ele sorriu ao me estender o dinheiro. "Você ganhou. Nunca vi nada parecido."

Olhei para as notas na mão dele. Como um truque de mágica depois que você aprende o segredo, perderam o encanto. Não tinha mais vontade de pegar o dinheiro. Não parecia certo e ele parecia tão... Não conseguia tocar nas cédulas.

A multidão continuava com a aclamação, fazendo um círculo em torno de mim e de Roy. As pessoas chegavam mais perto. "A Nadadora é lançadora. A Nadadora é lançadora." Ficou muito abafado e o barulho... Queria que o barulho parasse. Todo mundo estava chegando muito perto e estava tão quente. Eu precisava sentar.

Vi que o Roy colocou as notas na minha mão. Não parecia dinheiro. Tinha aspecto de folhas secas. A sala começou a girar. Olhei para o Roy e tentei falar.

"Nunca vi..." Queria dizer para ele que nunca tinha visto nada igual também, mas a boca não respondeu ao meu comando e o máximo que eu fui capaz de fazer foi apontar para mim, como se fosse um jogo de adivinhar. Comecei a ver pontos escuros na sala, as pessoas e os objetos desaparecendo da minha visão, como se estivessem sendo tragados por um vácuo. Minhas pernas cederam. Os buracos negros estavam em todo lugar, engolindo a sala. Por um último segundo, vi o rosto de Roy. E então tudo desapareceu.

Garota da cidade cai na balada

"Traga mais uma toalha molhada."
Ouvi uma voz de mulher.
"Está tudo bem, ela está voltando", um homem disse. A voz dele estava perto do meu ouvido.
Abri os olhos. Estava deitada de costas sobre algo duro, vendo um monte de gente me observando. Fragmentos de conversas flutuavam no ar.
"Ela está bem?"
"Ela desmaiou."
"Devemos ligar para a polícia?"
Ouvi música. Talvez eu estivesse no meio de uma quadrilha. Com violinos e banjos circulando em ritmo contagiante.
"Tudo bem, vamos deixar um pouco de espaço para ela, por favor. A diversão acabou." Era a voz de Roy. Virei meu rosto e vi que ele estava agachado ao meu lado, a testa franzida de preocupação, o olhar suave. Senti o cheiro de sua loção pós-barba, fresca como o ar livre, mas não consegui identificar o que era. O grupo começou a se dispersar.
"O que aconteceu?", eu perguntei, olhando para uma luminária náutica de cobre pendurada no teto. Senti algo refrescante na testa. Pus a mão e vi que tinham posto uma toalha molhada.
Roy coçou o queixo e deu um leve sorriso, fazendo as covinhas aparecerem de novo. "Eu diria que você desmaiou."

Dei um gemido. Em seguida, comecei a me levantar.

"Ei, não tão rápido." Ele colocou a mão embaixo das minhas costas e me ajudou a sentar.

Olhei em volta e vi uma sala lotada de gente comendo nas mesas, amontoadas no balcão e atirando dardos. O Antler.

"Você está bem?" Ele deu um tapinha no meu braço.

Respirei fundo. "Acho que sim", eu disse. "Quero me levantar."

Ele pegou minha mão e eu me levantei devagar, dando uma limpada na roupa. Passei os dedos no cabelo e tentei sorrir.

"Obrigada."

"De nada", ele disse. "Vamos arranjar uma cadeira para você."

Andamos até uma mesa encostada na parede, enquanto eu tentava lembrar o que tinha acontecido. Será que eu tinha desmaiado nos braços dele? Ai, meu Deus, por favor, me diga que não foi isso que aconteceu. "Você me, hum, segurou quando eu caí?"

Ele fez um gesto afirmativo.

Meu rosto ficou em brasa. Primeiro, o beijo e, agora, isso. Não conseguia parar de me meter em situações embaraçosas com esse cara. "Bem, obrigada... de novo", eu disse, calmamente.

Sentei em um banquinho de couro vermelho e pressionei a tolha molhada na testa. Roy puxou uma cadeira na minha frente. "De nada... de novo", ele respondeu.

Ainda estava tocando uma música com violino, e eu identifiquei John Denver cantando "Thank God I'm a Country Boy."

"Fique um pouco sentada, dê um tempo para se recuperar", Roy disse.

"Estou bem, sério."

Ele apontou para a porta. "Talvez seja bom sair daqui e respirar um pouco de ar fresco. Que tal?"

O que eu realmente queria era parar de fazer papel de boba nessa cidade. "Não, obrigada", eu disse. "Estou bem de verdade. Não sei o que aconteceu."

Uma garçonete se aproximou e colocou dois copos de água na mesa.

"Pelo visto, você sempre vem me salvar", eu disse.

"No lugar certo e na hora certa, acho." Roy enfiou a mão no bolso da frente do jeans e tirou uma nota de cem dólares dobrada com cinco notas de vinte dentro. "Isto é seu. Você deixou cair quando você, ahn..."

Observei a cédula dobrada, com a marca de um pequeno furo no nariz de Franklin. Minha vontade era não pegar.

"Toma", ele disse, pondo o dinheiro na minha mão.

Depois de olhar um minuto, peguei a carteira e guardei o maço de notas. "Sim... obrigada."

John Denver acabou de cantar a música, e as notas de uma guitarra elétrica entraram em seu lugar, acompanhadas pelo convite ousado de uma mulher: *Let's go, girls*. A voz quente de Shania Twain preencheu a sala ao cantar. "Man! I Feel like a Woman!"

Ficamos sentados um pouco, enquanto a pista de dança começava a se encher, e então Roy disse: "Talvez dançar seja bom para você. Pelo jeito, parece ser o seu tipo de música". Ele fez um movimento em direção à pista de dança, lotada de corpos rodopiando. "O que você acha?" A voz de Shania ecoava à nossa volta. Alguma coisa sobre as mulheres terem direito a um pouco de diversão.

Dançar com Roy. Será que eu queria mesmo fazer aquilo? Ah, dane-se, pensei ao levantar. "Tudo bem." Senti o rubor subir às minhas faces.

"Você sabe dançar two-step?", ele perguntou ao encontrar um espaço vazio na pista.

"Sei dançar o two-step do Texas."

"Serve."

Com uma das mãos, ele segurou a minha. A outra mão ele colocou atrás do meu ombro, deixando o devido espaço entre nós — a postura correta. Senti que tinha doze anos e estava no Trimmy Taylor's, o estúdio de dança que ficava em Pine Point quando eu morei lá.

Trimmy, com o corpo miúdo de bailarina e muitas cirurgias plásticas que lhe deram um rosto de espanto permanente, sempre repetia, *atenção para a postura, atenção para a postura*. Ainda podia visualizar seu cabelo escuro preso em coque, e sentir o perfume floral de quando ela rodopiava pela sala, invariavelmente mantendo o parceiro a uma distância perfeita.

Muito obrigado Trimmy, eu pensei na hora em que Roy começou a me conduzir pela pista. Ele era tão suave, que mesmo se eu tivesse cola nos sapatos, não faria diferença.

"Sabia que você nadava, mas não sabia que você dançava", disse para ele enquanto experimentávamos os giros.

"Nadar não é meu único ponto forte", ele disse, me fazendo rodopiar. Reparei que nós éramos o único casal dançando two-step. Todos os outros estavam apenas dando passos aleatórios. Circulávamos pela pista fazendo giros e movimentos que eu mal acreditava que lembrava.

"Aqui no Maine há lugares que ensinam dança?", eu perguntei, fingindo surpresa. Roy me fez rodopiar de novo e depois nós dois rodopiamos juntos, as mãos entrelaçadas um instante, e a sala nos manteve em um suave abraço.

Ele pôs a mão de volta no meu ombro. "Talvez haja e talvez não."

"Ah, está fazendo mistério."

Roy olhou para mim e sorriu, e eu sorri também e comecei a rir. Dançar era ótimo. Nem me lembrava mais da última vez que tinha dançado.

"Parece que estão todos com medo de nós", Roy disse enquanto meus pés deslizavam, acompanhando os passos.

"Como assim?"

Ele olhou em volta e riu. "Estão todos indo embora."

Vi que apenas alguns casais ainda estavam dançando. Todo o resto tinha ido para a beirada da pista e estava nos observando.

Roy se virou e depois pegou a minha mão de novo. "Não sabia que garotas da cidade caíam na balada assim."

"Aposto que há um monte de coisas que você não sabe sobre as garotas da cidade."

"Uma coisa eu sei", ele disse, me conduzindo sem esforço. "É muito bom que você não saiba nadar porque..."

"Calma lá." Larguei a mão e parei, fingindo estar ofendida, sentindo uma pequena faísca de eletricidade subir e descer nos braços.

"Não concordo com a sua caracterização do incidente. Com certeza sei nadar e estava nadando quando você me alcançou. Estava apenas um pouco cansada da correnteza, é isso."

"Tudo bem, tudo bem", Roy disse. "Vossa Excelência me dá licença de refazer a declaração? Não é assim que vocês advogados falam na Corte — peço licença para refazer a pergunta ou algo parecido?"

Ele pegou a minha mão e começamos a dançar de novo. "Sim, algo parecido", eu disse. "O.k., permissão concedida, refaça a declaração."

"Bom, o que eu quis dizer é que foi bom que você estivesse com dificuldade de nadar, porque de outro modo eu não estaria agora dançando com você, e você é uma boa dançarina."

A música acabou e as pessoas de pé na beirada da pista até aplaudiram. Roy deu um passo para trás e me aplaudiu, e eu dei risada e fiz uma pequena reverência. Em seguida, notas de piano anunciaram o início de uma música mais lenta. Foi um daqueles momentos embaraçosos em que eu não sabia se ficava em pé para ver se eu seria tirada para dançar de novo ou dizia obrigada e sentava.

"Obrigada", eu disse e me virei para sair. Alguns casais estavam voltando para a pista. Roy agarrou minha mão. "Espere, você não pode sair ainda, Nadadora. Essa música é boa." Ele sorriu. As covinhas ficaram à mostra de novo.

Fiquei curiosa para saber como ele conseguia identificar a música só com as primeiras notas, mas logo me dei conta de que eu também podia fazer o mesmo com minhas músicas preferidas. "O.k.", eu concordei.

Ele pegou minha mão de novo, mas dessa vez ele se aproximou mais e me puxou para perto. Coloquei a outra mão em volta de seu pescoço ao mesmo tempo que Willie Nelson começou a cantar "Always on My Mind".

Ai, meu Deus, isso estava começando a ficar estranho. Dançar música lenta com alguém que não era Hayden. Alguém que salvou minha vida. Era estranho, concordo, mas ao mesmo tempo era agradável. Me sentia pequena como uma bailarina diante dele. O braço ao meu redor dava a impressão de ser tão forte a ponto de conseguir me levantar. Eu mesma não sabia o que meus pés estavam fazendo. Estava sendo rebocada, com a mão dele apoiada nas minhas costas. Meu rosto estava próximo ao dele. A loção de barba tinha um pouco de cheiro de cedro e era bom.

Roy baixou a cabeça. "Quer dizer que você é sempre tão sortuda?"

"O que você quer dizer? Sorte que eu não bati no chão e abri a cabeça?"

Ele riu. "Sim, isso também, imagino. Mas estava me referindo aos dardos."

Ele moveu a mão suavemente nas minhas costas, e um arrepio desceu pelo meu corpo. Eu estava dançando com alguém que não era Hayden e eu estava me sentindo... muito bem.

"Ah, você pensa que foi sorte?" Dei uma risada masculina. "Para seu governo, eu jogava dardos o tempo todo quando estava na faculdade, em Oxford."

"Hum... Oxford... e você ainda joga?"

Dei risada. "Para falar a verdade, não, a não ser que esta noite conte."

"Talvez você devesse. Talvez esse seja o pontapé inicial para uma nova carreira."

Quase disse que jogar dardos não era exatamente um jogo que Hayden iria apreciar, mas me contive.

"É difícil encontrar tempo", eu disse. "Com o trabalho e tudo..." Pensei no trabalho de Roy de carpinteiro e como devia ser bom ter uma jornada de oito horas por dia e pronto. Sem ficar até tarde, sem trazer serviço para casa, sem trabalhar nos finais de semana.

"Você deve jogar bastante", eu disse. "Você é bom."

Ele encolheu os ombros. Em seguida, ele sussurrou. "Não sou bom o suficiente para ganhar de você." Senti sua respiração quente no meu pescoço.

"Voltamos ao fator sorte", sussurrei de volta. Fechei os olhos e dançamos em silêncio o resto da música.

"Quer comer alguma coisa?" Roy perguntou quando voltamos para a mesa. "Para ajudar a diluir as margaritas?"

Me perguntei como ele sabia o que eu tinha bebido. "Quero, sim." Percebi que tinham me enganado e eu estava de novo sem jantar e me perguntei se eu ainda teria chance de obter uma refeição completa. "Adoraria o bolo de carne."

"Prove a sopa se vôngole também", ele disse, com a pronúncia igual a da Paula. "É muito boa aqui."

"Com certeza", eu disse, imaginando que poderia repetir uma terceira vez. Talvez dessa vez eu conseguisse terminar a porção.

Ele se levantou e falou com a garçonete, que estava a poucas mesas de distância e vi que ela escreveu algo em um bloco. Em seguida, ele voltou e se sentou.

"Então, onde você aprendeu o two-step?", ele perguntou.

Havia um recipiente branco com açúcar, pacotinhos de açúcar e de adoçante perto de mim. Girei a vasilha na mesa. "Trimmy Taylor."

"Quem?" Roy deu um sorriso divertido, como se pensasse que eu estava inventando.

Comecei a arrumar os pacotinhos pela cor. Açúcar de um lado, pacotinhos de adoçante do outro.

"Trimmy Taylor. Ela ensinava todas as crianças em Pine Point a dançar. Em Connecticut, onde eu cresci."

Roy assentiu, mas não dava para dizer se isso queria dizer que ele conhecia a cidade ou não. Ele pegou um dos pacotinhos de adoçante e levou para onde eu estava colocando os outros. Sua mão quase tocou na minha.

"Pine Point fica no condado de Fairfield", eu expliquei. "Perto do estado de Nova York. Sabe onde fica Greenwich? Ou Oeste..."

"Eu sei onde fica o condado de Fairfield", ele disse. Então se levantou e, por um instante, fiquei com medo que fosse ir embora — que eu o tivesse ofendido ou dito algo idiota e ele quisesse fugir.

Mas ele veio para o meu lado da mesa e sentou no banco perto de mim.

Meus braços se arrepiaram. "Então", eu continuei, tentando não deixar que ele ouvisse o tremor na minha voz, "Trimmy tinha um estúdio e ensinava dança de salão." Dei risada. "Ela tinha um milhão de anos. Ensinou todo mundo da cidade a dançar."

Roy sorriu. "Trimmy teria muita serventia aqui."

A garçonete veio com duas tigelas de sopa de vôngole e uma cesta de pães. "Onde você aprendeu a dançar?", eu perguntei, incapaz de imaginar algo parecido com o estúdio de Trimmy Taylor em Beacon.

Ele me passou a cesta de pães. "Bom, essa dança em especial... deixe-me ver... uma garota me ensinou."

"Ah", eu disse, pegando um dos pães. "Uma namorada?", eu perguntei, tentando aparentar descontração.

Ele concordou. "Sim." Logo acrescentou. "Mas faz um tempo."

Senti um certo alívio e então me recompus. O que eu estava fazendo, flertando com esse cara enquanto Hayden estava me esperando de volta em Nova York?

Roy deu uma mexida na sopa. "O que você veio fazer em Beacon?"

Tirei um naco da casca crocante do pãozinho e passei manteiga. "Estou aqui por causa da minha avó. Ela me pediu para ver uns negócios para ela."

"Aqui em Beacon?"

"Sim", eu respondi. "Ela morou aqui."

"Mesmo? Quando?"

"Muito tempo atrás", eu disse, provando a sopa e gostando ainda mais dessa vez. Os raminhos frescos de endro davam um toque perfeito. "Sabe, essa sopa está mesmo deliciosa."

"Eles são famosos por isso", Roy disse e, por alguns instantes, nos concentramos em comer.

Terminei a tigela sem interrupção. "Acho que estava com mais fome do que pensava", eu disse, pondo a colher no prato.

Ele olhou para mim e sorriu. "Dançar faz isso. E dardos."

Dava para sentir seu hálito de cerveja, um cheiro amargo e doce. Ele estava sentado tão perto que o braço roçou em mim duas vezes. Será que ele sabia o que estava fazendo?

O bolo de carne veio e estava maravilhoso. Saboreei cada mordida, tentando adivinhar o que tinham colocado para ficar com um gosto tão bom. Prolongamos o jantar, pedindo café. Ao final, Roy olhou para o relógio.

"Já são quase onze. Começo cedo amanhã." Ele deixou a mão na mesa. Me deu vontade de tocá-la, só encostar a minha mão na dele um pouquinho.

"Eu também", eu disse. "É melhor voltar." Ainda estava me sentindo meio tonta por causa da bebida. "Acho que andar vai me fazer bem."

"Andar? Não, não faça isso. Eu dou uma carona." Roy deslizou para fora da banqueta. "Quer dizer, se você quiser."

Sim, eu queria. Não queria que a noite terminasse. Não tão cedo. Estava me sentindo bem demais. "Claro, seria ótimo."

Andamos até a porta, passando pelo corredor cheio de pessoas reunidas em pequenos grupos, por mesas onde clientes bebiam e contavam histórias, pelo bar onde casais sentados em bancos estavam virados um para o outro e onde Skip estava pegando copos de vinho de uma prateleira alta.

Skip acenou para Roy e então, surpreso, olhou de novo quando viu que eu estava junto. Abriu seu largo sorriso, com um dente faltando.

"Ei", ele fez sinal para eu me aproximar. "Você esqueceu isso." Fui até o balcão e ele me entregou o exemplar da *Forbes*.

Quase caí na risada ao lembrar o que eu tinha pensado quando pus a revista na bolsa. Para não me entediar.

"Ah, sim, obrigada", eu disse, pondo-a dentro da bolsa.

Lá fora, a brisa marítima soprava e a rua estava em silêncio, a não ser pelas ondas da praia que se chocavam na arrebentação.

"Estou só algumas quadras para baixo", Roy disse, ao passarmos pelas fachadas das lojas, todas fechadas à noite.

O céu estava repleto de estrelas. "Incrível como é claro." Apontei para cima. "Olha, aquela é Orion."

"Estou vendo", Roy disse. "As três estrelas são o cinturão e lá estão os braços e as pernas." Ele desenhou o contorno com o dedo.

"As estrelas aqui brilham mais e parecem mais próximas", eu disse. "Estão suspensas sobre nós como uma rede, nos mantendo no lugar."

Roy olhou de volta para mim. "Talvez estejam, Ellen. Talvez estejam mesmo."

Ele abriu a porta do passageiro da caminhonete e eu sentei no banco. Entrou pelo lado do motorista e colocou a jaqueta atrás. Andamos em silêncio através da cidade, passamos pela praia e pela construção onde ele trabalhava, entramos na estrada secundária e descemos pela rua em direção ao Victory Inn, onde as luzes da varanda emitiam um brilho amarelado. Em seguida, ele parou a caminhonete no acostamento.

Eu estava com a bolsa de couro no colo, e Roy dirigiu o olhar para as minhas mãos. Sentindo que ele estava me observando, só podia pensar em Hayden e no que ele diria se soubesse que eu estava sentada na caminhonete de um homem que estava observando as minhas mãos. Sabia que tinha de sair dali, mas não conseguia me mexer.

Dali a pouco Roy começou a passar os dedos sobre os meus. Sobre os nós, sobre as juntas, para cima e para baixo, em cada dedo. Foi como se tivessem passado fios de eletricidade em mim e me ligado na tomada. Uma onda de calor passou pelo meu corpo. Mal podia respirar.

Ele virou o rosto em minha direção e pendeu para o meu lado. Tirou suas mãos das minhas e começou a colocar os braços à minha volta. Aí ele parou.

"Podemos tirar a sacola do caminho?", ele perguntou, empurrando a bolsa. As covinhas apareceram de novo.

"Claro", sussurrei, mal conseguindo falar. "Vou colocar no chão."

Mas ele já estava pegando a bolsa. O problema foi que ele agarrou pela lateral e de repente a bolsa virou de cabeça para baixo, despejando todo o conteúdo. Os batons e as canetas rolaram. O celular e uma porção de trocados soltos se espalharam pelo assento. A carteira e o iPod caíram, junto com um punhado de notas. E, para culminar, o envelope da Winston Reid — aquele onde estava escrito SR. CUMMINGS, onde estava guardada a carta da minha avó — voaram para o chão.

"Desculpe", Roy disse, enquanto me ajudava a recolher as coisas. "Acho que não sei como se carrega uma bolsa."

Comecei a rir. Foi quando ele pegou o envelope com a carta da minha avó e eu vi o sorriso desaparecer e um olhar de susto tomar conta do seu rosto.

"O que é isso? Winston Reid Jennings Advogados?"

"É o escritório de advocacia onde eu trabalho", eu respondi, pegando o iPod.

"O seu escritório de advocacia." Ele parecia bravo. O homem que tinha desenhado o contorno do cinturão de Orion com a ponta dos dedos tinha desaparecido e eu não sabia por quê.

"O que foi?"

"Sei muito bem o que você está fazendo." Os olhos dele gelaram. "Sabia que isso ia acontecer."

Peguei o celular e o batom. "Sabia que o quê ia acontecer? Do que você está falando?"

Ele agitou o envelope na minha cara. "É disso que eu estou falando. Me processar por conta do píer — ter caído."

O píer. Abrir um processo contra Roy. Não estava entendendo nada.

"Não estou entendendo", eu disse. "Por que eu haveria de processar você pelo píer? Eu caí, você me ajudou." Estava quase acrescentando que, mesmo que quisesse processar alguém com base no píer, eu processaria o dono da propriedade e a companhia construtora — os poderosos —, e não alguém que apenas trabalha lá. Mas ele não me deu chance.

"Vocês, advogados de cidade grande", ele disse, abanando a cabeça. "São todos iguais. Ninguém mais assume responsabilidade por seus atos. É tudo sempre culpa do outro. E vocês, advogados, contribuíram para esse estado das coisas."

Nós éramos todos iguais? Eu contribui para esse estado das coisas? Por que ele estava atacando a mim e a minha profissão? "Não estou entendendo por que você ficou irritado", eu disse, "e nem o motivo de tantas críticas a mim e ao que eu faço."

Ele apontou o envelope. "Você é advogada. Advogados processam pessoas. Você mesma disse que alguém poderia ser processado por causa do píer."

"O píer? Ai, meu Deus. Quis dizer que precisava de conserto."

"Não é o que você quis dizer."

Senti o sangue me subir à cabeça. Ele estava tentando colocar palavras na minha boca. Quem ele pensava que era? "Você está completamente enganado", eu disse. "O que tem dentro desse envelope não tem nada a ver com você."

Roy me encarou. "Ah, não? Então por que tem meu nome escrito?"

"Seu nome?"

"Sim, meu nome. Cummings."

Cummings? O nome dele era Roy Cummings? Ai, caramba, o

sobrenome era o mesmo. Estava começando a fazer sentido. Agora tudo o que eu precisava fazer era explicar que ele não era o Sr. Cummings. Pelo menos não aquele que eu precisava encontrar. E que eu não estava lá para processar ninguém. Estava lá para realizar o último desejo da minha avó. Era isso que eu devia ter feito. Mas àquela altura eu estava muito irritada. Muito irritada mesmo. Peguei a minha bolsa e saí da caminhonete.

"Você não sabe de nada", eu disse, com a voz trêmula, de pé diante da porta aberta. "Nada sobre advogados, nada sobre processos e principalmente nada sobre mim. E vou dizer uma coisa — melhor ser uma advogada de cidade grande vindo de Nova York do que um cara preconceituoso do Maine que tira conclusões apressadas." Levantei o queixo e olhei para ele direto nos olhos, como se fosse um míssil mirando no alvo. "Vejo você no tribunal", eu disse, batendo a porta.

Estava soltando fumaça ao subir até o Victory Inn. Esperava que ele acreditasse que eu ia processá-lo. Esperava que ele tivesse pesadelos com isso. Que idiota arrogante. Nossa, ainda bem que eu não deixei ele me beijar. O que diabos ele estava pensando?

A porta rangeu quando eu entrei. O lobby estava vazio, a não ser pelo brilho suave de duas arandelas e o reflexo azul da tela do computador da Paula. Inspirei fundo e expirei devagar, tentando me acalmar.

Logo em seguida, eu refleti: deixaria ele me beijar? Um momento. Não teria deixado ele me beijar. Nunca que isso ia acontecer. Eu teria impedido. Estava a ponto de impedi-lo. Eu estava noiva, pelo amor de Deus. Meu anel estava no andar de cima, no quarto 10 — ou no quarto 8 ou onde quer que fosse. Eu tinha um noivo que eu amava muito e que estava em Nova York me esperando. Sim, e ele era brilhante — não havia problema que ele não conseguisse solucionar, e ele era refinado, e ele se vestia bem, e ele era bonito, e ele estava a ponto de ser uma estrela em ascensão no mundo da política. Tive uma visão repentina de Hayden sentado na escrivaninha, vestindo um dos ternos Savile Row, talvez o cinza chumbo com listas fininhas, e uma camisa branca engomada e uma gravata Hermès — provavelmente a azul toda estampada com letras H miúdas, tão pequenas que nem pareciam letras H.

Nunca teria acontecido um beijo.

A casa na Comstock Drive

Uma buzina de carro soou lá fora... dois longos toques. Em seguida, silêncio. Depois, outro longo toque.

Entreabri as pálpebras até os olhos ficarem semiabertos. O quarto estava na penumbra, com apenas uma fenda de luz entrando pela extremidade inferior da persiana. Me virei e tentei voltar a dormir, mas todos os músculos estavam doloridos e a cabeça também doía.

Margaritas.

Tentei engolir, mas a boca estava seca demais.

Margaritas.

Um chumaço de cabelo grudado na testa, alguns fios no canto da boca.

Uma cadeira. Alguém de pé em cima de uma cadeira, gritando.

Desgrudei o cabelo.

Era eu na cadeira. Ai, meu Deus.

Gente aplaudindo. Gente levantando os copos. Para mim. Eu estava em pé sobre uma cadeira, apontando para uns caras jogando dardos.

Alguns caras jogando...

Ah!

Meu estômago revirava como um planeta saindo de órbita.

Uma nota de cem dólares e um furo no nariz de Ben Franklin e uma aposta e eu arremessando dardos e Roy arremessando dardos e...

Roy.

Ele estava lá. Agora me lembro. Nós jogamos dardos e dançamos two-step e conversamos sobre Trimmy Taylor e as cirurgias plásticas dela e o conceito de postura e comemos bolo de carne e Skip ficou dando drinques para nós e Roy me trouxe para casa e me beijou...

Espere um momento.

Arregalei os olhos quando me lembrei da bolsa caindo e tudo se espalhando pelo chão da caminhonete de Roy. E depois ele ficou agitando o envelope na minha cara. O envelope com a carta da minha avó. Ele pensou que eu ia abrir um processo contra ele. E o nome dele era Cummings. E ele estava tentando me beijar.

Fora do quarto, a buzina tocou de novo e eu queria sair na janela e gritar para pararem — e as pessoas dizem que os nova-iorquinos são sem educação! —, mas exigiria muito esforço.

Coloquei o travesseiro sobre a cabeça e gemi. Graças a Deus que não aconteceu. Devia estar muito bêbada. Será que eu tinha sido atraída por sua habilidade de usar uma pistola de pregos ou de usar canos de pvc? Ele tinha sido horrível comigo. Simplesmente um sem educação. De onde ele tirou a ideia de que eu ia abrir um processo contra ele? E toda aquela conversa de advogados de cidade grande. Faça-me o favor...

Virei para ver o despertador. Os números brilhavam tanto que doía: dez e meia. Como podia já ser dez e meia? E que dia era hoje? Demorou um minuto para eu calcular que era quinta-feira. E eu tinha planejado levantar às sete.

Senti a cabeça pesada quando comecei a me erguer para tentar levantar, fiquei um pouco sentada e depois fui até o banheiro. A imagem no espelho era assustadora, ainda mais sob a luz amarelo-esverdeada da lâmpada no teto. A maquiagem estava toda manchada embaixo dos olhos, com borrões escuros. Será que essa era a minha aparência na noite passada?

Tirei a maquiagem do rosto, jurei que nunca mais ia beber e me vesti. Levei o celular para o banheiro, abaixei a tampa da privada e disquei o número do escritório de Hayden. A secretária dele, Janice, me disse que ele estava em uma reunião demorada. Frustrada, desliguei e ouvi as duas mensagens de voz que minha mãe tinha deixado enquanto eu estava no Antler. *Você já entregou a carta? O que aconteceu? Quando você volta?*

Comecei a discar o número de casa, mas logo tive uma ideia melhor. Não podia manter uma conversa demorada e complicada com ela naquele momento e se no dia anterior eu já estava preocupada com o sexto sentido dela, naquele muito mais. Antes de eu dizer alô, ela já ia saber que algo estava errado. Mandei outra mensagem de texto: *Está tudo bem. Ainda não entrei em contato com o Sr. C, mas vou tentar de novo agora. Vou embora hoje com certeza. Te ligo em breve. Beijos.*

Espero que isso a acalme, pensei, apanhando a bolsa e as chaves do carro em cima da cômoda. Em pouco tempo, eu seria capaz de fornecer um relatório completo. Desci os dois lances de escada e atravessei o lobby, onde Paula estava entretida conversando com um homem segurando uma torneira de banheira e uma chave inglesa. Ela me cumprimentou quando eu passei.

O banco da frente do carro estava morno. Abaixei as janelas e estava pronta para ligar o GPS, quando lembrei que não precisava. Conhecia de cor o caminho para a casa de Chet Cummings. Não demorou para eu virar na rua dele e estacionar na entrada da garagem, atrás do Audi verde, que ainda estava no mesmo lugar.

Ninguém atendeu quando eu bati na porta. Esperei um minuto e bati de novo, mas não obtive resposta. Espiei através de algumas janelas, mas não vi nenhum sinal de vida. Aonde esse homem vai todo dia? Será que ele tem um emprego? Me perguntei se havia um McDonald's por perto. Ouvi dizer que eles contratam muita gente de terceira idade.

Tirei o envelope com a carta da minha avó da bolsa. Passei o dedo sobre o nome — Sr. Cummings — enquanto estava em pé na varanda, tentando decidir o que fazer. Tudo bem, pensei, você deve simplesmente deixar a carta aqui. Você deve deixar, fazer o check-out na pousada e pegar a estrada. Você fez o máximo possível. A Vovó iria entender.

Um carro parou na garagem da casa ao lado — a vizinha com o Volvo branco. Eu a cumprimentei, mas ela não me cumprimentou de volta. Ela saiu do carro e atravessou o gramado do Sr. Cummings. Estava usando camiseta preta e jeans *skinny* branco e tinha um belo corpo. Subiu a passos largos até a varanda e colocou as mãos nos quadris, como se fosse proprietária do lugar.

"Você está procurando alguém?", ela perguntou, franzindo a testa, me ameaçando com os olhos castanho-escuros.

Fiquei tão surpresa que mal consegui falar. "Estou procurando o Sr. Cummings", consegui gaguejar.

Ela olhou o envelope na minha mão. "E que negócios você tem com ele?"

Isso era demais. Não podia acreditar em como ela era intrometida. "Meus negócios com o Sr. Cummings são assuntos meus", eu respondi.

Ela se aproximou, e eu senti uma fragrância picante. "Sou vizinha dele... e amiga. Tomo conta dele."

"Que bom", eu disse, soltando farpas pela voz. "Mas é um assunto pessoal e prefiro não discutir com ninguém mais."

Coloquei o envelope de volta na minha bolsa e desci os degraus da varanda. Quem ela pensa que é? *Eu tomo conta dele*. Agora não havia jeito de deixar a carta lá. Eu quase podia vê-la segurando a carta sobre uma chaleira, abrindo com o vapor e depois lendo. Iria colocar no correio na agência em Beacon ou em uma caixa postal no caminho da saída da cidade, mas de jeito nenhum ia deixar na porta.

De volta à pousada, coloquei todas as roupas na bolsa de viagem. No banheiro, recolhi os produtos de higiene pessoal, tirei o carregador de celular e o fio do laptop da tomada sobre a pia e conferi a maquiagem no espelho.

Dei uma olhada final pelo quarto, reparando em uma pequena rachadura no puxador de porcelana da cômoda. Estranho eu não ter notado até agora. Verifiquei o banheiro mais uma vez para ter certeza de que tinha pegado tudo. A última coisa em que eu reparei foi a gravura do barco a vela entrando no porto ao entardecer. Não tinha me dado ao trabalho de ver o nome do barco, mas agora, sim. No casco, em caracteres azuis, estava escrito JE REVIENS. *Eu volto*. Fechei a porta do quarto e desci as escadas.

Estavam servindo almoço quando passei pelo restaurante. Paula saiu da cozinha pela porta giratória.

"Você está indo embora?", ela perguntou, olhando para a mochila.

"Sim", eu respondi, me sentindo mal por não ter cumprido a missão. Pelo menos não do jeito que minha avó teria desejado. "Chegou a hora de ir embora."

Acompanhei Paula até o balcão e assinei meu nome no livro, na coluna SAÍDA DE HÓSPEDES. Em seguida, ela passou meu cartão de crédito.

"Espero que a estadia em nossa cidadezinha não tenha sido muito monótona", ela disse enquanto eu punha a alça da bolsa do laptop sobre o ombro. Vi o vislumbre de um sorriso no seu rosto, como uma faísca prestes a explodir.

"Não. Foi tudo bem."

Ela apanhou uma caneta e colocou atrás da orelha. "Então talvez você volte um dia."

Encolhi os ombros e tentei sorrir. "Acho que meus negócios aqui estão concluídos." Deslizei a mala pela porta, fechando-a atrás de mim.

O ar estava fresco, e eu abri as janelas do carro para entrar uma brisa. Configurei o GPS com o endereço de casa e escolhi a rota pitoresca. Dirigi ao longo de campos verdes, pinheiros e quintais onde crianças brincavam de pegador e, durante o percurso, fiquei imaginando como fotografaria cada cena se tivesse uma câmera. Passei por fazendas que vendiam cestas carregadas de blueberries e arranjos coloridos de buquês de flores recém-colhidas em barracas no acostamento. Pensei na Vovó e nos cupcakes de blueberry que ela fazia e em como ela conseguia fazer a cobertura ligeiramente crocante enquanto dentro ficava úmido na medida certa. Só de pensar nos cupcakes meu estômago começou a roncar de fome.

Depois de quinze minutos, apareceu um muro de pedra do lado esquerdo. Parecia se estender para sempre, mas de vez em quando dava para vislumbrar um campo do outro lado. Placas desbotadas de ENTRADA PROIBIDA surgiam em intervalos regulares, com letras antes vermelhas, agora rosadas. O campo seguia adiante, o muro sempre acompanhando, com pedregulhos dispersos e pedras caídas na lateral. "Boas cercas fazem bons vizinhos", eu disse em voz alta, lembrando o verso do poema de Robert Frost.

Quando o muro acabou, as casas começaram a reaparecer. Passei por uma entrada de garagem, com um jogo de amarelinha riscado com giz rosa e azul no chão e, mais adiante, uma placa indicava a rodovia logo depois.

Uns cem metros para baixo na estrada, avistei uma pequena loja. A placa dizia EDDY'S FOOD MART, apesar de a letra R de MART estar faltando. Se bem que dava para ver o contorno de onde estava antes. Mat, eu disse a mim mesma. Sem o R, soava como se alguém estivesse falando com aquele sotaque típico do Maine. Havia uma única bomba antiga de gasolina na frente da loja. Olhei para o tanque, vi que tinha um quarto e resolvi parar. Um adolescente ruivo com sardas veio até o carro.

"Completo?", ele perguntou, protegendo os olhos do sol ao olhar para mim.

"Sim, por favor." Desliguei o motor. "Vou entrar na loja um minuto, tudo bem?"

O garoto encolheu os ombros, querendo dizer *fique à vontade*.

A loja estava fria e escura, e os quatro pequenos corredores estavam entulhados com caixas e latas, sucos e cereais, vegetais e pães, leite, ovos, revistas. O chão rangeu conforme eu caminhei até a geladeira, nos fundos. Não encontrei nenhuma água Perrier, mas algo diferente chamou minha atenção: refrigerante Higgins. O rótulo dizia ENGARRAFADO NO MAINE COM O SABOR DISTINTIVO DA REGIÃO, o que quer que isso significasse. Peguei duas garrafas, fui até a caixa registradora e coloquei no balcão de carvalho. A madeira estava amarelada e toda marcada por gravações a caneta. CHARLIE E JUNE. FITZ ESTEVE AQUI. LISA T. PETE RONIN É UMA LESMA.

A garota atrás do balcão olhou para mim, rosto redondo e olhos sonolentos."Só isso?"

"Só isso." Tirei a carteira e puxei um maço de notas. No fundo do maço, encontrei a minha nota de cem dólares dobrada e, dentro, as cinco notas de vinte — meu triunfo sobre Roy. Pus tudo de volta e puxei uma nota de vinte de cima do monte.

A caixa estava colocando as bebidas em um saco de papel. Pensei na jornada até em casa, torcendo para não ser pega em nenhum congestionamento, quando senti um tapinha no ombro.

"Me desculpe."

Me virei e vi uma mulher de calça vermelha e blusa azul atrás de mim, segurando uma caixa de brócolis congelado. Era Arlen Fletch, da Prefeitura Municipal.

Ela se aproximou. "Estava torcendo para encontrar você", ela sussurrou, como se estivesse fazendo uma confidência. "Lembra de mim? Da prefeitura?"

"Sim, claro", eu disse, sorrindo enquanto alcançava a bolsa. "Nós conversamos sobre a Receita Federal."

Arlen se encolheu como vampiro diante da cruz. Logo, seu rosto se suavizou. "Você esqueceu isso no nosso escritório."

Ela me estendeu um pedacinho de papel onde eu tinha escrito FRANK E DOROTHY GODDARD, os nomes dos pais da minha avó — os nomes que eu estava procurando nos registros imobiliários. Era algo que eu iria jogar fora. Que estranho essa mulher ter não só guardado, mas conservado junto com ela. E depois dizem que as pessoas de Nova York é que são esquisitas.

"Obrigada por... ter guardado para mim", eu disse, forçando um sorriso ao pegar o papel da mão dela. "E pela sua ajuda no outro dia", e fui me encaminhando para a porta.

Mas Arlen me seguiu, passando pelos pacotes de milho verde fresco e tomates. "Ah, de nada", ela respondeu, se desviando das latas de ervilha empilhadas no fim do corredor. "Achei que encontraria você de novo. Às vezes, dá certo."

"Sim, bem, obrigada de novo", eu disse, empurrando a porta e saindo.

Paguei a gasolina para o menino sardento e estava me dirigindo para o carro quando percebi que Arlen estava me seguindo, com a caixa de ervilhas na mão. Parei ao lado do carro e tirei as chaves da bolsa. "Você quer me falar alguma coisa?"

Um sorriso brotou do rosto miúdo de cãozinho Pug de Arlen. "Eu encontrei."

"Sim, eu sei." Levantei o pedaço de papel para que ela pudesse ver que eu ainda estava com ele. Será que ela estava esperando recompensa?

Ela levantou a cabeça e franziu os olhos. "Não, você está olhando para o lado errado." Ela fez um sinal. "Encontrei a casa. Encontrei a casa da sua avó. Viu? Está escrito BRADLEY G. PORTER E SUSAN H. PORTER. São os proprietários atuais."

Olhei para o papel e vi que ela tinha escrito os nomes atrás. Também li o endereço. COMSTOCK DRIVE, 14. "Você encontrou a casa da minha avó?"

Arlen encolheu os ombros. "Sim, senhora", disse com aquele sotaque típico.

"Mas eu verifiquei todos os registros desde mil novecentos e — ah, nem sei, mas eu examinei tudo e não encontrei nada."

Arlen se aproximou de novo. "Bem, você deve ter deixado escapar alguma coisa porque eu encontrei." Ela piscou para mim.

Queria abraçá-la. Queria levantá-la e fazê-la girar. Queria beijar seu rosto de cãozinho pug. Isso sim faria a viagem ter valido a pena. Mas me contentei com dizer obrigada de novo.

"Vou colocar o endereço no GPS e dirigir direto até lá", falei para ela.

"GPS?" Ela se retraiu. "Você não precisa disso para encontrar. É praticamente virando a esquina." Ela desandou a enumerar uma série de direções a seguir, que incluíam quatro viradas, uma bifurcação e um riacho. Talvez ela tenha me visto empalidecer.

"Parece que você ficou um pouco confusa", ela disse. "Espere aí."

Arlen foi até o carro e voltou com um mapa de ruas, dobrado em três. Ai, meu Deus, eu pensei, me deixe usar o GPS.

O mapa estava amarelado e tinha cheiro de porão úmido. Arlen soprou a pequena camada de pó. Em seguida, abriu o mapa e estendeu na capota do Toyota de alguém.

"É bem aqui. Essa é a Comstock Drive." Ela pegou uma caneta rosa e fez um círculo.

"Vá pela Route 55 e siga por aqui, pegue a esquerda ali, à direita na Algonquin e vire aqui na Verrick, então cruze o córrego e vire à esquerda, na bifurcação." Ela traçou a rota para mim com a caneta. "Aí você vai chegar na Kenlyn Farm. O enorme muro de pedra. Não dá para não ver. Passando a fazenda, fica só algumas ruas depois à direita."

Estava começando a ficar tonta. Peguei o mapa, ignorando tudo, exceto a grafia do nome Comstock, para poder programar o GPS.

"Kenlyn Farm?", eu perguntei.

Arlen fez um gesto de desdém. "É uma velha fazenda de plantação de blueberry. Se bem que eles não plantam mais nada lá. É só uma grande extensão de terra, mas não dá para não encontrar. Muro de pedra por todos os lados."

Tinha certeza de que ela estava se referindo ao lugar por onde eu tinha passado.

"Tome, leve isso", Arlen disse, me cutucando com o mapa. Agradeci de novo, entrei no carro e desabei no assento. *Ela encontrou a casa. Ela encontrou.* Eu queria ver a casa, tocar nela, cheirá-la. Queria ficar em pé diante da porta de entrada, onde minha avó tinha ficado. Queria rastrear os passos que ela tinha dado e sentir a madeira, os pregos e o gesso.

Abri uma das garrafas de refrigerante, deixando o líquido gelado escorrer pela garganta, e pensei de novo na casa e em que cara ela devia ter. Mas dessa vez eu só senti coisas boas. Devia ser pequena e acolhedora, com piso irregular e escadas íngremes e quartos pequenos com tetos inclinados. Haveria corredores estreitos e puxadores antigos de vidro e guarnições de mogno tingidas ou envernizadas até ficarem bem brilhantes. E eu iria sentir a presença da minha avó no teto e no revestimento e nas camadas de tinta.

Joguei o mapa no banco do passageiro e programei o GPS para Comstock Drive, 14. Apareceu uma lista de estradas da região com o nome Comstock. Tinha Comstock Lane em Louderville e Comstock Circle em Tolland, mas Comstock Drive não constava em nenhum lugar, incluindo Beacon. Com um suspiro, peguei o mapa da Arlen e tentei entender a rota que ela tinha traçado.

Só então tirei o carro do estacionamento e logo estava passando de novo pelo muro de pedra. Esta é a Kenlyn Farm, eu supus. Na terceira rua depois da fazenda, entrei na Comstock.

A casa número 14 era de dois andares em estilo New England, parecida com todas as outras da rua, revestida com ripas de madeira, rodeada por uma varanda e cercada por um parapeito de madeira branca. Mansardas se projetavam para fora do telhado. No jardim da frente, um plátano, com uma balança de madeira pendurada em um dos galhos. Uma mulher com trinta e poucos anos, de short jeans e camiseta verde da faculdade de Dartmouth, empurrava uma criança de uns sete anos na balança.

Estacionei e caminhei até elas. "Oi", eu disse, cumprimentando. "Meu nome é Ellen Branford." Estendi minha mão para a mulher. "Sou de Nova York, mas estou visitando Beacon. Minha avó passou a infância aqui."

"Verdade?" A mulher apertou minha mão. "Susan Porter. Esta é minha filha, Katy."

"Desculpe incomodar", eu disse, "mas parei aqui porque... bem, minha avó não só cresceu em Beacon, como morou bem aqui." Apontei para a casa.

"Na nossa casa?" Os olhos de Susan brilharam. "Você está brincando."

"Não. Consegui o endereço no cartório da cidade. É o seguinte... Eu queria saber se..."

"Você gostaria de ver a casa?", ela perguntou, pegando na mão de Katy.

Dei um suspiro de alívio. "Sim, obrigada." Acompanhei as duas pelo jardim até a casa, o sol quente nas costas, enquanto eu pensava na Vovó fazendo o mesmo caminho. Muito tempo atrás, as memórias da minha avó ficaram armazenadas nas paredes daquela casa. Eu tinha esperança de que a casa compartilhasse algumas delas comigo.

Subimos os degraus da varanda, e Susan me levou até uma sala de estar ensolarada, onde uma brisa entrava pelas janelas abertas. Olhei com admiração para a lareira de pedras da região, e ela me contou que era original da casa. Tentei imaginar minha avó quando era menina naquela sala, mas não consegui.

Ela me mostrou outra sala, onde brinquedos e bichos de pelúcia estavam jogados pelo chão como minas terrestres. Fui atrás dela, passando pela cozinha e a sala de jantar, que tinham armários embutidos com portas de vidro.

"Acho que também são originais", Susan disse, apontando para os armários. Ao tocar o mogno, tentei sentir a presença da Vovó, mas não consegui.

Um lance estreito de escadas levava ao segundo andar. Acho que senti um leve cheiro de lavanda quando chegamos ao patamar. Susan mostrou o caminho para a suíte do casal, pintada de verde-claro, um quarto de criança com decoração xadrez rosa e um quarto de hóspedes com uma espécie de futon no canto.

Era uma casa antiga e bonita. Mas isso era tudo. O que quer que eu tivesse esperado encontrar ou sentir não estava lá. Seja qual fosse o vislumbre da vida da minha avó que eu imaginava descortinar, não se materializou.

Ficamos em pé no hall da escada. "Obrigada", eu disse, tentando não parecer frustrada. "Você tem uma bela casa, e agradeço por ter me deixado entrar e conhecer." Olhei para o hall. "Estou tentando imaginar minha avó aqui."

"Quanto tempo faz isso?", Susan perguntou.

"Mais de sessenta anos", eu respondi. "Os Goddard moraram aqui quando..."

Susan arregalou os olhos. Ela colocou a mão sobre o meu braço. "Os Goddard?"

"Sim, o nome de solteira da minha avó era Ruth Goddard."

"Ruth Goddard?", ela perguntou. "Ela era sua avó?"

Dei um passo para trás, um pouco surpresa com o entusiasmo dela. "Sim", eu disse hesitante. "Por quê? Você já ouviu falar dela?"

"Venha comigo", ela disse. "Você precisa ver isso."

Susan abriu uma porta no hall, e ela e Katy me conduziram por uma escadinha íngreme, com degraus estreitos. Senti um bafo quente de verão ao chegarmos no sótão.

"Estamos fazendo uma reforma aqui", ela disse, "então não repare na bagunça. Brad está transformando em um escritório."

Olhei com bastante atenção a enorme sala quadrada, com estrutura de água-furtada nos dois lados. As janelas estavam cobertas com persianas verticais antigas, com aletas de metal fino. As aletas estavam entreabertas, e a luz do sol entrava, projetando sombras geométricas no chão escuro. Uma serra circular e uma pilha de ferramentas estavam no chão, ao lado de um monte de paredes de gesso drywall.

Em um trecho da sala, as divisórias antigas de drywall tinham sido arrancadas da parede e a estrutura de madeira estava aparente. Olhando de lado, dava para ver o que pareciam ser duas camadas — drywall e gesso por baixo.

"Alguém colocou drywall por cima do gesso?", eu perguntei. "Por que teriam feito isso?"

Susan encolheu os ombros. "Não sei. Talvez o gesso estivesse em mau estado e quisessem fazer um conserto rápido."

Ela andou até um canto da sala, onde a iluminação era fraca. "O que eu queria que você visse é isso." Ela apontou para algo na parede.

Parecia uma pintura. Tinha mais ou menos um metro de altura por um e trinta de largura. Me aproximei. Um rapaz e uma mocinha estavam em pé, um olhando para o outro, de mãos dadas. Ao fundo, em uma composição cuidadosa, um carvalho isolado diante de uma pequena alameda também de carvalhos e um celeiro vermelho consumido pelo tempo.

A mocinha estava vestindo um vestido verde-musgo. O rapaz vestia calça e camisa cor de terra. Estavam rodeados por plantas silvestres, flores e um céu azul. Havia algo quase místico na cena, como se o homem e a mulher tivessem brotado eles próprios da natureza.

Me aproximei para tocar os veios de uma grande folha verde. A tinta estava morna e fresca ao mesmo tempo, áspera e lisa. A folha parecia ganhar vida com meu toque. Quase dava para sentir a energia.

"O que é isso?", eu perguntei.

"Encontramos quando retiramos a drywall antiga. Estava pintado sobre o gesso", Susan disse.

"É inusitado", eu disse. "Inusitado e bonito."

Ela concordou. "Você consegue ler o que está escrito? É preciso olhar bem ali." Ela apontou. "Há nomes acima das pessoas e a artista assinou no canto inferior direito."

Observei atentamente e vi que havia mesmo nomes bem acima das cabeças das duas pessoas. No rapaz, estava escrito o nome Chet, com letras precisas, e, na mocinha, o nome Ruth. No canto inferior direito da pintura havia, como Susan tinha falado, uma assinatura. Li o nome, escrito em altos e baixos, cumes e vales, que tinham se tornado tão familiares para mim: Ruth Goddard.

Viagem para o Norte

Me afastei dali em estado de torpor, consciente apenas do chão à minha frente. Se houvesse pinheiros ou margaridas-amarelas ou urzes azuis na lateral da estrada, se um veado pulasse na mata ou um esquilo vermelho subisse em um carvalho, não teria reparado. Minha cabeça tinha ficado no sótão de Susan Porter, perdi a entrada e acabei indo parar no centro de Beacon.

Me sentindo um pouco tonta, parei em um estacionamento na frente do Banco Comunitário. Do outro lado da rua, havia algumas cadeiras de praia e toalhas na areia e algumas pessoas estavam em pé próximas da água. Parei no quebra-mar, sentei e dei um longo e lento suspiro ao pensar na minha avó e em Chet Cummings e na pintura.

O céu estava repleto de nuvens brancas, e o sol do final de junho se espraiava sobre a água. Virei o rosto e contemplei a fileira de lojas — Three Penny Diner, Antler, Imobiliária Harborside; Tindal & Griffin advogados. Algo parecia diferente. Talvez o tijolo da Harborside tivesse sido retocado. Ou talvez alguém tivesse lavado com jato d'água as tábuas brancas do escritório Tindal & Griffin. Talvez houvesse gerânios novos nas jardineiras do Three Penny Diner. As flores vermelhas pareciam mais vivas. Fiquei lá sentada, respirando a maresia, imaginando a Vovó sentada no mesmo lugar, com um pincel na mão e Chet Cummings ao lado dela. Eu tinha feito uma descoberta — uma janela para a vida da minha avó. Uma vida sobre a qual nós não sabíamos nada.

Isso era uma dádiva, inesperada e maravilhosa. O quanto ainda havia por descobrir eu não tinha ideia. Mas de uma coisa eu tinha certeza: eu não iria embora de Beacon. Pelo menos não naquele momento.

Quando entrei no estacionamento do Victory Inn, fiquei surpresa de ver que metade das vagas estavam tomadas. Bom para Paula, eu pensei, mas então fiquei preocupada que ela tivesse entregue meu quarto para outra pessoa.

"Esqueceu alguma coisa?", ela perguntou quando eu entrei no lobby. Me olhou de cima a baixo. "Esqueceu os dardos?"

Os dardos? Como ela sabia disso? Estava começando a entender o que as pessoas queriam dizer quando falavam da vida em cidade pequena.

"Não, eu..."

"Ah, você está voltando mesmo", ela disse, apontando para a minha bolsa de viagem.

"Sim", eu disse, pegando minha carteira. "Apareceu algo e eu vou precisar ficar mais alguns dias — provavelmente até domingo." Coloquei meu cartão de crédito sobre o balcão com um estalo. "Você ainda tem um quarto, espero."

Ela abriu o livro com capa de couro, virou algumas páginas, esfregou o queixo e disse: "Posso colocar você de volta no quarto com vista para o mar".

"Perfeito", eu disse, escrevendo o nome e endereço na coluna ENTRADA DE HÓSPEDES. Já sabia o procedimento.

Paula me entregou a chave com a fita trançada, e eu subi os dois lances de escada. O quarto me pareceu quente e acolhedor quando entrei — as reproduções com temas náuticos, as louças e a jarra de cerâmica, a cama com a colcha branca. Coloquei a bolsa na prateleira para malas e guardei as roupas. Pus os produtos de higiene pessoal no banheiro, na cesta de vime.

Da minha pasta de documentos, peguei um bloco de papel ofício amarelo e coloquei em cima da caixa acoplada da bacia sanitária, junto com uma caderneta de recados com uma gravura do Victory Inn. Peguei um monte de canetas e lápis do fundo da pasta e coloquei todos em um copo. Pus o copo sobre a caixa acoplada com os blocos de papel e fiz um gesto de aprovação, satisfeita. Meu novo escritório.

Em seguida, fechei a tampa do assento da privada, inspirei longamente e disquei o número do celular de Hayden. Ele respondeu depois de dois toques.

"Hayden, sou eu."

"Oi, onde você está?" Ele parecia animado, contente de ouvir minha voz. "Você já passou por Portland?"

Apertei os dentes e segurei o telefone um pouco mais forte. "Para falar a verdade, ainda estou em Beacon. No Victory Inn".

"Ainda em Beacon? Está tudo bem? Pensei que você já estivesse na estrada agora."

Pela voz, ele parecia preocupado. "Sim, eu também pensei", eu respondi. "Mas aconteceu uma coisa muita estranha. Estava a caminho da rodovia e dei de cara com uma senhora do registro de imóveis..."

"A senhora de onde?"

"Do registro de imóveis... na prefeitura." Olhei para a bússola no tapete com arabescos das letras N, S, L e O.

"O que ela queria?"

"Ela encontrou o endereço da casa onde minha avó morou. Então fui até a casa e a proprietária — uma moça chamada Susan Porter — me deixou entrar. E imagina o que tinha no sótão?"

"Onde?"

"No sótão", eu respondi. "Você não vai acreditar. Há uma pintura feita pela minha avó... na parede, no sótão. É incrível, Hayden. Os donos estavam fazendo umas reformas e encontraram... uma pintura da minha avó com Chet Cummings. Os dois juntos. Ela escreveu os nomes deles e assinou. E é muito boa. Sério mesmo, muito, muito boa."

Pensei na pintura dos dois jovens, de mãos dadas, e desejei que Hayden estivesse lá para ver.

"Não sabia que sua avó pintava."

"Não, essa é a parte incrível", eu disse, me lembrando do detalhe das flores e da folhagem, as expressões vivas nos rostos da minha avó e de Chet Cummings, as texturas que ela empregou no celeiro e nas árvores. "Eu também não sabia."

"Você tirou fotos? Você está com a máquina fotográfica?"

Me lembrei da sensação da máquina deslizando pelos meus dedos, da visão da Nikon mergulhando na escuridão em silêncio. Senti um aperto no peito ao mesmo tempo que uma tristeza crescia dentro de mim. "Não, não tirei."

"Que pena!"

Concordei em silêncio.

"Então", ele disse, "você vai embora amanhã cedo. Acho melhor você sair de madrugada se quiser evitar o trânsito de sexta-feira. Vai ser uma longa viagem mesmo sem nenhum atraso, mas não se pode contar com isso, de modo que se você sair às, deixa-me ver..."

"Hayden", eu interrompi enquanto girava o rolo de papel higiênico no suporte. "Não vou voltar até domingo." Esperei durante um interminável momento de silêncio.

"Espere... Não estou entendendo. E o jantar em homenagem ao Men of Note amanhã? Você está me dizendo que não vai estar?"

Olhei para o chão, a culpa me puxando para baixo como a força da gravidade. "Hayden, eu sinto muito, muito mesmo. Mas ter encontrado essa pintura é como... como se fosse um sinal de que eu devo ficar aqui e preencher os espaços em branco da vida da minha avó." Visualizei a pintura da Vovó e Chet. "E sei quem pode me ajudar a fazer isso", eu disse. "Chet Cummings. Ele pode me contar detalhes sobre a Vovó que eu não sei, Hayden. Sobre a infância dela, sobre ela ter crescido aqui em Beacon. Sobre a sua pintura. Até mesmo particularidades que a minha mãe não sabe. Eu preciso... de alguns dias."

Houve um momento de silêncio e então Hayden disse: "Eu entendo, Ellen". A voz dele estava calma, resignada. "Sei que você precisa fazer isso. Só não imaginava que demoraria tanto. Queria muito que você estivesse no jantar comigo."

"Eu sei", eu disse. "E eu vou compensar você de alguma forma." Apertei o celular como se fosse a mão dele.

Na manhã seguinte, acordei cedo, com um nó no estômago. Era sexta-feira e eu não estava indo para casa. Imaginei Hayden vasculhando o armário, procurando a melhor combinação de terno, camisa e gravata, para vestir no jantar. Ele iria querer meu aval na roupa que escolhesse, e eu não estaria lá para dar. Ele iria querer que eu sentasse ao seu lado durante o jantar e olhasse para ele quando recebesse o prêmio e fizesse o discurso de agradecimento. E eu não estaria lá para fazer isso.

O pequeno cofre no armário se abriu quando eu inseri a data do meu aniversário no teclado. Retirei meu anel de noivado, o diamante reluzindo sob a luz do quarto. Tentei colocar de volta o anel no dedo, mas não entrava. Por fim, consegui fazer com que passasse pelo nó, com a ajuda de um pouco de creme para as mãos. Ainda estava meio justo, mas pelo menos eu estava usando de novo.

Sentei na beirada da cama, mexendo a mão, observando as facetas do diamante refletirem a luz. Lembrando a conversa com Hayden, comecei a me sentir cada vez pior. Perder o jantar era ruim o suficiente, mas lembrar o que ele disse quando contei da pintura da Vovó me fez sentir ainda pior. *Você estava com a máquina fotográfica?*

Fechei os olhos, não querendo pensar na Nikon, mas descobrindo que era tudo o que eu podia pensar. Foi quando me dei conta de que não poderia voltar para Nova York sem a máquina. Teria que encontrar uma loja por aqui — dirigir até Portland, se necessário — e substituí-la.

Me vesti rapidamente e fui ao restaurante. Estava lotado de viajantes que tinham chegado durante a noite. Olhei para a variedade de itens do café da manhã sobre o bufê, examinando as plaquinhas manuscritas na frente de cada um. A fritada de ovos, cheia de queijo e pedaços de linguiça, parecia deliciosa e acho que detectei um cheiro de pimenta *jalapeño* também. Rondei uma bandeja de maçãs assadas com recheio de nozes pecan, cobertura caramelizada brilhando, e segui o cheiro de canela até uma tigela grande de granola feita em casa. Observei a travessa de pães de banana e nozes e cupcakes de blueberry, o bolo de café marmorizado, os cereais, os *bagels* e a tigela grande de salada de frutas.

Tudo era tentador, mas estava ansiosa para pegar a estrada, portanto agarrei um *bagel* e uma banana e saí em busca de Paula. Encontrei-a em pé do lado de fora da porta da cozinha, conversando com a cozinheira, e perguntei se ela conhecia alguma boa loja de máquinas fotográficas.

Ela levantou as sobrancelhas. "Você não tem uma máquina fotográfica? Acho que eu vi você com uma no outro dia."

Me perguntei se existia alguma coisa em que essa mulher não reparasse. "Sim, mas aquela máquina está ligeiramente quebrada", eu disse, usando as próprias palavras de Paula contra ela mesma. Quase dei risada, mas a lembrança da máquina perdida ainda estava muito presente.

"Você é fotógrafa?", ela perguntou, recuando, para me examinar mais meticulosamente.

"Não propriamente", eu disse. "Faço apenas como hobby. Mas um hobby um tanto quanto sério."

"Você não vai encontrar uma loja de máquinas fotográficas em Beacon. Vai ter que ir até Lewisboro. Costumava ter um lugar chamado Brewster. Talvez ainda estejam lá."

"Qual é a distância daqui para Lewisboro?"

"Ah, mais ou menos uns 45 minutos", ela disse. "Claro, no meu carro. No seu, deve dar uma meia hora."

Senti um pouco de vergonha por minha BMW, embora não soubesse exatamente por quê. No estacionamento, procurei no celular o endereço e o telefone do Mundo das Câmeras Brewster. A loja ainda estava em Lewisboro e quando eu telefonei, o homem que atendeu me disse que eles vendiam Nikons. Que bom. Desliguei o telefone com um suspiro de alívio e comecei a me sentir contente ao dirigir até a casa de Chet Cummings.

Quando entrei na rua dele, voltei a ficar de mau humor. O Audi verde estava na garagem, estacionado no mesmo lugar. Não havia outro carro lá, então ele ainda devia estar fora. Dirigi até a casa devagar, me perguntando se deveria bater na porta de novo, pelo sim, pelo não. Foi quando eu vi o Volvo branco na garagem da casa ao lado. De jeito nenhum que eu ia me meter com aquela vizinha de novo.

Frustrada, passei pela casa e, ao fazer isso, reparei que tinha um pedaço de papel na porta. Foi o primeiro sinal de vida que eu vi, sem contar o gato. No final da rua, dei meia-volta rápida. Quando fiquei a uma distância de algumas casas, parei o carro e estacionei. Então dei uma corrida até a casa de Cummings, me escondendo atrás das árvores, arbustos e cercas, de modo que a vizinha não me visse. Quando cheguei na casa de Chet, dei uma corrida até a varanda da frente.

O bilhete estava escrito com caneta hidrográfica grossa em um pedaço de papel branco e estava grudado na porta com fita crepe.

Mike...
Estarei de volta às cinco.
CRC

CRC. Chester R. Cummings. Só podia ser o Chet. Então ele não estava fora, afinal de contas. Estaria de volta às cinco horas e, se eu chegasse um pouco antes, conseguiria encontrá-lo. Ótimo. Estava tão animada que dançaria two-step ali na varanda. Refiz o percurso, escondida atrás dos arbustos, árvores e cercas de novo, até chegar de volta ao carro e sentar no banco dianteiro.

Planejando voltar mais tarde, programei o GPS para Lewisboro, uma viagem de 45 minutos. Saí de Beacon em direção ao norte na rodovia, ladeada por pinheiros. Adiante, o horizonte com mais pinheiros e um céu alto, imenso. Daria uma bela foto e eu pensei em como enquadraria no visor. Manteria a estrada e o horizonte de árvores próximos da extremidade inferior e deixaria o céu se abrir e preencher o restante do espaço.

Composição.

Minha avó sempre falava sobre isso. Ela tinha me dado a primeira máquina fotográfica de verdade, uma velha Nikon F. De estrutura sólida e totalmente mecânica, era uma câmera que usava filme, mas com tecnologia de ponta para a época. A Vovó tinha me dado de presente no verão em que eu fiz treze anos, quando fui passar duas semanas de férias com meus avós, na casa deles da Steiner Street, em San Francisco.

"Acho que chegou a hora de aposentar a pequena Kodak que você tem usado", a Vovó disse ao entrar no quarto onde eu sempre ficava. Eu o chamava de quarto-jardim porque tinha uma cama de madeira branca, tapete verde claro e papel de parede estampado com videiras e flores.

Ela me deu uma caixa revestida com papel de embrulho lilás. Retirei de dentro uma máquina fotográfica pesada, preta e cromada, com alça preta.

Depois de ficar muda quase um minuto por causa do impacto, acabei conseguindo dizer obrigada.

"Não é nova", minha avó disse. "Mas o vendedor me disse que era de alguém que tomava conta dela muito bem. Os profissionais usam essas, sabe." Ela me deu uma piscada.

Eu sabia. A câmera era um grande passo adiante da minha velha Kodak, que não demandava nada além de olhar pela lente e pressionar o disparador.

A Nikon era um outro nível, exigindo que eu adquirisse certo grau de conhecimento de câmeras com lente de reflexo simples. Tive que aprender sozinha como focar a câmera e como controlar a exposição usando o obturador de velocidade e o diafragma. A única coisa automática era o medidor de luminosidade.

Entrei no escritório da casa dos meus avós com o manual de instruções, cujas páginas estavam com orelhas e amassadas. Me encolhi em um dos sofás e estudei o manual durante duas horas até que minha avó veio me procurar.

"Pensei que nessa altura você já tivesse usado quatro rolos de filme", ela disse, em pé na porta. "Guarde o manual e venha comigo."

Eu a acompanhei até o andar de baixo e saímos.

"Mas eu ainda estou tentando entender todas essas coisas de *f-stops* e velocidade do obturador", eu disse ao atravessar a rua atrás dela.

Ela me levou pela Alamo Square, e subimos até o alto da colina, onde o sol se pondo dourava o horizonte da cidade.

"Preciso dominar essas ferramentas para ser boa", eu disse. "É bem diferente da minha velha máquina."

"Besteira." Ela fez um movimento com a mão. "Eu não me preocuparia com isso. Vem com o tempo."

Pendurei a máquina no pescoço pela alça, enquanto ela ficou em pé atrás de mim, brincando de puxar uma das minhas tranças. Então ela me fez dar um giro para que eu pudesse ver a cidade a partir de todas as direções. Arvoredos e bancos de jardim, edifícios de apartamentos pendendo sobre pilares nas encostas inclinadas, a Pirâmide do Transamérica branca, a Prefeitura de San Francisco e a fileira de casas famosas estilo vitoriano chamadas Painted Ladies, das quais a casa dos meus avós fazia parte.

"Mas, se eu não entender bem, as fotografias vão sair muito claras ou muito escuras ou..."

"Que menina mais técnica!" Ela deu risada. Um táxi amarelo parou nas proximidades para buscar um grupo de turistas que falavam com sotaque francês. Minha avó colocou o braço ao meu redor.

"O mais importante de tudo", ela disse, estendendo o braço em direção ao horizonte diante de nós, "é a composição — o que seu olhar escolhe fotografar. O que fica dentro e o que fica fora." Ela apontou para a câmera. "Quando você olha pelo visor, precisa saber o que faz sentido. Precisa se perguntar se há alguma perspectiva melhor para ver a cena à sua frente — talvez uma perspectiva mais interessante ou de um jeito que você não tinha pensado. Há tantas maneiras diferentes de olhar para a mesma coisa, Ellen."

Ela se agachou para ficar da minha altura e tocou meu queixo delicadamente. "É uma coisa que ninguém pode ensinar. Ou a pessoa tem ou não tem." Ela beijou o topo da minha cabeça. "Se bem que você não precisa se preocupar. Eu já vi as suas fotos. Você tem."

Nunca me ocorreu questionar o conhecimento que minha avó tinha sobre fotografia ou composição. Nunca me perguntei que qualificações ela tinha para falar com tanta autoridade. Acho que simplesmente pensava que a minha avó sabia tudo.

Mais tarde, naquela noite, quando meus pais estavam se arrumando para jantar fora, eu contei para minha mãe o que a Vovó tinha dito.

"E o que a sua avó pensa que sabe sobre composição?" Minha mãe riu e ergueu o tubo de laquê Aqua Net.

Observei o chão do banheiro, com os pequenos ladrilhos xadrez branco e preto, enquanto minha mãe aplicava uma nuvem química de laquê no cabelo. Fiquei sentida pela Vovó, mas não sabia como defendê-la. Não havia nada concreto que eu pudesse fornecer como prova. Ainda assim, sabia que a minha avó tinha dito a verdade.

Trinta e dois minutos depois de deixar Beacon, saí da rodovia na saída para Lewisboro e segui as placas para o bairro comercial. Brewster ficava no primeiro andar de um velho edifício de tijolos de dois andares, entre o antiquário Silver Serpents e a rouparia Ross Martin.

Entrei em uma loja comprida, estreita e pouco iluminada. Tinha cheiro de ambiente fechado, igual ao de sótãos e jornais velhos, mas a loja estava entulhada de equipamentos fotográficos — câmeras, lentes, tripés, filtros, flashes e outros itens em armários antigos de carvalho e vidro. Atrás do balcão, um homem de óculos de armação cinza estava conversando com um adolescente e seu pai sobre flashes.

Ele fez um gesto para eu esperar. "Alguém já vai atender você", ele disse. Em seguida, entrou por uma porta atrás do balcão e ouvi-o dizer, "Pai, Pai. Tem uma freguesa aqui — você pode atender?"

Dali a pouco, um senhor saiu. A testa era marcada por rugas e, ao redor da boca, as rugas formavam um sinal de parênteses. O cabelo, branco igual neve, cobria a cabeça como uma penugem fina.

"Posso ajudar, senhorita?", ele perguntou.

Falei para ele qual era o modelo da minha câmera e perguntei se ele tinha alguma no estoque.

Ele coçou a lateral do rosto e olhou para o teto. Em seguida, respondeu: "Senhorita, esse modelo foi substituído por outro, um pouco diferente. Mas você está com sorte". Ele deu uma piscada pra mim. "Temos o novo no estoque, vou pegar. Para você ver se gosta."

Ele pegou uma chave e abriu um armário atrás dele. Remexeu algumas caixas e então tirou uma máquina fotográfica e colocou em cima do balcão. "Imagino que você tenha familiaridade com Nikons."

Concordei. "Sim, há anos eu uso."

Ele sorriu. "Há anos, você disse? Então, vamos ver."

"Tinha uma velha Nikon F", eu disse. "Gosto da pegada das câmeras mecânicas."

O homem bateu no balcão. "Não brinca." Olhou para mim de boca aberta. "Aquela, sim, era uma verdadeira máquina fotográfica", ele opinou. "Um grande avanço na época, embora ninguém pense assim com todas essas coisas digitais que vendemos hoje em dia. Tudo tem que incluir uma droga de um computador dentro." Ele fez um gesto como se não se conformasse com isso.

"Entendo o que você quer dizer", eu falei. "As câmeras antigas eram mais simples. Mas acho que não dá para impedir o progresso."

"Com certeza", ele respondeu. "Agora, se você quiser realmente saber os pontos positivos dessa máquina, espere meu filho, Mark, acabar de atender aqueles clientes." Ele apontou o dedo em direção a Mark.

"Ah, tudo bem", eu disse. "Acho que consigo descobrir."

Ele me estendeu a câmera. "O.k., senhorita, então experimente."

Liguei a máquina e olhei pelo visor. "É um pouco pesada", eu comentei ao dar um zoom numa placa atrás do balcão. ACEITAMOS PAGAMENTO COM VISA E MASTERCARD. Tirei uma foto.

Depois, focalizei a janela da frente e cliquei uma mulher passando do lado de fora. Ela estava usando um chapéu de pescador cor-de-rosa.

"Quer dizer que você tinha uma Nikon F", o homem disse, coçando o rosto de novo.

Examinei as fotos que eu tinha tirado na tela LCD. O chapéu da mulher ficou claro e nítido. "Sim, minha avó me deu de presente durante umas férias de verão."

"Foi um belo presente", o homem comentou.

Concordei. "Ela era uma avó legal." Tirei uma foto do armário cheio de capas para máquinas. "Na verdade", eu completei, olhando na tela de novo para ver o resultado, "ela morou no Maine. Por isso eu estou aqui."

O senhor começou a reorganizar as caixas de flash no armário atrás dele. "Ela morou? Onde ela morou? Aqui em Lewisboro?"

Liguei o menu da máquina e rolei a barra de opções. AJUSTES, DISPARADOR, PLAYBACK. "Ela morou em Beacon", eu expliquei.

O homem se virou e me observou. "Em Beacon? Eu morei em Beacon. Qual é o nome da sua avó?"

"O nome dela de solteira era Ruth Goddard."

Ele arregalou os olhos. "Ruthie? Ruthie Goddard? Sua avó?" Ele bateu no balcão de novo. "Está brincando!" Ele inclinou a cabeça para trás e deu um largo sorriso. "Ora, eu estudei com a Ruthie."

"Você conhecia ela?", eu perguntei. "Você conhecia minha avó?" Meu pulso se acelerou, meu braço ficou arrepiado.

"Claro que sim. Conheci ela quando éramos crianças. Segundo ano, acho. Onde ela está morando agora?"

Abaixei o olhar. "Ela faleceu há pouco mais de uma semana." Quando levantei a cabeça, o homem estava olhando para mim com um olhar doce, bondoso.

"Ah, sinto muito, senhorita... Senhorita... qual é o seu nome?"

"Ellen Branford", eu me apresentei, estendendo a mão.

"Wade Shelby", o homem disse, apertando forte a minha mão. "Ruthie era uma menina doce. Boa artista, também. Talentosa."

Pus a câmera no balcão. "Sim. Acabei de descobrir que ela era pintora."

"Com certeza", ele confirmou. "Nossa, ela era uma pintora e tanto. Foi aceita na faculdade. Estava estudando arte."

Foi aceita na faculdade? Estudando arte? Não, ele estava enganado a esse respeito. A Vovó tinha ido para Stanford e tinha se formado em literatura, não arte. Agora ele estava confundindo com outra pessoa.

"Claro", ele continuou. "Ela foi embora para ser artista. Com diploma." Ele levantou uma sobrancelha. "E nunca mais voltou para cá."

"O que você quer dizer?"

Wade se debruçou no balcão. "Cá entre nós, ela estava saindo com um cara, o Chet", ele cochichou. "A família morava em Beacon há muito tempo. Um bom rapaz. Muito sérios, os dois. Todo mundo dizia que eles iam se casar. Mas aí a Ruthie foi para a faculdade e a notícia seguinte que ouvimos foi que ela encontrou outro cara. Um médico ou um estudante de medicina." Ele encolheu os ombros e pôs as mãos no balcão. "E foi assim. Um almofadinha da cidade grande levou a nossa Ruthie."

"O médico?"

Wade concordou. "Sim."

Pensei na minha avó namorando o Chet, indo para a faculdade, terminando com o Chet e casando... era um pouco estranho ouvir alguém descrever meu avô como um almofadinha da cidade grande.

"Mal posso acreditar que você conheceu minha avó", eu disse. "Tenho aprendido tanto sobre ela desde que vim para o Maine." Peguei o cartão de crédito e coloquei sobre o balcão.

"Você vai levar a câmera?"

Fiz um gesto afirmativo, e Wade a guardou na caixa. Depois, passou o cartão de crédito na máquina.

"O que aconteceu com o Chet?", eu perguntei.

"Chet? Eu não lembro", ele respondeu, me apresentando o comprovante da compra e uma caneta. "Ele era um cara legal, apesar de tudo." Ele colocou a caixa em uma sacola. "Bem que eu gostaria de saber mais, já que ela é sua avó." Deu a volta no balcão e me entregou a sacola. Em seguida, olhou para mim, com um olho meio fechado. "Sabe quem poderia ter mais informações?"

"Quem?"

"Lila Falk. Ela era bem amiga de Ruth."

Eu peguei a sacola. "Lila Falk?"

"Com certeza", ele respondeu. "A última vez que ouvi falar ela ainda estava no Maine, morando em um asilo. Em Kittuck, acho. Sim, se tem alguém que sabe, esse alguém é a Lila."

Peguei uma caneta e escrevi o nome Lila Falk atrás do recibo. "Estou hospedada em Beacon", eu disse. "Onde fica Kittuck?"

"No norte", Wade falou. "Norte de Beacon, norte daqui."

"Qual é a distância até lá?", perguntei.

"Que tipo de rodas você tem?"

"Rodas?", eu estranhei. "Tenho uma BMW."

Ele sorriu. "Você chega lá em um hora."

Sr. Cummings

Sentei no carro, que estava um pouco adiante na rua da loja de câmeras, e procurei no *browser* do celular o Saint Agnes Care Center. Não foi difícil achar o número, já que era a única casa de repouso em Kittuck. Aparentemente, era a única da região. O anúncio que apareceu dizia: "Prestando serviços para a comunidade de Kittuck, Prouty Norte, Prouty Sul e Loudon", e, além dessas, havia uma lista de outras cidades.

A mulher que atendeu o telefone confirmou que Lila Falk, de fato, era uma residente, mas aconselhou que o dia seguinte seria melhor para uma visita.

"Sexta-feira à tarde é um dia meio agitado", ela explicou. "Daqui a pouco vai começar a tocar música e depois alguns dos residentes fazem artesanato. Mas amanhã não acontece nada. Você pode vir amanhã? Lá pela uma ou duas?"

Peguei o celular e chequei a agenda do sábado. O dia inteiro estava vago. "Sim", eu respondi. "Acho que consigo encaixar."

Virei na Dorset Lane às quatro horas, sabendo que estava adiantada, mas não queria correr o risco de perder Chet Cummings. Logo vi que alguma coisa estava diferente — um jipe azul estava estacionado ao lado do Audi. É agora, Vovó, pensei, com o coração acelerando. Finalmente vou conseguir entregar a sua carta para ele.

Parei na frente da casa, peguei o envelope com a carta dentro, subi até a porta de entrada e bati forte. Depois de bater muitas vezes, não ouvi resposta alguma.

Ele tinha que estar lá, eu pensei, enquanto descia os degraus de volta para o jardim. Me virei para contemplar a casa. Talvez o aparelho para surdez estivesse desligado. Circundei a casa, olhando pelas janelas. Ao passar pela sala de jantar, vi um casaco azul-marinho no encosto de uma cadeira e reparei que a pilha de cartas que eu tinha visto dois dias atrás não estava mais lá.

Estava quase chegando de volta ao jardim da frente quando vi uma escada de alumínio estirada no chão. Parei, olhei para a janela no segundo andar e para a escada. Pode dar certo, eu pensei. O aparelho de surdez de Chet Cummings devia estar desligado ou ele estava assistindo televisão com o volume bem alto, como a Vovó costumava fazer. Ele tinha que estar lá em cima e só havia um jeito de descobrir.

Enfiei a carta da minha avó no bolso e, em seguida, dei um jeito de apoiar a escada contra a casa. Subi alguns degraus, disse para mim mesma para não olhar para baixo e continuei subindo. Quando espreitei para dentro da janela de cima, vi uma sala com um tapete cinza, uma escrivaninha de madeira com livros e papéis em cima e uma parede de estantes brancas. Em uma das prateleiras havia algo que fez meu coração parar — uma velha máquina fotográfica mecânica. Sabia o que ela não era — não era uma Nikon — mas não sabia dizer o que era. Uma Leica, talvez? Continuei olhando fixamente, franzindo os olhos para conseguir focar o nome do fabricante.

Foi quando ouvi uma voz. Uma voz de homem. Uma voz brava.

"O que diabos você está fazendo?"

Gelei, supernervosa, agarrando a escada. Em seguida, olhei para baixo. De jeans, camiseta azul escura, boné de baseball com um letreiro desbotado dizendo REDE DE ENCANAMENTOS DA CIDADE, estava Roy. *Roy*. Não conseguia me livrar dele. Estava em todo lugar. E me flagrava nos momentos mais humilhantes. Olhei em volta para ver se tinha alguém tirando fotos.

"Tenho negócios a resolver aqui", eu disse, em um tom de voz frio. Ainda estava brava com ele pelo modo como se comportou depois que deixamos o Antler. E ele não tinha nada a ver com o que eu estava fazendo ali.

Ele colocou a mão na testa e franziu os olhos. "Ai, meu Deus, é... é você de novo!"

Desci a escada da maneira mais elegante que pude, sentindo que estava sendo observada por Roy durante o percurso todo. "Sim, sou eu", respondi, descendo do último degrau, reparando que ele estava com a barba por fazer.

"O que você está fazendo aqui? E por que estava lá em cima espionando?", ele questionou.

"O que *eu* estou fazendo aqui?", eu respondi. "O que *você* está fazendo aqui?" Limpei um pouco de sujeira da calça. "Você está me seguindo? O que está acontecendo?"

Ele olhou para mim, surpreso. "*Eu* seguindo *você*? Eu ia dizer justo o contrário."

"Olha, eu tenho um assunto a tratar aqui", eu repeti. "Estou tentando encontrar alguém."

Roy olhou para a escada e depois para mim. "É assim que você tenta encontrar pessoas? Espiando pelas janelas?"

Levantei a cabeça e me aprumei. "Acho que não preciso responder as suas perguntas", eu disse. Ele era tão desagradável quanto a vizinha de Chet. "Ah, e a propósito", eu continuei, "você está invadindo propriedade alheia."

Ele apontou pra mim. "Não, *você* está invadindo propriedade alheia. Essa é a minha casa."

Casa dele? Casa *dele*? Como podia ser? Minha cabeça entrou em parafuso, tentando entender onde eu tinha errado. Tinha usado o endereço que estava na carta da minha avó e tinha cruzado a informação com duas listas telefônicas da internet e com o website de cobrança de impostos. Chester R. Cummings, Dorset Lane, 55. Esse era o endereço. Ainda assim, eu tinha cometido um equívoco em algum ponto. O sobrenome do Roy era Cummings, mas ele era o Cummings errado. Não podia acreditar que tinha desperdiçado quatro dias. Estava perdendo o evento de Hayden à noite e ainda não sabia onde Chet Cummings morava.

"Não sabia que era sua casa", eu me desculpei, "ou não teria vindo. Estou com o endereço errado, é isso." Dei as costas e fui andando até o jardim da frente.

"Quer dizer que você não vai deixar os papéis da ação judicial?", Roy gritou.

Dei meia-volta. "O quê?"

Ele se aproximou, me encarando, e então tirou o boné e passou a mão no cabelo. "Ou será que você encontrou outra pessoa para processar?" Ele colocou o boné de volta. "Advogados de cidade grande não me assustam. Eles vestem as calças uma perna de cada vez, assim como todo mundo. Ou melhor, saias."

A luz do sol atravessou os galhos de uma árvore, projetando formas na grama. "Sabe", eu expliquei, sentindo uma ruga se formar na minha testa, "estou apenas tentando entregar uma carta. Imagino que Cummings seja um nome comum por aqui." Dei um suspiro e depois encolhi os ombros. "Espero que Chet Cummings seja mais fácil do que você." Dei as costas e saí caminhando pelo gramado até o carro.

"Você está procurando Chet Cummings?", Roy gritou.

Continuei andando. Não tinha mais nada para dizer. Voltaria à pousada e tentaria resolver isso. Ver onde eu tinha errado. Talvez conseguisse resolver, talvez não. De qualquer jeito, ia dar um basta. Tinha me empenhado ao máximo para cumprir o que a minha avó tinha pedido e, por mais que eu estivesse muito frustrada para admitir a derrota, eu tinha chegado ao fim do caminho.

E então Roy gritou de novo. "Eu conheço ele."

Parei. Ele conhecia Chet Cummings. Ele o conhecia. Eu tinha encontrado a casa errada e o Cummings errado, mas ele conhecia o cara. Em Nova York, as probabilidades de isso acontecer seriam de uma em um bilhão...

Mas eu não estava em Nova York. Estava em Beacon e de repente me veio a luz de que as probabilidades de isso acontecer em Beacon eram bem grandes. E possivelmente não era a primeira vez que alguém confundia duas famílias com o mesmo sobrenome.

"Você conhece ele?", eu disse, me virando para olhar ele de frente.

"Com certeza", ele respondeu. "É meu tio."

"Seu tio? Chet Cummings? Você tem certeza? Quer dizer que ele é o Chet Cummings que eu estou procurando?"

Roy assentiu. "Sim. Com certeza, eu conheço minha própria família."

Família dele. Mal podia acreditar. Minha imagem de Chet, como em um quadro de Norman Rockwell, conversando comigo, tomando chá com biscoitos em uma cozinha acolhedora estava voltando.

Mas logo Roy olhou para mim, desconfiado. "Então é você que esteve espionando por aqui nos últimos dias", ele disse, apontando na direção da casa.

Senti meu pescoço esquentando e o calor subindo para o rosto. "Eu não estava espionando."

"Um dos meus vizinhos me contou que uma mulher tem vindo aqui, bate na porta, olha pelas janelas, me chama. Disse que ela tem um carro preto com placa de Nova York." Ele apontou para a minha BMW. "É sua?"

Por que ele sempre me fazia ficar na defensiva? Pus as mãos nos quadris. "Sim, é o meu carro. Estava procurando seu tio."

Roy pestanejou. "Então você não estava me procurando."

Por que eu estaria procurando por ele, com a barba por fazer e jeans surrado? "Por você?", eu dei risada. "Eu já disse — não."

Ele me encarou. "O que você quer com meu tio? Você vai processá-lo também?"

Isso era demais. Fiz um gesto com as mãos no ar. "Pelo amor de Deus, não estou aqui para processar ninguém. Minha avó me pediu para fazer um favor e é por isso que eu vim até Beacon."

Roy fez um gesto, com a boca ligeiramente aberta. "Ah, é a sua avó quem está processando."

Uma nuvem cinza começou a se formar. Fechei os olhos e contei até dez. Precisava me acalmar ou sairia no *Bugle* de novo no dia seguinte, mas dessa vez eu provavelmente estaria na página de ocorrências policiais, acusada de assassinato.

"Ninguém vai processar ninguém", eu disse. "Não tem nada a ver com processo." Fui andando pelo gramado até o carro, pensando na minha avó, na promessa de entregar a carta e em como tudo tinha dado tão errado. Sinto muito, Vovó, eu pensei. Sinto muito. Meus olhos se encheram de lágrimas.

Foi quando eu senti um puxão na parte de trás da minha blusa.

"Ellen, espere..."

Dei meia-volta, as mãos tremendo. Tudo que eu tinha reprimido desde o enterro da minha avó — a raiva que eu senti pela morte dela, o luto, a tristeza, a solidão — explodiram.

"Minha avó morreu na semana passada", eu gritei, lágrimas descendo pelo rosto e caindo na blusa. "Estou aqui por causa dela. Porque ela me pediu para entregar uma coisa para o seu tio — uma carta. E eu coloquei no envelope do escritório de advocacia porque... não sei, só queria guardar em local seguro." Baixei os olhos. "É isso. Não me importo com o que você pensa."

Me virei para ir embora, mas Roy me pegou pelo braço. "Espere um momento, Ellen. Por favor." Os sinos da varanda de alguém badalaram com a brisa. "Sinto muito pela sua avó. Sinto muito de verdade."

Uma abelha flutuou preguiçosa sobre uma flor de trevo vermelho e logo voou para longe, ao mesmo tempo que o céu começava a escurecer. E eu percebi o quanto queria falar sobre a minha avó, precisava falar sobre ela.

"Nós éramos muito próximas", eu disse, minha voz falhando. "Ela era muito importante para mim. E agora ela se foi e eu estou aqui, e tudo deu errado e eu não consigo fazer o que ela queria, e estou sendo uma grande decepção para ela."

"Não. Tenho certeza de que você não é uma decepção. E devo a você um pedido de desculpas. Sinto muito."

Enxuguei as lágrimas com a mão. "Não entendo. Por que você pensou que eu estava tentando processá-lo?"

"Porque é o que os advogados fazem. Quando vi o envelope com meu nome..."

"Não é o que todos os advogados fazem", eu disse. "Não é o que eu faço."

Ele concordou. "Tudo bem."

Ficamos em pé no jardim da frente, em silêncio, e ele perguntou se eu estava com a carta. Tirei o envelope do bolso e sentamos em um banco de madeira. Roy tirou o boné.

"O que diz nela?" Ele tentou pegar o envelope, mas eu segurei.

"Sinto muito, mas não posso conversar sobre isso com você. Melhor pedir para o seu tio. Essa é a casa dele?"

Roy fez que não com a cabeça.

"Me desculpe, mas me pediram para entregar a carta para ele."

Roy olhou para o envelope na minha mão e depois para mim. "Ellen, qualquer assunto do meu tio é assunto meu."

"Sim... Eu sei que você é o cuidador dele, mas..."

"Não, não é isso que eu quis dizer." Seus olhos mudaram para um azul leitoso, calmo, e os cantos da boca se inclinaram para baixo, em uma expressão de resignação. Ele baixou o tom da voz. "Você vai acabar tendo que tratar comigo porque meu tio morreu."

Senti como se o ar fugisse dos meus pulmões, deixando-os vazios, sem vida. A única coisa que dava para eu fazer pela minha avó tinha agora se tornado impossível. O homem que ela amara quando jovem tinha falecido.

"Sinto muito", eu sussurrei, olhando para o envelope, para o nome Sr. Cummings e para a sálvia vermelha contornando a parte da frente do jardim de Roy.

"Quando ele..." As palavras desapareceram ao mesmo tempo que uma gota de chuva caiu no meu braço.

"Março passado."

Três meses atrás, eu calculei. Apenas três meses. "Sinto muito", eu repeti. Eu sentia muito por Roy, eu sentia muito por mim mesma, por ter falhado na missão. E sentia muito pela minha avó.

Roy pousou a mão no meu ombro. "Você não acha melhor me contar o que está acontecendo?"

A porta de tela se abriu, e o gato preto que eu tinha visto deitado na mesa da sala de jantar dois dias antes perambulou pelos degraus da varanda e pelo gramado. Pulou para cima do banco, entre mim e Roy, e cheirou meu cabelo. Em seguida, esfregou a cabeça no meu rosto.

"Sr. Puddy, vem cá." Roy pegou o gato no colo.

Estendi a mão e acariciei a cabeça macia de Sr. Puddy.

"Já contei tudo que sei", eu disse. "Minha avó queria que eu desse a carta para o seu tio." Ouvi o gato ronronando — um som baixo, delicado — enquanto estava deitado nos braços de Roy.

"Posso dar uma olhada?" A voz de Roy estava calma, quase um sussurro.

Estendi o envelope, não querendo entregar. Não era isso que devia acontecer. Era para eu estar conversando com Chet. Estava tudo errado.

Roy pôs o gato no chão, e ele correu pelo vão entre a casa e a cerca viva. "Ellen, eu gostaria de ver a carta. Por favor." Ele estendeu a mão.

Acabei dando o envelope para ele. "Tudo bem."

Ele segurou a carta um segundo antes de abrir. Depois, puxou a folha de papel azul-claro coberta com a caligrafia da minha avó e começou a ler. Depois de um instante, levantou o olhar. "Por que ela achava que meu tio iria devolver ou jogar fora?"

"É só continuar lendo", eu expliquei, sentindo outra gota de chuva.

Roy voltou para a carta, mas logo levantou o olhar de novo. "Ela queria fazer as pazes." Ele lançou um olhar inquisidor na minha direção. "Por quê?"

"Não sei. Tinha esperança de que seu tio me contasse."

Roy continuou a leitura. "Carolina do Sul", ele falou em seguida. "Sim, meu tio morou lá por bastante tempo, mas ele voltou para Beacon há mais ou menos três anos. Parece que sua avó ficou bastante surpresa quando soube que ele estava por aqui."

Ele continuou a ler. "Ah", ele exclamou depois de um tempo. "Quer dizer que eles eram namorados."

"Sim", eu confirmei. "Eles eram namorados."

"Se eu não tivesse abandonado você daquele jeito", Roy disse, lendo o que estava na carta, "você não teria saído de Beacon e não teria perdido aquilo que significava tanto para você. Sempre me senti responsável por essa perda e peço desculpas." Ele olhou para mim. "A que ela se refere quando menciona aquilo que significava tanto para ele? O que era isso?"

"Não sei. Não sei nada do que isso significa. Ela não me falou nada da carta. Apenas queria que eu a entregasse."

Roy alisou o papel com a mão. E leu a carta de novo enquanto gotas de chuva salpicavam o banco de madeira. "Quer dizer que ela deixou ele por outro homem."

Concordei. "Sim. Meu avô."

Roy levantou as sobrancelhas. "Ah", ele falou. "Seu avô." Ele chegou mais perto de mim no banco e sua perna roçou na minha. "Mas não sabemos por quê."

"Por que ela deixou seu tio?" Olhei para o céu escurecendo. "Por que alguém deixa alguém? Deve ser porque ela se desapaixonou por ele... ou se apaixonou mais pelo meu avô."

"Meu tio era um grande cara", Roy disse.

Eu sorri. "Meu avô também."

Ele folheou a carta de novo, como se algum resquício do tio fosse emergir das linhas. Em seguida, passou o dedo pela pequena cicatriz perto do olho. "Meu tio estava lá no dia em que eu ganhei essa cicatriz."

Observei a cicatriz, uma pequena linha curva, e imaginei a sensação de tocá-la. "Como foi que aconteceu?"

"Aprendendo a andar de bicicleta", ele respondeu. "Caí e me cortei. Também quebrei o braço." Ele deu uma olhada para o braço direito. "Tinha seis anos."

"E o seu tio..."

"Ele me pegou e correu comigo para o hospital. Segurou minha mão enquanto acertavam o braço e colocavam o gesso, enquanto davam pontos embaixo do olho. Eu estava muito assustado. Ele disse que se eu fosse corajoso, ganharia uma medalha."

Eu sorri. "Muito gentil da parte dele."

Os olhos de Roy brilharam. "Sim, foi." Ele fez um movimento com a cabeça, como se quisesse recuperar uma lembrança vinda do céu. "Acredite se quiser, ele me deu uma. Uma medalha de verdade. Naquela noite, ele me entregou uma caixa. Veludo preto. E dentro estava a medalha. Cruz de Serviços Notáveis. Era do meu avô. Ele tinha recebido na II Guerra Mundial e dado para o tio Chet."

"Você está brincando."

"Não, não estou. E o tio Chet insistiu para eu ficar com ela, embora fosse algo que — eu sabia — ele apreciava muito. Ainda guardo na minha escrivaninha. Dentro da caixa."

"Que história!" Me emocionei tanto com o gesto do tio que fiquei ainda mais triste por ter perdido a oportunidade de conhecê-lo.

"Ele era um supercara", Roy acrescentou, passando a mão pelo assento do banco como se estivesse procurando falhas. "Era como se fosse um outro pai. Meu pai viajava muito a trabalho, e o meu tio Chet meio que me mantinha fora de encrencas quando eu era criança. Ele tinha uma pequena marina que eu costumava frequentar, ajudando a consertar barcos, remendar cascos, reparar motores etc. Ele me ensinou a usar ferramentas — a amar ferramentas. A ideia de que era possível você consertar alguma coisa sozinho, que você mesmo podia fabricar alguma coisa..." Roy olhou para mim com tanta intensidade que quase dava para sentir a presença de Chet Cummings lá conosco. "Isso é o que fazia ele se sentir vivo."

"Ele devia ser muito talentoso", eu comentei enquanto uma brisa fazia a grama farfalhar. "E um grande mestre."

Roy se reclinou contra o banco e contemplou o gramado. "Se alguma coisa quebrasse", ele contou, "tio Chet consertava. Não pensava em jogar coisas fora e comprar novas." Ele fez uma pausa para observar um pardal sair em disparada pela grama. "Era um cara incrível e fiquei contente por ele ter vindo morar comigo no final."

Contemplei a casa ao mesmo tempo que algumas gotas de chuva molhavam o banco. "Quer dizer que esse lugar é seu?"

"Todinho."

"Mas o nome do proprietário consta como Chester R. Cummings. É o seu tio."

"Não", Roy explicou. "Esse sou eu: Chester Roy Cummings. Mas sempre me chamaram de Roy."

"Ah", eu exclamei. "Agora está tudo explicado."

Observei as folhas da árvore oscilarem com a brisa e imaginei Chet Cummings compartilhando conhecimentos e habilidades com o Roy e que bela herança tinha sido. "Você teve muita sorte de ter um pai e um tio como o Chet", eu disse. "Eu quase não tive pai. Ele morreu quando eu tinha catorze anos."

"Você era muito nova."

Concordei, tentando lembrar o rosto do meu pai, tentando fixar na memória os detalhes que com o tempo ficaram obscuros. Sabia que a mesma coisa iria acontecer com a lembrança da Vovó.

"É duro perder alguém ainda jovem", Roy afirmou. "Bem... em qualquer idade." Ele olhou para a carta. "Bem que eu gostaria de poder ajudar, Ellen, mas não sei nada sobre isso — esse pedido de desculpas." Ele abriu a carta e deu uma olhada de novo. "Sua avó alguma vez mencionou meu tio?"

"Não", eu respondi. "Ela raramente falava sobre Beacon. Por isso eu estava tão ansiosa para encontrar seu tio."

Roy suspirou. "Sei...", ele me entregou a carta.

O ar estava com aquele cheiro peculiar de chuva iminente, e eu me perguntava quando o céu ia se abrir e nos encharcar. Reparei que Roy estava observando a carta em minha mão. E então percebi que ele estava observando meu anel de noivado.

Fez-se um silêncio prolongado. Finalmente, ele disse: "Você vai se casar". Ele continuou olhando para o anel.

"Sim", eu respondi, meio sem jeito de repente, sentindo um peso na boca do estômago.

Ele se abaixou, puxou algumas folhas do gramado e as estudou. "Não tinha reparado nele."

"Eu tive que tirar", eu disse, as palavras impregnadas de culpa, como se eu tivesse de alguma forma o enganado. "No dia em que cheguei, meus dedos incharam." Tentei dar uma risada. "Muito pior do que isso." Levantei a mão. "Talvez a maresia..."

Ele dobrou uma folha de grama algumas vezes. Em seguida, deixou que a brisa a levasse voando.

Uma gota de chuva pousou na carta, criando uma pequena poça azul de tinta. Sequei com o dedo e depois dobrei o papel e pus de volta no envelope.

Sr. Puddy deu uma caminhada e se esfregou contra a perna de Roy. "Resumindo, a história da carta", Roy concluiu, se levantando, "é que ele amava a sua avó, mas ela amava o seu avô."

Gotas de chuva começaram a cair no meu braço como agulhadas.

Me levantei e olhei para o céu, agora uma mortalha cinzenta acima de nós.

"Como era a frase?", Roy perguntou. "'Era mais fácil assim — mais fácil romper radicalmente. Pelo menos é o que eu acreditava na época.' Ao que tudo indica, sua avó deve ter se arrependido de ter deixado meu avô."

"Ah, não, ela teve um casamento feliz", eu disse, tremendo conforme as gotas caíam na minha pele.

Nenhum de nós falou nada. Por fim, eu entreguei a ele o envelope. "Você deve ficar com ela."

Por um momento, ficamos em pé ali, cada um segurando um dos lados do envelope. Logo, eu soltei. "Bem, acho que é isso, então. Vou deixar a cidade em breve."

Roy suspirou. "Acho que é isso", ele concordou, no momento em que um trovão ecoava à distância.

Seus olhos estavam nublados e cansados. Nós nos despedimos com um aperto de mão, mas quando chegou a hora de soltar, ele manteve a mão dele na minha. Seu olhar era tão intenso que eu tive que desviar o meu. Ele ainda estava segurando a minha mão, quando a chuva começou a pingar nas folhas e o barulho do trovão ficou mais alto.

A qualquer momento, nós iríamos estar debaixo de um aguaceiro. Sr. Puddy miou e correu pelo jardim, pelas escadas e para cima da varanda. Observei quando ele sentou ao lado da porta de entrada e me perguntei o que iria acontecer se Roy me convidasse para subir no terraço e entrar na casa.

Em vez disso, ele soltou a minha mão. "Então está bem", ele resolveu, colocando o boné. "Boa viagem de volta, Nadadora."

A chuva desabou com fúria enquanto eu corria para o carro. Trovejou na hora em que eu fechei a porta. Liguei o para-brisa a tempo de ver Roy correndo para dentro da casa, o gato atrás dele. Em seguida, a varanda ficou vazia e eu fui embora, com água jorrando sobre o para-brisa.

A biblioteca

Quando abri as persianas na manhã seguinte, o céu estava limpo. Um céu azul com nuvens cor-de-rosa, iluminado pelo sol e por certezas. Não havia sinal da chuva do dia anterior, mas a lembrança de Roy Cummings tinha ficado atravessada em mim como um veio em uma pedra — a suavidade do olhar quando contei para ele sobre a minha avó, a maneira terna como falava do tio, quão bem ele compreendia a perda de um ente querido.

Me aproximando da janela, vi que tinha alguma coisa acontecendo na porta ao lado, na Sociedade Histórica de Beacon. Havia carros parados por toda a rua e as pessoas iam se encaminhando, como uma fila de formigas, para a porta da casa cinza. Respirei o ar marítimo e observei um garoto descer a rua de bicicleta, o barulho da marcha diminuindo à medida que ele se afastava. Que dia perfeito para um passeio, pensei, com vontade de estar de bicicleta. Me perguntei se havia um lugar onde pudesse alugar uma. Imaginei pedalar por uma estrada rural sinuosa, com a máquina fotográfica no ombro, sem GPS para me guiar. Foi quando lembrei que era sábado e eu tinha um encontro marcado com Lila Falk.

Sábado.

Ai, meu Deus, o jantar do Men of Note foi ontem à noite, e eu ainda não tinha telefonado para o Hayden. Ele ia pensar que eu nem me importei. E lá estava eu sonhando acordada com bicicletas e... Roy Cummings.

Peguei o celular, arrancando o fio do carregador da parede e corri para o banheiro. Na tela estava escrito HAYDEN CROFT: CHAMADA PERDIDA. Sentei no vaso sanitário, com os pés balançando nervosamente enquanto ouvia a mensagem. *Oi, Ellen, são uma e meia e eu acabo de chegar em casa. Você realmente perdeu uma noite ótima. Todo mundo perguntou de você. Acho que o discurso de agradecimento foi bom. Você teria ficado orgulhosa de mim.*

Apoiei a cabeça nas mãos e fechei os olhos. Me senti mal. Claro que eu teria ficado orgulhosa dele. E tenho certeza de que o discurso foi ótimo. Conseguia visualizá-lo de pé no pódio, sem anotações, apenas dizendo o que estava sentindo. Mais tarde, ele teria cumprimentado o prefeito, contado uma história divertida.

Quando liguei para o celular de Hayden, caiu direto na caixa postal. Deixei uma mensagem, uma mensagem animada e feliz, enviando parabéns e dizendo que mal podia esperar para vê-lo. No fim, mandei beijos pelo telefone.

Desliguei, pensando em como eu era sortuda de ter Hayden na minha vida. Doce, sincero, sério. O homem que todo cara gostaria de ter como amigo. O cara em quem toda mulher repararia. Sem falar que ele era um Croft. E ia se casar comigo.

Então o que estava acontecendo comigo? Por que eu tinha acordado pensando em Roy Cummings? Eu não estava interessada em Roy. Não nesse sentido, de qualquer forma. Quer dizer, ele era um cara bem legal, uma vez ultrapassada aquela paranoia contra advogado. E tinha um estilo próprio de ser charmoso — um jeito de cidade pequena, um jeito de menino. E eu tinha que reconhecer que ele era bonito. Na verdade, era bem atraente. Se eu não o conhecesse e o visse andando na rua no meio de Manhattan, tenho certeza de que eu...

Apertei o celular com a mão. Eu tinha que parar com aquilo. Estava parecendo que sentia atração por ele. Eu estava noiva, eu amava Hayden e eu ia me casar. Devia haver uma explicação lógica para estar tendo esses sentimentos por Roy. Não podiam ter brotado do nada. Contemplei a reprodução do farol na parede do banheiro e tentei colocar tudo em ordem do mesmo modo que eu analisaria uma questão jurídica, arranjando e rearranjando as peças até fazerem sentido. Eu, Hayden, nosso casamento. Vovó, Beacon, Roy, o píer, o Antler.

E depois de um tempo, fez-se a luz. Eu ia me casar em três meses. Isso significava que eu ia sair de circulação. Não ia mais flertar, não ia mais namorar. Seria uma mulher casada. Não era lógico que eu quisesse ter a sensação de que os homens ainda se sentiam atraídos por mim? Que eu ainda tinha esse poder? Sim, claro que era. Se eu sentia um mínimo de frisson diante de Roy... bem, essa era a razão. Eu estava apenas provando que ainda tinha esse poder. Não fazia sentido? Girei meu anel de noivado no dedo, respirando livre de novo. Claro que fazia sentido.

"O que está acontecendo aqui do lado?", perguntei para Paula enquanto pegava um cupcake de blueberry e um copo de suco de laranja do bufê do café da manhã.

Paula trocou um bule de café vazio por um cheio. "Piquenique anual. É para arrecadar fundos. Fazem jogos, campeonatos... leiloam coisas." Ela deu um sorriso tímido. "No ano passado, Troy Blanchard fez o lance vencedor para um ano de manicures e pedicures no Shear Magic. Sabe, o salão de beleza?"

Acenei que sim. "Sim, sei."

"Disse que era para a mulher dele", Paula continuou, franzindo os olhos, satisfeita. "Mas Poppy Norwich viu ele lá um dia, com as mãos na cuia com amaciante de cutícula." Ela segurou o sorriso. "Ah, atormentamos tanto ele com isso. Não acho que vá fazer de novo."

"Acho que não", eu disse, cortando um pedaço do cupcake e dando uma mordida. Estava um pouco seco e não tinham posto blueberry suficiente. *Por que chamar de cupcake de blueberry se nem mesmo se consegue encontrar as frutinhas?* Minha avó diria isso. Tomei um gole grande de suco de laranja e pensei em como ela teria o que ensinar para esse povo.

Paula colocou uma pilha de guardanapos na mesa e se virou para mim. "Você devia ir dar um pulinho no piquenique se quer conhecer Beacon. Eles expõem coisas interessantes."

"É mesmo?", eu perguntei.

"Com certeza. Sabe, objetos históricos. E com a sua avó sendo de Beacon e..."

Minha avó sendo de Beacon... Eu tinha contado para ela?

*

A maioria das pessoas do piquenique já estava de volta lá fora, perambulando, conversando com amigos ou observando as crianças na corrida de ovos ou na de três pernas.

Eu estava contente de estar do lado de dentro, onde fazia silêncio. Andei pela casa, com o assoalho estalando conforme eu ia de uma sala a outra. Uma das salas exibia uma mostra especial de litografias de Currier and Ives. Outra abrigava uma exposição de fotografias vintage, em sépia, do centro de Beacon. Fiquei entusiasmada quando reparei que muitas das construções nas fotos ainda existiam. Outra sala ainda estava ocupada com mobílias antigas, incluindo um belo canapé, uma mesa e uma cômoda alta de cerejeira.

Na última, estavam expostas pinturas de artistas do lugar. O quadro mais antigo, retratando um navio no mar, remontava a duzentos e cinquenta anos atrás. Havia cenas portuárias tranquilas e cenas de garotas andando no mar, segurando as saias balão acima das ondas. E havia paisagens — campos, florestas e fazendas com vacas pastando preguiçosas em colinas verdes como folhas de hortelã.

Mas a pintura que me fez parar, me fez o coração bater mais forte, foi a de uma construção rústica de dois andares, com telhado tipo *shingle*, amarela com guarnições brancas nas janelas. Uma escada de tijolinho levava até a porta de entrada da casa, azul, sobre a qual estava uma placa onde se lia O IRRESISTÍVEL CAFÉ DE CUPCAKES. Roseiras cor-de-rosa subiam alegres pela treliça à direita da porta e pela janela dava para ver clientes sentados em mesinhas de madeira.

Eu conhecia a construção. A parte externa era branca agora, não amarela, e os degraus eram de madeira, não de tijolo, mas dava para ver que era a alfaiataria no centro da cidade. Também conhecia a artista. Teria reconhecido o estilo em qualquer lugar, mas a assinatura confirmava. No canto inferior à direita, a minha avó tinha assinado seu nome.

Me aproximei da tela e encostei a mão na moldura, apalpando o entalhe decorativo. Depois, toquei na pintura, a porta azul e a placa sobre ela, imaginando a mão da minha avó misturando os pigmentos, criando as cores, aplicando-as sobre a tela com o pincel. Não podia acreditar que tinha encontrado outro quadro. Já eram dois agora. Beacon estava compartilhando seus segredos, e eu estava empolgada de ser a receptora. Examinei cada trecho da tela — o jeito como a Vovó captou os detalhes das telhas desgastadas, os reflexos das rosas nos vidros das janelas, a explosão da cor azul na porta. Em seguida, li a placa da parede. CAFÉ DE CUPCAKES, DE RUTH GODDARD. ESSE QUADRO FOI CLASSIFICADO EM PRIMEIRO LUGAR NO FESTIVAL DE ARTES DE BEACON, 1950.

O Festival de Artes de Beacon. Primeiro lugar. Que extraordinário. A Vovó ganhou o prêmio máximo. Mas o que era o Festival de Artes de Beacon? Será que havia outras pinturas? Eu tinha encontrado duas. Podia haver mais. Deviam existir. Se a Vovó pintava tão bem, se ela tinha ganhado o primeiro prêmio em um concurso, com certeza existiriam outras.

Fiz um sinal para uma senhora que tinha um adesivo de voluntária no suéter e perguntei se ela tinha mais informações sobre a pintura ou a artista. "Ela era minha avó", eu disse, apontando para a pintura, surpresa que a mulher não estivesse tão animada como eu estava.

"Ah, você precisa falar com o Flynn, querida."

"Quem é Flynn?"

"Flynn Sweeney", ela respondeu. "Ele é o diretor. Ele vai saber."

Ela me levou até a porta de trás e apontou para um homem alto, de nariz redondo e com corpo arredondado, um pouco como o personagem Humpty Dumpty. Ele estava rondando uma mesa comprida. Na placa, estava escrito LEILÃO SILENCIOSO. A mesa exibia dezenas de itens, entre eles um vaso de cerâmica, uma coleção de manuais de instrução para consertos domésticos, um cobertor de crochê, varas de pescar, cunhos, caixas de DVDs de ficção científica de segunda mão e um jogo de oito copos com estampa do rosto do Pato Donald. Fiquei imaginando se o Shear Magic tinha doado as sessões de manicure e pedicure de novo.

Me apresentei e falei para o Flynn Sweeney do quadro da minha avó. "Aquele do irresistível café de cupcakes", eu disse.

"É mesmo?" Ele olhou para mim com olhos castanho-escuros, da cor das nozes pecan, e depois deslocou um conjunto de facas de churrasco de um lado da mesa para o outro, como se estivesse decidindo onde elas ficariam melhor. "Ela pintou esse quadro, é mesmo?"

"Sim, o nome dela era Ruth Goddard e..."

"Ela morou aqui?", ele perguntou, aprumando a cabeça e dando um passo para trás para ver a mesa de longe.

"Sim, ela cresceu em Beacon."

"Aquele café era de propriedade da Família Chapman", ele disse, finalmente deixando as facas de churrasco do lado direito, ao lado de um assento de bicicleta. "Durante anos, um Chapman ou outro dirigia o negócio. Uma irmã ou um irmão ou um tio ou quem quer que fosse... até por fim fecharem. Acho que foi mais ou menos em" — ele fez uma pausa — "ah, talvez vinte anos atrás."

"Bem, estava imaginando se você por acaso teria outras pinturas da minha avó. Até agora eu sei de..."

"Foi realmente uma pena eles fecharem", ele disse, levando um modelador de cachos para a extremidade da mesa. "Eles faziam cupcakes de blueberry maravilhosos. Hoje em dia não se encontra cupcakes de blueberry em nenhum lugar."

"Não, não se encontra", eu concordei. Ele tinha razão. "É sempre uma pena perder um lugar que prepara uma boa comida", eu disse. "Mas você acha que pode ter algum outro quadro dela? Da minha avó, eu me refiro. Ruth Goddard. Sabe, eu não sou daqui e vim até aqui para..."

"Uma forasteira?"

Concordei. "Sim, eu sou..."

"Sabe, aquele pequeno café era o predileto dos turistas. Costumava ter fila na porta de manhã para comprar os cupcakes quando eles saíam do forno. Você nunca comeu algo tão bom em toda a sua vida, eu juro."

"Sim", eu falei. "Tenho certeza. Mas você tem algum outro trabalho da minha avó?"

Ele olhou para mim como se a pergunta o tivesse surpreendido. "Se nós tivéssemos outros quadros da sua avó", ele respondeu, pegando uma jarra de vidro leitoso, "estariam expostos."

"E arquivos?", eu perguntei. "Será que há algum registro onde eu possa pesquisar informações sobre ela? Você tem algum arquivo?"

Ele virou a jarra de cabeça para baixo. "Não sei quem doou isso", ele resmungou. "A etiqueta caiu. É uma pena."

Esperei enquanto ele examinava a jarra. Finalmente, ele me olhou. "Hum?... Ah, sim, registros..." Ele coçou o queixo. "Toda informação de que dispomos estaria na ficha ao lado do quadro."

"Quer dizer que isso é tudo?", eu perguntei. "Só o que está na ficha? Está escrito que ela ganhou um concurso de arte. O Festival de Artes de Beacon."

"Ah, é mesmo", ele disse. "Era um concurso realizado todos os anos." Ele franziu os olhos para mim. "Você disse que ela ganhou o concurso?"

Concordei, fazendo um gesto.

"Bem, então, você deve tentar na biblioteca. Verifique as edições antigas de *The Beacon Bugle*. Talvez eles tenham publicado algo a respeito."

The Bugle. Essa era uma ótima ideia. "Sim, faz sentido", eu disse. "Obrigada pela sugestão."

"Procure nas edições publicadas em junho, julho e agosto", Flynn sugeriu. "Costumavam realizar o festival no verão."

Ele desviou o olhar, esfregando a jarra como se ela fosse a lâmpada de Aladin e ele tivesse esperança que um gênio fosse aparecer. "Verão", ele repetiu, suspirando. "Era quando as blueberries estavam frescas." Agora ele estava quase cochichando. "Esses Chapman. Eles sabiam mesmo como fazer um cupcake. Você quer ver um concurso? Eles podiam vencer um concurso de confeiteiros em qualquer dia da semana, em qualquer semana do mês, em qualquer mês do..."

Não ouvi o que mais ele disse. Passei apressada pelo espelho de maquiagem e pelo jogo de tabuleiro Parcheesi e pelo porta-retratos de prata com o canto amassado e saí ligeira.

A Biblioteca Livre de Beacon ficava em uma casa colonial grande e branca, cercada por uma cerca de estacas, localizada em uma rua secundária a muitas quadras do centro da cidade. A placa da porta de entrada dizia 1790. Segui as indicações e cheguei até o balcão de atendimento, em uma sala ensolarada, onde diversas pessoas estavam sentadas, lendo em mesas ou em poltronas.

Um homem de óculos redondos estava em pé na recepção conversando com uma senhora de idade.

"O.k., Molly. Não vou cobrar a multa... de novo. Mas prometa que você vai tentar devolver esses no prazo, pode ser?" Uma dúzia de livros sobre observação de pássaros estava no balcão, em um pilha alta. O bibliotecário colocou todos em uma sacola de compras e a senhora foi embora andando devagar. Em seguida, ele se virou para mim.

"Posso ajudar?" Ele esboçou um sorriso cansado. "Você tem uma multa vencida para negociar também?"

"Não", eu garanti. "Estou procurando edições antigas de *The Beacon Bugle*."

"Quão antigas?"

"Do verão de 1950", eu respondi. "Não tenho certeza do mês."

Os óculos de aro preto escorregaram para o nariz, e ele os empurrou de volta para cima. "Ah, antigos mesmo."

Fiquei com medo de que ele me dissesse que não tinha. "Vocês têm arquivos até dessa época?"

Ele hesitou e me deu um olhada rápida de cima a baixo. Em seguida, respondeu: "Sim, claro, mas estão lá em cima. Vou ter que levar você". Ele abriu uma gaveta e pegou um molho de chaves.

"Marge", ele chamou uma mulher que estava tentando enfiar uma pasta de papel manilha dentro de uma gaveta já cheia. "Eu vou até os arquivos. Volto em um minuto."

Ele fez sinal para que eu o seguisse e nós atravessamos salas repletas de livros e uma área de leitura com sofás e cadeiras que pareciam confortáveis. Subimos um lance de escadas com corrimão de mogno brilhando. No segundo pavimento, ele destrancou uma porta que dava para uma sala pequena. A luz do sol se derramava para dentro da janela e as partículas de poeira flutuavam no ar como bailarinas minúsculas.

"Todos os periódicos estão aqui", o bibliotecário disse, passando a mão pelas estantes de madeira, parando em uma série de livros grandes encadernados com tecido marrom. Puxou um volume com as datas 1º de junho de 1950 — 15 de junho de 1950 em relevo na lombada e depositou em uma mesa no centro da sala.

"Eu começaria por aqui", ele disse. "E se você não encontrar o que está procurando, você passa para esses." Ele indicou os outro cinco livros que guardavam o resto dos exemplares do verão. "Essas edições são todas originais", ele disse, agora com a voz calma, como se a simples menção delas proporcionasse uma pausa. "E são muito frágeis."

"Não se preocupe", eu falei. "Vou tomar cuidado."

Ele me encarou um instante e logo, aparentemente satisfeito, saiu da sala.

Abri o primeiro dos dois volumes de junho e fiquei surpresa com o papel tão amarelo e quebradiço. Passei minha mão pela primeira página, espantada com o toque macio. Comecei a virar as folhas devagar, com cuidado, preocupada com a possibilidade de danificá-las ou destruí-las. Tinha a história de Beacon diante de mim. Não podia acreditar que estava olhando para uma edição de *The Beacon Bugle* impressa havia mais de sessenta anos.

Ao me debruçar sobre os jornais daquele verão, não esperava encontrar tantas coisas interessantes. Dava vontade de ler. Ficavam me desviando do foco. Havia um artigo sobre o primeiro transplante de rim, que tinha ocorrido em Chicago. A Guerra da Coreia tinha acabado de começar e o Presidente Truman tinha dado ordem para que a força aérea e a naval entrassem no conflito. O programa de televisão *Your Hit Parade* tinha estreado na NBC e no cinema estava passando *Bonita e Valente*.

Os anúncios e as fotos eram surpreendentes também. Havia retratos de mulheres de tailleur com paletós acinturados e saias justas que chegavam bem abaixo do joelho. A moda para os homens aparentemente eram os ternos cinza e todos eles usavam chapéu. Dava para comprar uma casa por oito mil dólares e um carro por mil e setecentos.

Finalmente encontrei o que estava procurando na edição de 15 de agosto de 1950. A manchete dizia, GAROTA DO COLEGIAL GANHA CONCURSO MUNICIPAL DE ARTE. Havia uma fotografia da Vovó de suéter, saia comprida pregueada e colar de pérolas. Ela estava em pé ao lado de um cavalete que sustentava a pintura. Do outro lado do cavalete, um homem de terno e gravata. Ele estava segurando uma placa. Parecia que a foto tinha sido tirada na Paget Street, bem no meio da cidade. Dava para ver o quebra-mar ao fundo e parte da estátua da moça carregando um balde de uvas.

> Ruth Goddard, 18, de Beacon, sorri ao receber o prêmio de primeiro lugar no Festival de Artes de Beacon, que acontece anualmente. A pintura da srta. Goddard, *Café de cupcakes*, conquistou o título por ser a melhor da mostra. A srta. Godard, que ganhou uma bolsa de estudos integral do Instituto de Artes de Chicago, vai cursar a faculdade lá a partir do próximo mês. Parabéns para a nossa vencedora!

Instituto de Artes de Chicago. Fiquei olhando para a página amarelada. Era exatamente o que o homem do Mundo das Câmeras Brewster tinha me contado. Que a Vovó tinha ganhado uma bolsa de estudos. Mas não fazia sentido. Ela falava de Stanford e tinha se formado em Stanford. Nunca tinha dito nada sobre o Instituto de Artes de Chicago. Nem uma palavra. Ainda assim, lá estava, bem na minha frente.

Comecei a sentir um desconforto no estômago, a sensação de que havia mais sobre a minha avó do que qualquer um de nós suspeitava. Li o artigo de novo e contemplei a foto. Em seguida, levei o livro para o andar de baixo, coloquei a página sobre a placa de vidro da copiadora e inseri moedas. A copiadora rangeu e gemeu e, depois de um instante, uma folha de papel escorregou para fora e planou até o chão. Apanhei a folha, olhei para a foto e me perguntei: Quem era aquela garota?

Lila

Quando finalmente deixei a biblioteca e tomei o rumo norte na rodovia para Kittuck, era meio-dia. Coloquei uma música, Sarah Vaughan cantando "My Funny Valentine", mas não teve o efeito calmante costumeiro. Não dissipou o estado de confusão em que eu tinha ficado por causa do artigo no *Bugle*.

A rodovia era um cinturão que cortava a floresta do Maine. O farfalhar do bosque de pinheiros entrava pelas janelas e, bem na hora em que eu pus uma música antiga de Oscar Peterson, passei pela saída para Lewisboro e a loja de máquinas fotográficas. Confirmando a previsão do balconista da Brewster, levei uma hora para ir de Lewisboro para Kittuck.

Um pouco depois das duas horas, entrei na Casa de Repouso Saint Agnes, uma pequena construção de três andares com fachada de tijolinho, que teria sido moderna em 1990. O interior tinha um cheiro antisséptico de consultório médico, combinado com algo que lembrava cobertores velhos e naftalina. A recepcionista me deu um crachá de visitante e falou para eu pegar o elevador para o terceiro andar.

Saí em frente a um posto de enfermagem, onde duas mulheres de uniforme branco estavam trabalhando atrás de um balcão, uma estudando o monitor piscante de um computador, a outra escrevendo em uma lousa branca pendurada na parede. Bem acima, um relógio grande mostrava o tempo passando. A mulher no monitor virou para mim e perguntou se eu precisava de ajuda. No crachá de plástico dela estava escrito NOREEN.

"Vim visitar Lila Falk", eu disse. "Meu nome é Ellen Branford. Telefonei ontem."

Noreen fez um gesto para que eu a seguisse. "Você é amiga dela?"

"Ela conhecia minha avó", eu respondi. "Quando elas eram crianças."

"Você veio em boa hora", ela continuou, me conduzindo pelo corredor. "A filha dela, Sugar, normalmente vem aos sábados, mas ela telefonou e disse que só virá amanhã."

Sons de programas de televisão invadiam o corredor conforme íamos passando pelas portas abertas. Alguns dos residentes estavam sentados em cadeiras de rodas fora dos quartos. Um homem com alguns fios de cabelo branco, de bengala, vinha devagar em nossa direção. Noreen virou para mim. "Lila tem quase oitenta anos, você sabe."

Eu sabia, sim. "Sim, minha avó tinha oitenta quando ela..." Fiz uma pausa e respirei. "Ela tinha oitenta."

Continuamos a andar até o fim do corredor. "Lila também sofre de demência", Noreen falou. "É bem sério."

Demência. Esperava não ter feito a viagem para nada. Depois do que o homem na loja de máquinas fotográficas disse, eu tinha ficado esperançosa de que Lila Falk seria capaz de me falar da infância da Vovó.

"Ela tem altos e baixos", Noreen explicou enquanto nós dávamos espaço para o homem de andador passar. "Algumas vezes ela está bem. Outras vezes, nem tanto. Não sabe quem ela é ou onde está." Paramos na frente de uma porta aberta. "Só para você estar preparada."

Concordei com a cabeça, ela bateu na porta e entramos no quarto. As paredes eram azul-claro e eu senti um cheiro fraco de água sanitária. Uma mulher miúda cujo cabelo parecia uma nuvem de algodão cinza estava sentada na primeira de duas camas hospitalares. Estava assistindo a reprises de um programa antigo de televisão chamado *The Match Game*, um jogo em que os participantes tinham que preencher lacunas com as mesmas respostas dadas por celebridades.

"Oi, Dorrie", Noreen disse, cumprimentando a mulher. Dorrie levantou o olhar, espalhando um sorriso pelo rosto como o desabrochar lento de uma flor.

"Oi, Noreen", ela sussurrou baixinho e eu percebi um leve sotaque da Inglaterra.

Andamos até a poltrona do lado da outra cama, onde estava sentada uma senhora mignon. Os olhos azuis pareciam ter capturado luz do céu. Ela estava vestindo uma calça marfim combinando com a cor do cabelo ondulado e uma blusa estampada com pequenos botões de rosa. Uma manta de crochê estava no colo e, por cima, um exemplar aberto da revista *Glamour*.

"Lila, você tem visita", Noreen disse. Lila levantou a cabeça e olhou para Noreen, depois para mim. "Essa é a srta. Branford. Ela queria conversar sobre alguém que você conhece."

Lila pegou a revista e virou de cabeça para baixo um minuto.

"Bom, eu vou deixar vocês duas a sós", Noreen falou.

Agradeci e puxei uma cadeira. "Sra. Falk", eu comecei. "Sei que não nos conhecemos, mas acredito que você conheceu minha avó, Ruth Goddard." Pronunciei o nome devagar. "Vocês duas cresceram juntas em Beacon."

"Beacon", ela repetiu, sem tirar os olhos da revista. "Quem é Beacon?"

"Beacon, a cidade", eu expliquei. "Onde você morou. Aqui no Maine."

Lila rearrumou a manta no colo, mexendo com cuidado, como se estivesse seguindo algum plano.

"Você se lembra da Ruth?", eu perguntei. "Vocês eram amigas íntimas quando jovens."

Lila olhou de novo para a revista e começou a virar as páginas.

"Vocês duas devem ter frequentado a mesma escola", eu acrescentei. "Ela estudou na Escola Littleton." Pensei na árvore retorcida no pátio. "Passei por lá alguns dias atrás e sabe o quê?"

Esperei uma resposta, mas Lila apenas deu um puxão na ponta da manga, que alguém tinha arregaçado. Pegou pelo botão de rosa estampado no tecido.

"A escola ainda está lá", eu disse. "Uma construção de tijolinho. Você se lembra dela?"

Lila continuou a puxar, tentando desdobrar a manga.

"Deixe-me ajudá-la." Comecei a esticar o tecido. Ela examinou as minhas mãos conforme eu desamassava o tecido. "Precisa desfazer... assim."

Lila olhou para mim, com o rosto plácido e os olhos azuis penetrantes. "Ruth?"

Ruth? Eu sorri. "Não, eu não sou a Ruth, sra. Falk. Sou a neta dela, Ellen."

Ela ergueu a cabeça. Depois se aproximou e tocou o fecho do colar de pérolas da minha avó, passando os dedos pela concha de prata. "Que bom ver você, Ruth", ela deu um suspiro e sorriu para mim.

Eu já ia corrigi-la de novo, mas me contive. A mão frágil se deteve no fecho. "Que bom ver você também", eu respondi.

Ela me olhou com os olhos azuis penetrantes. "Littleton?" As rugas finas no rosto se mexeram em todas as direções.

Puxei minha cadeira para mais perto. "Sim, Escola de Primeiras Letras Littleton."

Ela voltou a atenção para a revista, apontando para o anúncio de um perfume chamado Seven Secrets. Vinha junto um cartão para raspar e cheirar, que ela tirou e continuou arranhando com a unha. Ela colocou o cartão na frente do meu nariz.

"Cheire isso, Ruth." Ela mostrou o cartão.

Dei uma cheirada, esperando algo forte, mas o cartão cheirava a gardênias, o que me fez lembrar do solário da minha avó em San Francisco, com gardênias em grandes vasos de barro, as pétalas brancas sobressaindo como neve contra folhas verde-escuras.

"Delicioso."

Lila aproximou o rosto e me olhou fixamente. "Seu cabelo está diferente."

"Como assim?" Toquei as extremidades do meu cabelo.

Ela encolheu os ombros e sorriu. "Lindo", ela disse. "Mas, também, você sempre foi linda." Ela encostou o cartão de gardênia no rosto, como se fosse algo que ela quisesse segurar com carinho. "Você se lembra do homem da loja de flores... que costumava dar flores para nós?"

Olhei para Lila, com o cartão perfumado pressionado contra o rosto, o olhar focado por cima do meu ombro, para além de mim. "Sim", eu respondi.

Ela pôs o cartão na minha mão. "Margaridas e cravos." Ela suspirou. "Mas, às vezes, ele dava gardênias."

Dei uma olhada na pele frágil dos dedos nodosos, o azul esmaecido das veias correndo por baixo. "E nós púnhamos em vasos", eu acrescentei.

"Ah, eu arrumava as minhas em um vaso", Lila completou. Olhou pela janela, como se pudesse encontrar gardênias crescendo ali. Em seguida, ela se virou para mim. "Você pintava as suas."

Foi como se ela tivesse aberto uma janela em um quarto fechado havia tempos. *Você pintava as suas.* Claro que existiam mais pinturas. Como eu tinha pensado. Eu queria fazer milhões de perguntas para Lila — sobre as pinturas, a amizade com a Vovó, o Chet Cummings. Queria liberar os *bits* de informação, que eu sabia estavam passeando pela sua mente. Mas eu fiquei sentada pacientemente, uma mão segurando a outra, esperando ela continuar.

"Do que mais você gostava nas pinturas?", eu perguntei.

"Dava quase para..." Ela fechou os olhos e levantou a mão no ar. "Dava quase para tocá-las." Ela acariciou o tecido da blusa, e eu me perguntei o que ela estaria vendo, que imagens da minha avó ela estava recordando.

Lila desviou o olhar e eu fiquei observando seus dedos brincarem com a capa da revista, dobrando a beirada para baixo e depois alisando de volta, para cima e para baixo, para cima e para baixo.

Finalmente, com um pequeno tremor na voz, ela disse: "Foi terrível para ele, sabe... quando você partiu".

Esperei um instante e, como ela não continuou, eu perguntei: "Terrível para quem?".

"Chet", ela respondeu, sussurrando baixinho.

"Sim", eu concordei. "Chet."

"Ele não entendeu, sabe... como você pôde mudar de ideia." Ela puxou a manta para o pescoço e agasalhou os braços. "E tão rápido. Tão apaixonada por ele e depois... então, depois apareceu o Henry."

Ouvir o nome do meu avô me assustou e eu tentei visualizá-lo como parte desse triângulo amoroso de tanto tempo atrás. A companheira de quarto de Lila se agitou na cadeira e resmungou dormindo.

"Chet pensou que você voltaria, mas eu sabia que não. Quando ele recebeu a notícia... quando ele descobriu..." Ela suspirou.

"A notícia", eu repeti, tentando dar uma cutucada para ela continuar.

"Que você tinha ficado noiva. Ele não conseguia acreditar, Ruthie. Ainda bem que você não viu ele naquele momento. O pobre rapaz estava acabado. Ele teve que abandonar." Ela olhou para a manta.

Ele teve que abandonar o quê? Eu me perguntei.

Ela levantou as mãos. "E depois tudo se acabou."

"Você quer dizer entre Chet e mim?"

"Não, eu quero dizer..."

A mulher da outra cama deu uma sonora gargalhada, e Lila e eu nos viramos para olhar para ela. Ela tinha acordado e estava vendo televisão de novo.

Lila se sentou, a manta deslizou de volta para o colo. Ela me analisou com os olhos profundos como o mar.

"Você precisa ir ver a Sugar, Ruthie. Ela está com as suas coisas. Eu não tinha espaço... você entende, não?"

Ela fechou os olhos, como se estivesse vislumbrando os objetos. "Algumas fotografias, acho. Algumas cartas."

Fotografias e cartas. Senti uma onda de entusiasmo. "Sugar? Você se refere à sua filha?"

Lila bocejou e fez sinal que sim.

Claro que eu iria vê-la. Se ela tivesse alguma coisa para me contar ou me dar que fosse da minha avó, eu ficaria mais do que contente em vê-la. "Sim, eu adoraria", eu respondi.

Lila deu um suspiro e olhou para as mãos, como se pertencessem a outra pessoa. Do alto-falante, anunciaram: "Dr. Martin, se apresente na recepção. Dr. Martin, se apresente na recepção".

Suas pálpebras começaram a pesar. "Um médico está hospedado aqui no hotel? Que prático."

Ela bocejou de novo e as pálpebras se agitaram, como as asas de um beija-flor.

"Lila?" Eu cutuquei seu braço.

Os olhos se fecharam, a cabeça pendeu no peito e ela adormeceu.

No caminho de volta para a pousada, o sol do entardecer coloria a estrada com um reflexo alaranjado. Um milhão de pinheiros mais tarde, parei no estacionamento. Eram quase seis horas quando entrei na recepção. O cheiro de cebolas *sauté* me recebeu, e eu me lembrei que não tinha comido desde o café da manhã.

Não vi Paula no balcão da recepção. Uma jovem gordinha com cabelo curto e crespo — de um tom de vermelho não natural — estava sentada atrás do balcão.

"Oi. Posso ajudar?" Ela sorriu e falou com voz lenta, cantando.

"Meu nome é Ellen Branford, sou hóspede aqui", eu disse. "Estou no quarto 8 ou 10 ou o que quer que seja. Aquele com vista para o mar." Apontei para as escadas, sentindo o braço pesado. "Terceiro andar, o primeiro quarto à direita."

A mulher usava um minibroche preto, onde estava escrito o nome TOTTY em letras brancas. "O.k., querida", ela disse. "Muito prazer." O tom de voz de Totty ficava mais agudo no final de cada frase, como se ela estivesse sempre fazendo perguntas. *Muito prazer?*

"A Paula está de folga hoje à noite?", eu perguntei, remexendo a bolsa para encontrar a chave do quarto.

"Sim, está." Totty sorriu, mostrando as covinhas, o que dava a ela um ar infantil. Agradeci e fui direto para a escada, passando pelo saguão e pelo restaurante. Quase todas as mesas estavam ocupadas, e um garçom estava servindo sopa e salada para um casal sentado perto da porta. Fiz um sinal e ele se aproximou.

"Posso fazer um pedido para entregar no quarto?"

"*Sì, sì,* claro", ele respondeu, com um forte sotaque italiano. "Você escolhe, nós entregamos. Vou pegar um cardápio."

Ele voltou logo em seguida com um cardápio, onde passei os olhos. "Acho que vou querer a salada Victory", eu disse, apontando para a primeira da lista. SALADA DE FOLHAS, CRANBERRIES, NOZES E QUEIJO DE CABRA, COM MOLHO VINAGRETE DE FRAMBOESA.

Ele fez sinal que entendeu e anotou o pedido.

"E frango assado", acrescentei, apontando para o primeiro prato principal. MEIO FRANGO CAIPIRA ASSADO NA MANTEIGA COM ERVAS FINAS, ACOMPANHADO DE PURÊ DE BATATAS E CENOURAS FRESCAS DA HORTA. Nunca tinha comido meio frango na vida, mas estava disposta a tentar.

"Frango assado", ele murmurou, escrevendo de novo.

"Quais são as opções de sobremesa?", eu perguntei, jogando toda a precaução pela janela e prometendo que iria compensar tudo quando voltasse para Manhattan. Talvez até tentasse entrar em forma para a corrida de dez quilômetros que Winston Reid ia patrocinar no outono.

O garçom tirou do bolso um papel e leu as opções — *cheesecake*, brownie com cobertura, torta de blueberry e sorvete.

"Torta de blueberry", eu pedi, sem nem pensar. "Ah, e uma taça de vinho branco, por favor. Você sabe me dizer qual é o que vocês vendem por taça?"

Ele coçou o queixo. "Ah, por taça. O vinho da casa e alguns outros. Vou pegar a lista e..."

Fiz um gesto com a mão. "Deixa para lá, vou querer o vinho da casa." Hayden ia precisar de sais aromáticos para acordar do desmaio, se ele me ouvisse dizer isso. *O vinho da casa, Ellen? E você nem mesmo sabe qual é?*

"*Sì, sì*, vamos levar para o quarto." O garçom confirmou diversas vezes.

Me arrastei para o quarto e destranquei a porta, deixando a bolsa cair no chão. Em seguida, me estiquei na cama abraçando o travesseiro. Dirigir até Kittuck e depois voltar tinha acabado comigo. Ou talvez tenha sido o encontro com Lila. De qualquer forma, eu precisava relaxar cinco minutos. Deitar a cabeça no travesseiro.

Bocejei e pensei no triângulo amoroso — a Vovó e Chet Cummings e meu avô. Pensei em Lila Falk e na filha, Sugar, e no que ela poderia ter da Vovó e pensei como era gostoso repousar a cabeça naquele travesseiro.

Meia hora depois, alguém bateu na porta e eu acordei sobressaltada, tentando adivinhar quem seria.
"Senhorita, é o Rodolfo, do restaurante." Outra batida. "Senhorita, trouxe o jantar."
O jantar?
"Sim, estou indo." Sentei, afastei o cabelo do rosto e tentei dar uma desamassada na roupa. Depois, abri a porta. Rodolfo estava em pé no corredor, trocando o apoio de um pé para o outro. Estava segurando uma bandeja azul, com conchas desenhadas. Sobre a bandeja, um copo vintage de cristal com vinho branco, uma salada colorida de folhas verdes e *cranberries*, um prato branco grande com uma tampa prateada brilhando, uma fatia de torta de blueberry e uma rosa em um vaso solitário.
Por um instante, fiquei só admirando. Era tão bonito. Logo me contive. "Entre, por favor." Fiz um gesto com a mão.
Rodolfo olhou o quarto. "Onde devo pôr?"
Imaginei que ele estava brincando. Não havia lugar para colocar a bandeja a não ser a cama. "Aqui, suponho." Apontei.
"*Sì, sì.*" Ele pousou a bandeja.
Vasculhei a bolsa em busca de alguns trocados. "Obrigada", agradeci, dando a gorjeta.
"Eu que agradeço", ele respondeu, fazendo uma pequena reverência antes de sair.
Sentei na cama e provei a salada. As folhas estavam crocantes e fresquinhas e os pedaços grandes de queijo de cabra tinham gosto marcante. As nozes caramelizadas estalavam na boca. Em seguida, levantei a tampa prateada do prato principal. Subiu um vapor com cheiro de ervas, eu fiquei analisando o frango. Tinha sido assado até adquirir um tom dourado e estava salpicado com estragão e outras ervas que não consegui identificar. O purê de batatas estava cremoso e amanteigado e as cenouras glaceadas, suculentas, tinham um brilho escuro. Comi tudo

em poucos minutos, inclusive a torta com a massa macia e as blueberries ainda mornas. Me perguntei se a Paula algum dia compartilharia essas receitas. Eu a tinha subestimado. Com toda a certeza.

Estava muito cheia para me mexer, então empurrei a bandeja para o lado e deitei de novo, observando uma rachadura no teto que parecia o estado de New Hampshire. Aos poucos, todo o meu corpo começou a relaxar. Não durma, eu disse para mim mesma. Você precisa telefonar para o Hayden e para a sua mãe e para Sugar...

Estávamos passeando em um campo enorme, coberto de vegetação, fechado por muros de pedra. Algumas tinham caído e Hayden estava recolhendo e pondo de volta no lugar, encontrando a posição certa de cada uma das pedras, girando e reposicionando até ficar satisfeito com o resultado.

De vez em quando, ele dava uns passos para trás e avaliava o resultado e às vezes retirava uma pedra e tentava encaixar em outro lugar. Recolhia as menores e procurava frestas no muro, onde podiam caber.

"Isso acontece a cada final de inverno", ele explicou. "A causa é a dilatação e a contração dos materiais."

"Igual aos buracos nas estradas", eu complementei. "Acontece a mesma coisa na estrada e aparecem buracos."

"Você é tão urbana", ele comentou, me abraçando e me trazendo para junto dele. Depois sentamos no muro e ficamos contemplando o campo, a brisa ondulando a relva.

Ele pulou do muro e arrancou uns galhos com espinhos. "Blueberries", ele disse. Bem no lugar de onde ele tinha removido as ervas daninhas, os brotos verdes se tornaram visíveis no solo.

"Como você sabia que estavam lá?", eu perguntei.

"Elas sempre estarão por aqui", ele afirmou. E em seguida, me beijou com uma paixão que me deixou sem palavras.

Alguém estava batendo na porta. Tentei sair do estado de sonolência, do campo com os muros de pedra e ervas daninhas e blueberries.

A batida continuou, um pouco mais alta. Rodolfo. Ele tinha vindo recolher a bandeja. Dava para sentir o cheiro de vinagre do molho e não estava nada apetitoso agora. Me sentei e esfreguei os olhos.

Rodolfo continuava a bater.

Tentei recordar o que estava acontecendo no sonho, mas ele já estava se dissipando, como uma nuvem que se converte em luz. Ainda deu para lembrar que estava em pé em um campo com Hayden, consertando um muro. Havia pedregulhos e ervas daninhas e o campo era coberto de vegetação. Estávamos recolhendo pedras e colocando de volta no muro.

As batidas continuavam. Rodolfo estava sendo muito insistente. Quase sem educação.

"Um minuto", eu resmunguei, me mexendo desajeitada para sair da cama. "Já estou indo."

Tudo bem, leve a idiota da bandeja, eu pensei, saindo da cama. E naquele instante, quando meus pés tocaram o chão, percebi que o homem no sonho não era Hayden, de jeito nenhum. Era Roy Cummings. *Roy*. Ai, meu Deus, Roy tinha me beijado. E o beijo era espantoso, muito mais espantoso do que aquele na praia. Ainda conseguia sentir os braços dele ao redor do meu pescoço. Conseguia sentir seus lábios nos meus. Conseguia sentir o sabor. O gosto era salgado, como final de um longo dia de verão na praia.

Peguei a bandeja e fui até a porta. Equilibrando ela em uma das mãos, virei a maçaneta com a outra. As ervas daninhas e as blueberries e o beijo. Eu queria voltar para o sonho. Eu queria Roy. Alguma coisa dentro de mim começou a doer.

Abri a porta para devolver a bandeja para o Rodolfo e ali, em uma capa de chuva feita sob medida de gabardine italiana marrom-clara, segurando uma pasta em uma mão e uma sacola de viagem Louis Vuitton na outra, estava Hayden.

Briga de galo

"Hayden!" Derrubei a bandeja e os pratos, e os talheres se estatelaram e caíram por todos os cantos. Uma mulher abriu a porta no corredor, deu uma espiada e depois fechou. "O que você está fazendo aqui?"

Hayden estava de pé na minha frente, o cabelo dourado despenteado contrastando com o terno Savile Row. Vestia uma camisa superbranca e uma gravata de seda italiana que eu tinha dado para ele no último Natal. Ele estava muito bonito.

"Você está bem?" Ele sorriu, olhando para os cacos de porcelana.

Joguei os braços ao seu redor, banindo todos os pensamentos residuais sobre Roy. Inalei seu cheiro, que era uma mistura de couro das salas de tribunal com as de diretoria, que tinham revestimento de mogno e tapetes Aubusson centenários. "Estou bem", respondi. "Você me deu um susto, só isso."

Ele pressionou os lábios contra os meus, me dando um longo beijo apaixonado e por um instante eu estava de volta a Nova York, tomando táxis e fazendo audioconferências, andando em limusines e indo a concertos de ópera beneficentes e aberturas de exposições em museus. Conseguia me ver no nosso apartamento, deitada no sofá em um domingo de manhã, bebericando café, jornais espalhados sobre a mesa, o sol entrando pelas janelas. A sensação de estar lá era boa.

Recolhemos os pratos espalhados, e Hayden entrou no quarto. "Por que você não me disse que estava vindo?", perguntei.

"Só soube que viria hoje à tarde."

Quando me virei para pegar a capa, vi que ele estava examinando o local.

"É aqui que você está hospedada?" Os olhos iam da louça de barro e do jarro trincado para a cadeira de encosto de madeira e depois para o minúsculo banheiro e para o copo com canetas e lápis sobre o reservatório do vaso sanitário.

Ajeitei a capa dele no encosto da cadeira. "Não é tão ruim."

Ele me deu um olhar cético. "Ellen Branford, rainha do circuito dos hotéis cinco estrelas, me dizendo que não é tão ruim. Muito me admira."

"É sério", reafirmei, pegando o paletó. "Estou achando simpático."

Ele levantou o queixo e ficou me encarando. "Você está um pouco... não sei..." Fez uma pausa. "Alguma coisa está diferente." Estudou meu rosto. "Ah, você não está usando maquiagem. Talvez seja isso."

"Não estou?" Apalpei a maçã do rosto.

"Não fique tão assustada." Ele riu. "Você não precisa."

Não sei como pude me esquecer de colocar maquiagem. "Acho que estava muito apressada hoje de manhã", eu expliquei. "Fui encontrar uma velha amiga da minha avó em um asilo."

"Uma amiga dela aqui?" Hayden perguntou, afastando o cabelo do meu rosto e observando meus olhos.

"Sim. Você não iria acreditar no que descobri hoje." Contei para ele sobre o homem na loja de máquinas fotográficas, a pintura na sociedade histórica e o artigo na biblioteca. "Existem coisas sobre a minha avó que nunca soubemos."

Ele me olhou com curiosidade. "Como se ela tivesse uma vida secreta."

"Não exatamente uma vida secreta, pelo menos eu acho que não. Quer dizer, espero que não. Mas existem detalhes que ela definitivamente nunca mencionou."

"É como desvendar um mistério", ele disse ao sentarmos na cama. "Adoraria ver as pinturas. Você precisa me mostrar."

"Vou, sim. Faço questão que você as veja. Mas antes de falarmos mais sobre isso, faço questão de saber como você veio parar aqui. Pensei que fosse ficar o dia inteiro na reunião para tentar resolver o caso Dobson."

Um sorriso se espalhou pelo rosto de Hayden.

"O que aconteceu? Me conte", pedi.

"Nós chegamos a um acordo esta manhã."

"Vocês conseguiram? Ah, Hayden, você é o máximo!" Abracei ele de novo. "Você pensava que nunca iria conseguir."

"Vinte e nove ponto cinco", ele disse, abanando a cabeça como se nem ele conseguisse acreditar. "Nunca pensei que fecharia num valor tão alto."

Sabia que ele estava falando de milhões, não milhares, de dólares. O cliente estava recebendo o dinheiro, mas a firma estava embolsando uma porcentagem alta sobre o valor. Era mais uma medalha para a coleção de Hayden.

"Uau, é sensacional", eu comemorei.

"Estou bem contente. O conselho da Dobson está exultante. É um bom acordo também para eles. Fico satisfeito que tenha dado certo. Acabaram conseguindo um acordo bastante justo. Algumas vezes tudo dá certo e esta foi uma delas."

"Parabéns", eu disse, orgulhosa dele. "Você deve ter sido extremamente convincente."

"Ah, consigo ser bastante convincente quando eu quero", ele afirmou, com um sorriso que estava ficando malicioso agora. "Lembro de ter usado meus poderes de persuasão com você algumas vezes."

"Talvez", eu disse, fingindo indiferença, "mas você nunca vai conseguir tirar vinte e nove ponto cinco de mim."

Ele pegou a minha mão. "Sem brincadeira. Você sabe qual é a melhor parte do acordo?"

Fiz que não sabia com cabeça.

"Que eu pude vir até aqui ficar com você. Estava no táxi voltando para o apartamento e pensei: 'Por que não vou agora mesmo para o Maine?'. Então apanhei algumas coisas e peguei o avião."

"Ah, Hayden." Ele tinha um jeito especial de me fazer ficar derretida.

"Senti falta de você", ele disse, me puxando para perto. "Não gosto de ficar no nosso apartamento sem você."

Encostei a cabeça no peito dele. "Também fiquei com saudades."

"Fiquei o tempo todo pensando em você aqui sozinha", ele continuou. "Imaginei que assim você teria companhia, e nós poderíamos voltar para Nova York juntos." Ele se levantou. "E por falar em Nova York... trouxe um presente para você." Ele piscou para mim ao tirar um pacote da pasta.

"O que é isso?"

"Abra", ele respondeu, sentando ao meu lado de novo.

Rasguei o papel de embrulho e vi que era um livro. *The World of Henri Cartier-Bresson.*

"Hayden, ele é o meu predileto."

"Eu sei. E é uma primeira edição."

"É lindo." Comecei a folhear as páginas de fotografias em preto e branco. "O pai do fotojornalismo moderno."

"Sim, com certeza ele foi."

Me detive em uma foto de um homem andando de bicicleta em uma rua estreita em Paris. Essa foto foi tirada de uma escada. "Adoro ela. Veja a curva dos degraus e o corrimão de metal, como as formas são lindas. E o homem passando de bicicleta, quase uma mancha. Ele teve meio segundo para tirar essa foto. Inacreditável. *F-eleven and be there.*"

"Hã?"

"É uma frase antiga que os fotógrafos usam", eu expliquei. "Você sabe — significa que aspectos técnicos não são tão importantes como estar no local certo na hora certa." Puxei Hayden para perto de mim e dei um beijo nele. "Que presente maravilhoso. Mal consigo esperar para ver com calma cada foto."

"Fico feliz que você tenha gostado", ele disse.

Fechei o livro e o apertei contra o peito. "Amei."

Ele sorriu. "Agora me diga o que está acontecendo. Você finalmente conseguiu encontrar o famoso Sr. Cummings?"

Olhei para baixo. "Não. Não vou encontrá-lo."

"Por que não? O que aconteceu?"

Puxei um fio solto da colcha. "Chet Cummings está... bem, ele morreu."

Hayden pegou minha mão. "Ah, querida, sinto muito."

"Eu também."

"Quando ele morreu?"

"Há três meses."

"Ah, não. Que desencontro. Você veio até aqui e... sinto muito."

Uma brisa fresca entrou pela janela. Senti um arrepio, fechei a janela, fui até o termostato e liguei o aquecedor. Alguma coisa gemeu e fez barulho e, em seguida, o ventilador começou a chiar. Um cheiro metálico e um jato de ar morno vieram da saída de ar do aquecedor, no chão.

Hayden pôs os travesseiros na cabeceira, tirou os sapatos e se deitou na cama. Desapertou o nó da gravata e fez um sinal para que eu me juntasse a ele. Me acomodei em seu braço.

"Agora me diga o que aconteceu", ele disse. "Você não conseguiu entregar a carta e..."

"Não, eu entreguei, sim", eu disse. "Dei para o sobrinho dele."

Hayden olhou para mim. "Sobrinho dele? Quem é o sobrinho dele?"

"Um cara chamado Roy Cummings. Chet estava morando na casa dele."

"Ah." Ele fez uma pausa e depois disse: "O que ele vai fazer com ela?".

"Não sei, mas achei que ele devia ficar com ela. Você não acha?"

Hayden me deu um olhar zombeteiro. "Não sei, Ellen. Me surpreende que você tenha feito isso. A carta não estava endereçada a ele. Eu teria dado para o inventariante do espólio ou o curador determinado pelo juiz se ele... esse cara é o executor do testamento?"

Tentei lembrar o que Roy tinha falado para mim no jardim. *Qualquer assunto do meu tio é meu assunto.* Algo assim. Não tinha claramente dito que ele era o executor do testamento do tio, mas essa foi a sensação que eu tive. Que ele estava tomando conta dos negócios do tio. Esperava não ter tirado conclusões precipitadas. E se eu tivesse feito algo errado? Será que eu estava passando dos limites?

"Sim, acho que sim."

"Você acha?"

"Não, eu sei que ele é. Ele é o executor do testamento."

"Então, não vejo problema."

Hayden se espreguiçou e deu um sonoro suspiro. Ajudei ele a tirar as abotoaduras de ouro, aquelas com a insígnia da família, e ele as colocou no criado-mudo. Em seguida, ele me beijou o pescoço. Fechei os olhos e senti seu hálito quente e familiar, o cabelo macio na minha pele. Seu cabelo tinha um cheiro cítrico, como o xampu de casa.

Ele desabotoou minha blusa, os dedos se movendo suavemente pelo tecido. Puxei a gravata e abri os botões da camisa. Então ele veio para mais perto e me beijou. A rachadura no teto que parecia o estado de New Hampshire ficou fraca e indistinta e, com grilos zumbindo do lado de fora da janela, tiramos a roupa e fizemos amor.

Hayden já estava em pé quando acordei no domingo de manhã. Sentado ao meu lado na cama, de cuecas samba-canção e camiseta azul, estava clicando no computador.

"Bom dia", eu disse, bocejando e esfregando os olhos. "Que horas são?"

Ele olhou para o relógio. "Nove e pouco."

Dava para ver uma tira de luz debaixo das cortinas da janela. "O dia está bonito?"

Ele continuou a digitar. "Não sei. Ainda não olhei."

"Você não olhou?"

"Não. Estava trabalhando." Ele me deu um beijo na bochecha.

"Hayden", eu disse. "Faço questão que você veja as pinturas da Vovó. Duvido que a sociedade histórica esteja aberta hoje, mas talvez a gente possa ir até a casa dos Porter para ver aquela que está no sótão deles."

"Boa ideia", ele respondeu. "Adoraria."

"Vou telefonar para Susan daqui a pouquinho." Meu estômago roncou e eu percebi que estava faminta. Alguma coisa estava acontecendo com meu apetite. Agora eu tinha fome o tempo todo e a comida que me apetecia não era a variedade supersaudável com que eu estava acostumada. Era comida caseira. Bolo de carne e purê de batata, frango, bolinhos, macarrão com molho de queijo, carne assada. Me virei para Hayden. "Você quer tomar café da manhã?"

"Sim, só me dê um minuto", ele respondeu. "Preciso terminar um assunto." Quando eu estava indo até a cômoda, ele pegou meu braço e apalpou meu bíceps. "Hum, ainda está com ótimo tônus muscular." Ele sorriu. "Você tem se exercitado por aqui."

"Na verdade, não." Será que ali existia algum lugar para fazer exercício? Peguei um *short* e uma camiseta da gaveta. "Ah, espere", eu complementei. "Esqueci — eu pratiquei um pouco de natação."

"Natação?" Ele me deu uma olhada rápida. "Ah, sim, você fez parte de uma equipe. Exeter, não era?" Ele tirou a tampa de uma caneta e começou a escrever em um bloco.

"Sim, em Exeter", eu confirmei enquanto subia o zíper do short e passava a camiseta pela cabeça. Levantei uma das persianas da janela, e o sol invadiu o quarto. Debruçada no peitoril, olhei para fora e respirei o ar fresco, com cheiro de capim.

Dali a pouco, Hayden levantou os olhos. "É tão quieto aqui."

Não dava para saber se ele queria dizer quieto bom ou quieto ruim. "Sim, é quieto."

Entrei no banheiro, pronta para pegar minha escova de dente e congelei. Um cartão cor de marfim estava enfiado no canto do espelho, acima da pia. As letras pretas estavam em alto relevo e eu reconheci a fonte: *French Script*. Cheguei mais perto e li o que estava escrito.

Mrs. Cynthia Parker Branford
tem a honra de convidá-los para
o casamento de sua filha
Eleanor Newhouse
com
Hayden Stewart Croft
Sábado, sete de outubro
às dezoito e trinta
Igreja Saint Thomas
Nova York, Nova York

Senti uma pontada no peito. Tirei o convite do espelho e fiquei segurando, sentada na beira da banheira. Sábado, 7 de outubro. As letras escuras, definitivas, estavam gravadas no papel.

"Então, qual é o veredicto?" Hayden gritou do quarto.

"O veredicto?" Estava tentando lembrar quantos convites nós tínhamos encomendado. Duzentos? Duzentos e cinquenta? Só conseguia lembrar o número no final da lista de convidados — 337 pessoas. Todos estavam sendo convidados para testemunhar o nosso casamento. Família, amigos, sócios do escritório...

"O convite", Hayden reforçou, parecendo impaciente. "O que você achou? Não está o máximo?"

Visualizei a igreja — cheia de velas acesas, enfeitada com flores, as pessoas sentando nos bancos, o quinteto de cordas tocando as músicas que nós selecionamos. Senti uma dor no estômago. "Sim, está lindo."

"Não falei que Smythson era o melhor?" Hayden disse, aparecendo na porta. "Eles não são os gravadores da rainha por acaso."

Concordei. "Não, tenho certeza que não."

"Não se consegue essa qualidade aqui nos Estados Unidos."

Passei os dedos pelas letras e me questionei por que estava de repente me sentindo um pouquinho nervosa. Talvez fosse a ideia de todos esses convites atravessando o país até dezenas e dezenas de pessoas, convocando todos a comparecer ao evento, para testemunhar Hayden e eu fazermos nossos votos de casamento.

Talvez toda noiva fique um pouco nervosa ao ver pela primeira vez o convite de casamento. Por que não? Provavelmente era uma reação normal. Afinal de contas, havia alguma coisa muito... concreta em tudo isso. *Não há espaço para erros agora*, parecia dizer.

Erro? Bem, essa não era a palavra certa. Não era o que eu queria dizer de jeito algum. Só queria dizer... o que eu queria dizer mesmo?

Devo estar ficando louca, eu pensei, na frente do espelho. Estou noiva do homem mais incrível do mundo, e uma bela cerimônia de casamento está se aproximando.

De repente, Hayden estava ao meu lado, a cabeça sobre o meu ombro. Ele tomou o cartão da minha mão, contemplou, deu um sorriso de satisfação e colocou de volta no canto do espelho.

"Gravadores da rainha", ele disse, fazendo um gesto de aprovação.

"Sim." Coloquei os braços ao seu redor e apertei o mais forte que consegui.

Totty, a mulher do turno da noite, não estava na recepção quando Hayden e eu passamos para tomar café da manhã. Paula estava de volta e, quando viu Hayden, olhou para ele e depois olhou de novo, para confirmar.

Sorri, contente. "Este é meu noivo, Hayden Croft. Acaba de chegar de Nova York." Me virei para Hayden: "Paula Victory, a proprietária da pousada".

Paula piscou. "Seu noivo." Ela demorou para pronunciar a palavra, como se tivesse muito mais sílabas. Em seguida, olhou para Hayden. "Qual é o seu nome?"

"Croft", ele respondeu. "C-R-O-F-T."

"Nunca ouvi antes."

"É inglês. Meus antepassados..."

"Ah, não, eu quis dizer o primeiro nome. Você disse Haven?"

Hayden arrumou o colarinho da camisa polo. "Não, Hayden, com A e Y."

"Ahã", Paula disse, olhando para mim. "Seu noivo." Ela deu um sorriso malicioso com metade da boca. "Não é ótimo?"

"Agradeço você ter tomado conta da Ellen", Hayden disse, me envolvendo com o braço.

Paula riu. "Não precisa me agradecer", ela respondeu. "Ellen sabe tomar conta de si mesma."

Puxei Hayden para a porta antes que Paula continuasse a falar. "O.k., estamos indo tomar café. Até mais."

"Pegamos o carro?", ele perguntou, parando no pé da escada. "Eu dirijo."

"Dirigir? É uma caminhada de cinco minutos."

Ele ficou surpreso. "Dá para andar do centro da cidade até aqui?"

"Claro", eu respondi.

Passeamos pela Prescott Lane ao longo de casas com canteiros de rosas brancas se abrindo sobre as cercas de madeira. Arranquei um botão e aproximei do nariz. Tinha cheiro de orvalho e do sol da manhã. No final do quarteirão, viramos à direita na Putnam e fomos na direção do mar.

Na Paget Street, viramos de novo e o oceano se abriu na nossa frente, um mosaico de azuis e brancos sob um sol esplendoroso.

"Isso é a cidade inteira?" Hayden contemplou a rua, ajeitando os óculos de sol.

Peguei a mão dele. "Sim. Esta é Beacon."

Mostrei o caminho até o Three Penny Diner. Quase todas as mesas estavam ocupadas e só uma, individual, estava vazia. A jovem garçonete, com quem eu falei na primeira vez que estive ali, se aproximou com os cardápios. Com o cabelo vermelho caindo na lateral e preso atrás, ela abriu um sorriso e nos levou até a mesa. Sentamos um de frente para o outro, pedimos café e estudamos o cardápio.

"Já sei o que eu quero", falei para Hayden. "*Doughnuts* de cidra. Você precisa experimentar. São incríveis."

"*Doughnuts?*" Ele olhou para mim com uma expressão intrigada. "Você está comendo *doughnuts*?"

"O que você quer dizer?"

"Não sei. Carboidratos? Calorias? Você nunca come *doughnuts*. Estou apenas surpreso."

Ele olhou de volta para o cardápio, e eu pensei nas *doughnuts*, quentinhas saindo da frigideira, a parte de fora coberta de açúcar, crocantes por fora e macias por dentro, com gosto de maçã, derretendo na boca. Não podiam fazer bem. Ele tinha razão.

A garçonete voltou e colocou duas canecas de café na nossa frente. "Vocês já decidiram?"

Sabia que devia ter pedido aveia ou perguntado se havia algum cereal integral escondido lá atrás, mas a lembrança da *doughnut* de cidra estava muito vívida. Pedi uma, devolvendo o cardápio, com uma ligeira sensação de conformismo.

Hayden olhou para mim um instante, mas não disse nada. Então ele sorriu para a garçonete. "Gostaria de uma omelete de claras e cebolinha com tomates fatiados ao lado e uma fatia de torrada de doze grãos — sem manteiga, por favor."

Uma omelete de claras com cebolinha? Nem tinha no cardápio. Fiquei com vontade de lembrá-lo que ali não era Nova York, mas fiquei quieta.

A garçonete fez clique com a caneta diversas vezes. "Senhor, me desculpe, mas não temos esse item. Nem temos cebolinha aqui nem esse tipo de pão."

"Tudo bem", ele se conformou, levantando a mão em um gesto de conciliação. "Uma omelete de claras com tomates fatiados ao lado e... que tipo de pão vocês têm?"

Ela fez um clique com a caneta de novo. "Branco, trigo integral, centeio."

Ele pensou um minuto e depois respondeu: "Vou querer trigo integral".

A garçonete deu um sorriso rápido e se foi.

Tomei um gole do café. Tinha gosto de avelãs e de noites ao lado de uma lareira.

"Adoraria encontrar um *Wall Street Journal*", Hayden disse. "Você acha que existe alguma chance?"

"Tem uma loja pequena mais adiante nessa rua, talvez eles tenham", eu respondi.

Ele ficou em pé e olhou em volta. "Vi alguns jornais quando nós entramos em... ah, lá estão." Ele foi até o balcão do caixa e voltou com um *Boston Globe* e um *Beacon Bugle*.

"Isso deve ser interessante", ele comentou, olhando para a manchete na primeira página do jornal: PEDRAS NA ROUTE 9 INTERROMPEM O TRÁFEGO. Abaixo, a foto de um congestionamento e uma pilha de pedras que tinham caído de um caminhão na estrada.

Graças a Deus não é para a minha foto que ele está olhando, eu pensei. "Acho que era um dia de poucas notícias", eu comentei.

Hayden jogou o *Bugle* na mesa e pegou o *Globe*. "É incrível que uma cidade tão pequena mantenha um jornal diário em circulação. Quantos eles podem vender — quatrocentas, quinhentas cópias por dia?"

"Provavelmente trezen..."

Ele levantou os olhos. "Hã?"

Fiz um gesto com a mão. "Nada."

A garçonete voltou com o pedido e eu tentei fazer com que Hayden provasse a *doughnut*. "Deixa disso, você está no Maine agora." Dei uma cutucada nele. "Chad nunca vai saber."

"Hum!", ele respondeu. "Chad é meu treinador há sete anos. Ele vai saber." Mas aí ele pegou a *doughnut* e deu uma mordida cautelosa, mastigando devagar, saboreando o aroma da maneira como eu já tinha visto ele provar vinho centenas de vezes.

"Uau", ele concordou. "Não sabia que uma *doughnut* podia ser tão boa."

"Bem-vindo ao Maine."

Me senti borbulhando de alegria. Estava um dia lindo e iríamos compartilhá-lo. Essas miniférias em Beacon iriam acabar sendo uma boa pausa para nós dois.

Folheei o *Bugle*, passando os olhos por um artigo sobre um policial que tinha recebido uma menção honrosa, um anúncio de um bazar de variedades na igreja de Saint Mary e uma carta do editor se queixando do aumento do imposto territorial. Virei a página e vi um anúncio de uma feira rural patrocinada pela Associação dos Proprietários de Fazendas e Jardins Orgânicos do Maine. Fiquei curiosa para conhecer. Concurso de batedura de manteiga com garotas de avental branco? Degustação de leite? Talvez fosse divertido.

"Hayden, acho que a gente devia ir ver isto." Mostrei o jornal para ele.

"Uma feira rural?", ele perguntou. "Com cavalos e vacas? Esse tipo de coisa?"

"Acho que sim. Por que não vamos lá dar uma olhada?"

Ele comeu um pedaço da omelete e respondeu, "Não sou muito chegado a cavalos e vacas, mas por você, Ellen, eu vou."

Demoramos no restaurante, repetindo o café e, em seguida, dobrei o *Bugle* e fomos passear ao ar livre. Liguei para a casa dos Porter, mas o telefone só tocava. Quando enfim a secretária eletrônica atendeu, eu deixei uma mensagem, perguntando se eu podia levar Hayden para ver a pintura.

No caminho de volta para a pousada, passamos no Armazém Beacon, com a vitrine cheia de roupas de jeans, botas de trabalho e acessórios para camping.

"Vamos dar uma parada aqui um minuto", eu disse, puxando o braço de Hayden. "Quero comprar um jeans."

"Será que eu já vi você de jeans?", ele perguntou quando entramos.

Eu ri. "Nem me lembro quando foi a última vez que usei um. Mas também, nem me lembro quando foi a última vez que estive em uma feira rural."

Experimentei um jeans de cintura baixa, justo na pernas, desbotado e com bastante costura nos bolsos e nas laterais. Hayden assobiou quando eu saí do provador.

"Vou levar esse", eu falei para a vendedora. "E já vou sair usando." Virei para Hayden. "E você?"

Ele olhou para a calça cáqui e os sapatos Top-Sider. "Acho que vou ficar com a mesma roupa."

Voltamos para a pousada e destravamos o carro. "Se nós vamos para uma feira rural", Hayden disse, "vou ter que ver galinhas e coisas do gênero?"

Entrei no banco de passageiros, levantando a mão como se estivesse fazendo um juramento. "Sem galinhas, eu prometo. Quem sabe apenas alguns porcos."

"Porcos. Eca." Depois, seus olhos brilharam. "Vou fazer uma proposta. Aceito ir à feira se você encontrar um lugar por aqui onde eu possa jogar um pouco de golfe."

"Sinto muito, querido. Não há nenhum lugar por aqui para jogar golfe."

"Nem um que dê para ir de carro?"

Ele ligou o motor enquanto eu folheava o jornal. Havia um mapa mostrando a área reservada para a feira. Não era longe da Kenlyn Farm.

Dirigimos durante quinze minutos, passamos pela fazenda e depois pela casa dos Porter. "Essa é a antiga casa da Vovó", eu apontei, ao passarmos pela garagem vazia.

Um pouco depois, entramos no local reservado para a feira e um homem nos indicou a área para estacionar, cheia de carros com crianças e carrinhos de bebê, além de jovens encostados nas laterais de picapes.

O limite do terreno tinha sido tomado por flores do campo, criando uma espécie de moldura. Parei para apanhar um buquê de botões de ouro e de margaridas-rainha amarelas e brancas. Arranquei um ramo de cenoura-hortense e observei uma borboleta cauda-de-andorinha preta pousar em um galho de vara-de-ouro. Ali me espreguicei e respirei profundamente. O ar estava adocicado e cheiroso. "Tudo bem, estou pronta", eu disse, admirando as flores e seguindo a multidão até a entrada.

Uma placa anunciava as atividades que aconteciam na feira: *show* de mulas e burros, corrida de obstáculos com cavalo de tração, reboque com trator antigo, demonstrações com cão-pastor, concurso de tortas de maçã e apresentações com títulos como Afiação de Lâmina de Foice Europeia e Introdução à Compostagem de Minhocas.

A feira se estendia por alguns hectares, ocupados por tendas, barracas, fornecedores e áreas de alimentação e de demonstração. Havia filas para brinquedos, entre os quais roda-gigante e um que girava os passageiros em casulos. Muitos pais carregavam os filhos nos ombros e idosos se sentavam em cadeiras dobráveis. Um cheiro de pizza assada em forno de lenha e de torta crocante de maçã pairava no ar.

Caminhamos até as barracas, onde estavam vendendo flores e ervas. Peguei um pote de tomilho e aproximei do rosto. Tinha o cheiro do frango assando na cozinha da minha mãe. Vi um pote de verbena, peguei uma folha e esfreguei entre os dedos. Agora eu estava no pátio interno da casa da minha avó, tomando chá gelado.

Demos uma volta pelas redondezas, olhando os produtos locais — xarope de bordo, biscoitos de cachorro, fios tingidos à mão, cerâmica e pinturas. Compramos uma caixa de blueberries e comemos todas enquanto passeávamos. Observamos mulheres fiando lã e vimos uma demonstração de como pastores-alemães guardam ovelhas.

"Vamos até lá", eu sugeri, apontando para uma tenda grande. Havia muita gente aglomerada na entrada. Um galo cantou quando chegamos perto.

Hayden deu um sorriso irônico. "Pensei que tínhamos feito um acordo que proibia galinhas."

"Deixa disso", eu respondi, pegando sua mão. "Vamos só ver o que tem lá dentro."

Senti um cheiro forte de grãos e animais assim que entramos. A primeira coisa que eu vi foram duas dúzias de gaiolas de madeira e arame. Em cada uma delas, uma galinha cacarejava, dava bicadas e ciscava enquanto os espectadores passavam e admiravam.

"Ah, Hayden, olha como são bonitas." Apontei para uma galinha jersey gigante e uma andaluza azul com rabo emplumado. A andaluza ergueu a cabeça e ciscou o chão da gaiola.

"Suponho que tenham um certo, hum, charme." Hayden disse, meio sem graça. "Vou ver o que mais tem por aqui além de galinhas." E se afastou.

Avancei para a gaiola seguinte, onde uma carijó estava cacarejando. As penas preto e branco em zigue-zague davam a impressão de uma pintura abstrata. Me agachei para ver mais de perto.

"Olha só que ave bonita!" Me abaixei para ficar olho no olho com ela. A galinha fez uma reverência com a cabeça para mim.

"Sim, você é muito bonita."

"Ellen?"

Dei meia-volta. Um homem estava em pé atrás de mim, de jeans e camiseta vermelha desbotada do New England Patriots. Usava um boné do Red Sox e estava com a barba por fazer. Era Roy.

Por um segundo, pensei que todo o meu sangue tinha corrido para os pés. Dei um jeito de dizer oi.

O galo carijó escolheu justo aquele momento para cantar, lançando pela tenda uma saudação de doer os ouvidos.

Roy empurrou para trás a orla do boné. "Oi. Pensei que você estava indo embora."

Seus olhos eram azuis demais. Nada poderia ser tão azul. "Meu plano era ir embora hoje", eu expliquei. "Mas precisei encontrar alguém ontem e agora fiz uma pequena mudança nos planos."

"Nesse caso, vejo que está usando o tempo sabiamente." Ele sorriu. "Observando galos e colhendo..." Roy pegou minha mão e a abriu. Tinha esquecido que ainda estava segurando as flores.

"Humm", ele disse. "Botão-de-ouro, Margarida-rainha." Quando ele soltou, senti a mão vazia. Mal podia falar.

Uma garotinha de uns quatro anos se aproximou de uma das gaiolas de galos com o pai.

"Não chegue muito perto", ele avisou. "É perigoso."

Roy olhou para mim, erguendo a cabeça e coçou o queixo. "Você está de jeans. Sabia que tinha alguma coisa diferente."

Não sabia dizer se ele tinha aprovado ou não. "É o visual de fim de semana."

"Você fica muito bem", ele elogiou. "Agora está combinando com o Antler." Ele sorriu.

A galinha andaluza, com o rabo luxuoso, alisou as penas e fez uma reverência na direção da gaiola vizinha, como se estivesse tentando chamar a atenção do galo ao lado.

"O que ela está fazendo, papai?", a garotinha perguntou, apontando para a galinha. "Por que ela está dançando?"

O pai franziu a testa. "Não sei, querida. Talvez eles estejam tentando conversar."

A garota deu uma risadinha e eles saíram andando.

"Chega, já vi todas as malditas galinhas..."

Hayden vinha caminhando em nossa direção. Ele parou quando viu Roy.

Deixei as flores caírem da minha mão. "Hayden", eu disse, incluindo uma nota extra de animação na minha voz. "Esse é Roy Cummings. Lembra, eu falei dele para você — o sobrinho de Chet Cummings?" Me virei para Roy. "Esse é meu noivo, Hayden Croft." Minha garganta secou ao vê-los se dando as mãos. Imaginei ter visto alguma coisa mudar no rosto de Roy. Talvez a mandíbula tenha se contraído, só um pouco.

"Hayden me fez uma surpresa a noite passada", eu disse. "Ele apareceu no Victory Inn, onde estou hospedada."

O galo carijó começou a andar de modo pomposo, parecendo um pouco agitado, arrepiando as penas brancas e pretas e cantando.

Roy colocou as mãos nos bolsos do jeans. "Que ótimo. Você veio de onde? Manhattan?"

"Sim, eu resolvi um caso ontem e pensei: por que não voar até lá e comemorar? Aí eu vim." Ele fez uma pausa e acrescentou: "Ellen me disse que você é de Beacon".

"Isso mesmo", Roy concordou. "Eu cresci aqui."

"Parece um lugar agradável", Hayden disse. "Um pouco sossegado demais. O que as pessoas fazem nas horas vagas? Tem algum campo de golfe por aqui?"

Roy estudou Hayden, do Top-Sider até a camisa polo verde-claro. "Ah, você joga golfe?"

"Sim, mas não tanto como gostaria. Você joga?"

"Não. Nunca me interessei", Roy disse. "Há muitas outras atividades para fazer aqui. No inverno se pode esquiar pelos bosques ou andar na neve com sapatos especiais ou patinar no gelo. Dirigir um *snow mobile*." Ele fez uma pausa e nós recuamos para deixar um grupo de adolescentes passar.

"No verão", ele continuou, "muita gente pesca. Alguns têm lancha ou velejam. Outros gostam de nadar." Ele deu uma olhada para mim.

"Sim, Ellen me contou que ela praticou um pouco de natação", Hayden disse.

Lancei um olhar de advertência para Roy. "Hayden ficou satisfeito que eu tenha conseguido fazer um pouco de exercício."

"Nunca imaginei que você entraria em uma água tão gelada", Hayden falou.

Roy empurrou o boné para trás. "Mas se você esteve na equipe de natação em Exeter e chegou até a fase nacional, eu imaginaria..."

"Isso foi há muito tempo", eu justifiquei, encarando Roy. Vi que ele abafou um sorriso.

Ele se apoiou em uma mesa de exposição. "Então quanto tempo você vai ficar?"

"Apenas alguns dias", Hayden respondeu, me abraçando e me puxando para mais perto. "Cheguei à conclusão de que devia vir até aqui, já que não consigo fazer Ellen ir embora."

Dei um sorriso forçado.

Roy ergueu a cabeça e me encarou. "Beacon está crescendo dentro de você, Ellen? Isso acontece com as pessoas, você sabe. Algumas vezes elas vêm e nunca vão embora."

"Só preciso ficar alguns dias a mais", eu expliquei. "Juntar alguns fios soltos sobre a minha avó."

Hayden apertou meu ombro. "Não estou muito preocupado que Ellen esteja ficando aqui além da conta. Ela é uma garota da cidade, se assim posso dizer. Não acredito que ela sobreviva em uma cidade tão pequena assim. Está acostumada a um ritmo muito rápido... não tem paciência."

Não tinha certeza de como me senti a respeito da observação de Hayden. Sim, eu vivi na cidade durante anos e não, não tinha nenhuma vontade de viver em outro lugar... Mas isso queria dizer que eu não poderia fazê-lo se de fato quisesse? Para ele, parecia que eu era incapaz de mudar.

Roy encolheu os ombros. "Algumas vezes as pessoas não percebem que podem diminuir o ritmo até tentarem." Ele olhou para Hayden e depois para mim. "Acho que Ellen poderia viver e ser bem-sucedida em qualquer lugar, inclusive em Beacon."

"Obrigada por esse voto de confiança", eu agradeci, tentando rir e minimizar o comentário de Roy. Havia uma estranha energia subjacente na conversa, como uma tensão elétrica difícil de detectar, e isso estava me incomodando.

A mão de Hayden se contraiu no meu ombro. "Não quis dizer que ela não conseguiria", ele consertou. "Só não imagino que ela seria tão feliz se vivesse fora de uma área urbana." Ele se voltou para mim. "Certo, querida?"

O que estava acontecendo ali? Senti que estava no meio de um cabo de guerra. "Não sei", eu respondi, os braços de Hayden de repente pesando no meu ombro. "Moro lá agora e estou feliz, mas acho que poderia me adaptar."

"Agora, sim", Roy comemorou, sorrindo. As covinhas estavam à mostra de novo.

"Vamos embora daqui a alguns dias", Hayden observou em um tom que deixava claro que estava farto de discutir o assunto.

Escorreguei para fora do seu braço. "Bom, acho que precisamos ir embora, Hayden, não?" Peguei a mão dele para levá-lo embora. "Quem sabe os Porter estejam em casa e possamos dar uma parada." Me virei para Roy. "Encontrei a casa onde minha avó morou e quero mostrar para Hayden. Então acho que nós..."

"Ah, que ótimo que você encontrou a casa dela", Roy comentou. "Onde fica?"

"Na Comstock Drive."

Roy fez um gesto de aprovação."Perto da Kenlyn Farm."

"Sim, exatamente lá", eu confirmei. "Passamos por lá a caminho daqui. Alguém me disse que era uma fazenda de plantação de blueberry."

"Sim, era", Roy concordou. "Muito tempo atrás."

"Parece que está em ruínas agora", Hayden observou. "Uma pena. É uma enorme área não loteada. Me surpreende que não tenha aparecido alguém e construído alguma coisa ali. Casas ou condomínios." Ele me lançou um sorriso malicioso. "Que tal um campo de golfe?"

"Hayden não tira o golfe da cabeça", eu disse, sorrindo, enquanto uma multidão de crianças entrava na tenda, acompanhadas por duas mulheres jovens que davam ordens para não se afastarem do grupo.

"Por que precisa ser loteado?" Roy perguntou, com uma ponta de rispidez na voz. "Por que tudo tem que ser transformado em casas e condomínio ou... em campos de golfe? Por que algumas coisas não podem ser deixadas simplesmente em paz?"

O galo preto jersey giant, com sua crista vermelho brilhante, desandou a dar bicadas no chão da gaiola, inquieto.

"Estava brincando quando falei do campo de golfe", Hayden esclareceu, dando uma olhada rápida para mim. "Ellen pode confirmar que eu sempre..."

"Conheço inúmeras histórias de cidades agradáveis destruídas pelo superdesenvolvimento", Roy disse. "As pessoas vão para um lugar afastado, os incorporadores querendo fazer dinheiro... sabe como é. Encontram um lugar como Beacon e gostam porque é bonito e calmo. Então constroem um monte de casas e condomínios." Ele olhou na direção do galo preto, mas eu tinha certeza de que ele estava vendo outra coisa.

"Então instalam um campo de golfe e um clube de campo." Roy

continuou. "Uma marina grande e uma penca de restaurantes. E logo a Gap, a Victoria's Secret e a Bed, Bath and Beyond abrem uma loja. E daí ficam se perguntando por que deixou de ser bonita e calma." Ele olhou para mim. "E aí se mudam para algum outro lugar enquanto as pessoas que tinham vivido sempre ali ficam presas na cidade que nem reconhecem mais."

O galo preto jersey giant agitou as asas e cantou tão alto como eu jamais tinha ouvido. Dei um pulo. "Aquela ave tem uma voz e tanto", eu disse com um sorriso nervoso.

"Sim, ele tem mesmo", Roy concordou, a boca fechada em linha reta, como um travessão entre as orelhas.

Me bateu um arrepio e esfreguei os braços para passar. "Vamos torcer para que Beacon nunca acabe tendo um shopping center e uma cadeia de lojas. Seria horrível."

Roy deu uma olhada pela tenda. "É, bem... vamos ver." Quando olhou de volta para nós, o azul dos olhos já tinha desaparecido, deixando no lugar uma cor de ardósia. "Pode já estar acontecendo." Sua voz estava monótona, fria, como alguma coisa enterrada bem fundo embaixo da terra. "A Kenlyn Farm está sendo subdividida em milhões de pedaços e todos estão à venda. A sua ideia de incorporação" — ele olhou para Hayden — "já está acontecendo. Talvez o campo de golfe seja o próximo passo."

Nem Hayden, nem eu dissemos uma palavra. E antes que eu pudesse pensar em uma resposta adequada, Roy ajeitou a aba de seu boné e resmungou: "Até mais", deu meia-volta e se foi.

Hayden e eu ficamos olhando um para o outro.

"O que aconteceu?", ele perguntou.

Fiz uma careta. "Não tenho certeza. Ele não parecia muito contente com a ideia de a fazenda se transformar em um campo de golfe."

Hayden balançou a cabeça, confuso. "Eu falei algo que não devia? Não estava querendo ofender o cara."

"Eu sei, Hayden. Vamos deixar isso para lá."

"E o que foi aquele sermão sobre incorporadores?" Hayden começou a andar em direção à entrada da tenda. "Vamos sair daqui de uma vez."

Cruzei a feira atrás dele e, à medida que passávamos pelos fornecedores de blueberry, pelos brinquedos, pela mesas de exposição dos PRODUTOS CASEIROS DO MAINE e pelo setor de artes e artesanato, ele ia acelerando o passo em direção à saída.

"Espere", eu gritei quando ele estava muito adiante.

"Vamos", ele gritou de volta. "Vamos sair desse lugar de caipira." Então ele se virou para me olhar e tropeçou em uma pilha de armadilhas para pegar lagosta que estavam expostas. Caiu de bruços no chão, com os braços e pernas abertos.

"Hayden!" Corri e me agachei ao seu lado.

Ele estava com os olhos fechados, fazendo uma careta de dor. Algumas pessoas pararam e ficaram olhando, um homem saiu de uma barraca próxima para ver o que tinha acontecido.

"Meu tornozelo", Hayden gemeu.

"O que aconteceu?"

"Não sei, mas dói muito. Por que deixam essas gaiolas idiotas no meio do caminho?" Ele tentou se levantar e sentar.

"Você quer ajuda?" Ofereci a mão.

Ele recusou. "Não, eu consigo me levantar sozinho", ele disse asperamente. Aos poucos, ele conseguiu sentar. Em seguida, apertou o tornozelo e respirou fundo diversas vezes.

"Melhor eu ir procurar ajuda", eu disse.

"Não, vamos embora." Apoiado em mim, ele ficou em pé devagar e sacudiu a poeira.

"Você está bem?", eu perguntei enquanto ele ia mancando até o estacionamento, usando meu ombro como muleta.

"Não, eu não estou bem. Acho que torci o maldito. Bem que eu disse que não queria ver nenhuma galinha."

A maioria era de galos, eu pensei. Mas era melhor não corrigi-lo.

Nunca hostilize a mídia

Hayden não falou uma só palavra até voltarmos ao carro. "Melhor você dirigir", ele disse, montando no banco do passageiro e puxando a perna machucada para dentro, como se fosse um pacote sendo levado para passear. Ele encaixou o cinto de segurança na fivela, estalando alto.

Dei as costas para o estacionamento e segui a fila de carros até a saída. "Sinto muito que a feira tenha virado... hum... você sabe. Sinto muito pelo seu tornozelo."

Hayden gemeu ao tirar o sapato. O tornozelo estava inchado, do tamanho de uma laranja. "Ai, meu Deus, olha isso." Ele se assustou.

"Vai precisar pôr gelo", eu aconselhei, saindo do estacionamento para a estrada. "Vou parar no primeiro lugar que encontrar."

Ele abaixou o viseira para tapar o sol. "Não acredito que eu tenha tropeçado naquelas malditas gaiolas."

Mordi os lábios para não rir, mas não consegui reprimir o sorriso por completo.

"O quê? O quê?"

"Eram armadilhas para pegar lagosta."

"Sim, eu sei. É o que eu queria dizer."

Fiz uma conversão onde tinha uma placa dizendo ESTRADA PANORÂMICA e só percebi tarde demais que não tinha vindo por aquele caminho. Segui por uma estrada sinuosa que passava por dentro de um vilarejo com casas de madeira e um ancoradouro, onde pessoas colocavam geladeiras portáteis em lanchas e içavam velas em barcos. Continuei por uma passagem onde casas desgastadas pelo tempo faziam sentinela na vertente da colina e crianças pequenas em trajes de banho carregavam baldes de ferro cheios de nem sei o quê. Peixinhos cintilavam na água do mar. Areia. Conchas.

Hayden estendeu o pescoço e olhou ao redor. "Você sabe aonde está indo? Este não é o caminho por onde viemos. Talvez seja melhor você usar o GPS."

Não tinha ideia de onde estávamos. "Claro que sei onde estou indo", eu disse, tentando me localizar. Precisávamos de gelo e de um caminho rápido de volta à pousada, e eu não queria que Hayden ficasse ainda mais irritado do que já estava. Na beira da água, avistei um restaurante com terraço e guarda-sóis nas mesas.

"Vou dar uma corrida até lá e arrumar um pouco de gelo."

"Eu poderia comer alguma coisa", Hayden disse. "Vou com você."

Ele veio mancando ao meu lado até o terraço, onde uma dúzia de mesas estava coberta com toalhas de plástico xadrez vermelho e branco. Uma mulher de camiseta nos levou até uma mesa vazia. Pedimos bebidas e também um saco de gelo, e Hayden acomodou a perna em cima de uma cadeira vazia.

O cardápio incluía vários pratos com lagosta, que pareciam apetitosos, mas quando me lembrei do motivo pelo qual Hayden se machucou, logo desisti da ideia.

"Vou querer vôngoles fritos", eu pedi, fechando o cardápio. "E uma salada da casa."

Hayden olhou de lado para mim. "Vôngoles fritos? Fritos?"

"Só desta vez. Eles têm um sabor muito bom, e eu não como todo dia, então não vai me matar." Peguei a mão dele e apertei. "Relaxe, nós já vamos conseguir gelo para seu tornozelo, você vai melhorar."

"Assim espero", ele respondeu com um gesto de resignação. O garçom voltou com dois chás gelados e um saco de gelo, que Hayden imediatamente enrolou no tornozelo. Em seguida, ele pediu vôngoles para mim e, para ele, um sanduíche de garoupa. "Mas você pode, por favor, pedir para prepararem assado?"

Depois que o garçom saiu, ficamos sentados observando os barqueiros andando para lá e para cá no píer com varas de pesca e caixas de equipamentos. Me acomodei na cadeira, fechando os olhos, sentindo o sol nos ombros.

"Eu queria esperar a hora certa para falar isto", Hayden disse.

Abri meus olhos. "Falar o quê?" Não dava para prever se ia ser notícia boa ou ruim. Ele não estava sorrindo, mas também não parecia assustado.

Ele se endireitou na cadeira. "No jantar do Men of Note, uma das pessoas que eu conheci foi o editor da Seção de Estilo do *New York Times*."

"Mesmo?" Não tinha cara de notícia ruim. Tomei um gole do chá gelado e peguei um saquinho de açúcar.

"Sim, Tom Frasier. Ele quer fazer um texto sobre o nosso casamento."

"Ah", eu falei, começando a adicionar açúcar no chá. "Uma daquelas notas do tipo 'como eles se conheceram'?" Dava para encarar. Provavelmente iriam fazer uma entrevista rápida conosco por telefone e publicar umas linhas simpáticas.

Hayden deu uma arrumada no saco de gelo. "Bem, na verdade é um pouco mais complicado do que isso. Querem fazer um artigo especial sobre nós. Com fotos... sabe, aquela coisa toda."

Artigo especial... fotografias. Estava parecendo uma coisa maior. Senti uma pontada no peito. "O que você quer dizer com artigo especial? Sobre o que eles querem escrever? Ele mencionou?"

"Assuntos variados. Quem fez seu vestido? Onde você vai fazer o cabelo? Que cor de esmalte você vai usar? Sei lá."

"Esmalte? Nem eu mesma sei", eu falei.

"Provavelmente não vão perguntar isso, Ellen. É só um exemplo..."

A voz dele se dissolveu no cenário enquanto eu pousava a colher na mesa. A novidade caiu em mim como uma bomba. Claro que eu já tinha saído no jornal antes. Uma busca na internet traria dezenas de resultados sobre a minha pessoa, como artigos no mesmo *Times* sobre o projeto Sullivan e no *Wall Street Journal* sobre a negociação entre o Cleary Building e o Battery Park, sem falar em algumas entrevistas no rádio e citações em revistas. Mas era diferente. Tinha relação com o trabalho. Isso era da minha intimidade. Não tinha a menor vontade que a mídia invadisse a minha vida pessoal.

Observei um grupo de universitários bronzeados entrarem em um barco com uma geladeira portátil e equipamento de pesca, e uma parte de mim desejou zarpar junto com eles para nunca mais voltar.

Hayden pôs a mão sobre a minha. "Vai dar tudo certo, querida", ele disse. "E quanto mais você fizer esse gênero de entrevista, mais se acostuma."

Aquilo não me fez sentir nem um pouco melhor.

"Como funciona?", eu perguntei. "Eles vão se encontrar conosco pessoalmente? Juntos? Separados?" Esperava que não formulassem nenhuma pergunta capciosa, que me fizesse dar alguma resposta estúpida ou que pudesse constranger Hayden ou a família dele. "Eles vão se encontrar com nós dois juntos, certo?"

"Não fique tão preocupada. Tenho certeza de que podemos fazer isso juntos."

Tomei um gole grande de chá gelado. "E as fotos? Onde eles vão tirar as fotos?"

"Bem, com certeza vão tirar fotos na igreja", ele respondeu. "E vão estar no Metropolitan Club na festa."

O casamento e a festa. Iam cobrir ambos. Peguei mais um saquinho de açúcar.

"E... só mais uma coisa", Hayden acrescentou.

Esvaziei o pacotinho no copo. "O quê?"

"Eles estão interessados nos antecedentes familiares. Os meus por causa... bem, das ligações políticas. E os seus porque seu pai era um guru das finanças renomado e..."

Comecei a sentir uma coceira na pele.

"De qualquer forma, Tom Frasier me ligou de manhã enquanto você estava dormindo e quando eu contei a ele onde nós estávamos e o que você estava fazendo aqui, ele ficou superanimado. Disse que quer usar para fazer a manchete. Sabe como é, garota de cidade pequena se casa com rapaz de família de políticos importantes."

Uma manchete? Minha família virando manchete?

"Hayden, eu não quero ser manchete. Não quero nada disso."

Hayden olhou dentro dos meus olhos e passou a mão no meu rosto. "Veja bem, querida, sabia que você iria ficar um pouco preocupada e quero que você saiba que refleti a respeito com muito cuidado. Analisei sob todos os possíveis ângulos, juro. E não importa sob que ponto de vista eu analise a questão, chego sempre à mesma conclusão — devemos fazer isso."

"Mas...", eu levantei a mão.

"Só me ouça. Por favor." Ele se aproximou com o olhar fixo e aquele tom de voz que tinha visto ele usar no tribunal, firme e convincente. "Antes de mais nada", ele começou, levantando o dedo indicador como se estivesse contando. "Meu pai sempre me diz que nunca se deve hostilizar a mídia. E ele tem razão. Não queremos irritá-los. Eles nunca esquecem." Ele levantou outro dedo. "E, segundo lugar, podemos usar isso a nosso favor. Ter uma cobertura extra da mídia e deixar que nos conheçam melhor não vai atrapalhar nossas carreiras nem um pouco, concorda?"

Ele nem me esperou responder. "Só precisamos garantir que abordem somente os aspectos que nos interessam", ele acrescentou, "não importa o que eles perguntem." Imaginei que talvez fosse mais difícil do que parecia, mas sabia que não adiantava interrompê-lo. "E, em terceiro lugar", ele continuou, levantando o último dedo, "poderia me ajudar na candidatura para a câmara municipal no ano que vem. Apenas uma maneira a mais de ter o nome e o rosto em evidência." Ele olhou para mim, esperando que eu concordasse.

Meu pé se contraiu embaixo da mesa. "Hayden, não estou nem um pouco à vontade com isso. Você vem com todos esses argumentos pelos quais devemos fazer isso, mas eles não ajudam a me sentir melhor. É o nosso casamento."

Ele desviou o olhar, focando em alguma coisa para além do pátio interno. "Não posso falar não para eles, Ellen. O *Times* já está dizendo que o nosso casamento é o acontecimento social da temporada. Há ocasiões em que é preciso limitar a exposição, mas esse não é o caso. E, de qualquer forma, nós estamos convidando mais de trezentas pessoas. Alguns fotógrafos a mais não farão a menor diferença."

O acontecimento social da temporada? Comecei a roer as unhas. "O nosso casamento está se transformando num programa de TV, como o *Entertainment Tonight*."

"Não, não está, querida. Jamais deixaria isso acontecer."

A garçonete voltou e trouxe duas cestas de palha com as refeições. Dei uma olhada nos vôngoles fritos, mas eu tinha perdido o apetite.

Hayden tirou o pão de cima do sanduíche de garoupa e examinou o peixe.

Afastei os vôngoles para o lado e contemplei a enseada. Um barco de pesca de lagostas se dirigia para o ancoradouro, com o motor fazendo barulho.

Hayden pegou o meu queixo, virou o meu rosto para ele e me beijou. Não senti nada além de pânico. Sabia que não ia ser capaz de dissuadi-lo e que estaria amarrada ao esquema que ele tinha aceitado. Fiquei pensando, Onde eu tinha me metido? O que eu estou fazendo? E então, de repente, percebi. Onde eu tinha me metido era completamente previsível durante todo esse tempo e eu sabia disso. Estava me casando com Hayden Croft e isso vinha com alguns encargos. Já tinha falado para mim mesma no começo do relacionamento que eu teria que lidar com essa questão só quando chegasse a hora. Bem, a hora tinha chegado.

"Hayden", eu disse, forçando um sorriso. "Vou aceitar o desafio. Vou ser capaz de lidar com a situação e ficar tranquila." Apertei as mãos e torci para que parecesse convincente. "E você tem razão — quanto mais eu lidar com esse tipo de circunstância, mais eu vou me acostumar. Estou um pouco fora do meu normal aqui, mas sei que quando voltarmos para Nova York e eu estiver de novo com a minha cabeça empresarial, em algumas semanas vou estar pronta para o que der e vier. Você pode mandar toda a imprensa de Nova York para cima de mim que eu vou me virar bem."

Hayden olhou para o sanduíche de garoupa e depois para mim, com a testa franzida. "Bem, é o seguinte..."

Ai, ai, ai; dessa vez tinha jeito de notícia ruim mesmo.

"Eles estão vindo para cá em dois dias."

Senti uma pontada bem atrás dos olhos me avisando que ia ficar com enxaqueca. Escorreguei para a beirada da cadeira. "Quem vai vir? E o que significa aqui?"

"O *Times*. Estão mandando um repórter e um fotógrafo para Beacon."

"Ai, meu Deus!" Fiquei em pé, deixando uma colher cair no chão. Bateu no cimento fazendo barulho. "Por que aqui? Por que daqui a dois dias?" Agarrei a toalha da mesa. "Ainda não estou pronta." Passei a mão no cabelo. Estava seco e quebradiço. Olhei para as unhas, roídas, quebradas e com o esmalte rosa descascado.

Hayden pegou minha mão e me puxou para perto dele. "Sabe", ele disse, "além de deixar a imprensa contente, a exposição na mídia pode trazer mais um benefício."

Olhei para ele.

"A simplicidade de uma cidade pequena pode ser boa para nós. Pode mostrar um outro lado de dois advogados insensíveis de Manhattan." Ele pegou um vôngole frito e comeu. "Vamos fazer as pazes?"

Tentei sorrir. Ouvi o barulho do motor do barco de pesca de lagostas chegando mais perto. Minha cabeça começou a latejar. Peguei a colher que tinha caído e, quando olhei o meu reflexo na superfície curva, percebi que meu rosto estava de ponta-cabeça.

"Você nunca devia ter me deixado comer aquele vôngole", Hayden gemeu, apertando o estômago e mancando para dentro da pousada.

"Vamos subir", eu disse.

Paula olhou espantada para Hayden. "O que aconteceu com você?"

Ele fez uma careta. "Armadilhas de lagosta."

"Ah, nossa! Sua perna ficou presa em uma armadilha de lagosta? Você estava pescando? É ilegal, sabe."

Hayden ficou vermelho. "Eu sou um cidadão que respeita a lei", ele respondeu. "Além disso, nem saberia como pescar uma lagosta."

Paula semicerrou um olho, como se estivesse pensando a respeito. Em seguida, acenou para mim. "Você recebeu um telefonema." Ela me entregou uma folha de papel. "Um cavalheiro." Ela deu uma olhada para Hayden.

No cabeçalho do papel, uma gravura do Victory Inn. Hayden se arrastou na minha direção, lendo a mensagem por cima do meu ombro.

2h15
Ellen Branford —
Roy telefonou. Pede desculpas.

"O.k., obrigada", eu disse, tentando parecer desinteressada enquanto olhava para o nome de Roy escrito com a caligrafia miúda e difícil de ler de Paula.

"Deixe-me ver." Hayden puxou o papel da minha mão. "Pelo menos ele teve a decência de pedir desculpas — para você." Ele olhou para mim com um sorriso irônico.

Subimos as escadas como escaladores de montanhas, um passo lento e estudado de cada vez, Hayden se apoiando no corrimão e no meu ombro. Destranquei a porta e ele se arrastou direto para a cama, escorando o tornozelo com um travesseiro.

"Você acha que piorou?", ele perguntou. "Eu acho."

Não dava para dizer. "Parece que está um pouco melhor", eu respondi. Hayden era um pouco hipocondríaco. Era melhor errar pelo lado positivo.

"Me sinto pior", ele disse. "Gostaria de colocar mais gelo."

"Vou buscar mais um pouco", eu disse, jogando o resto de água do saco plástico na pia do banheiro.

"Está doendo muito", ele disse, quando eu pus a mão na maçaneta. "E meu estômago está me matando. Dores fortes. Do vôngole. Tenho certeza."

"Você quer que eu chame um médico?"

"Não, não. Vai melhorar."

Desci, tentando entender por que os homens eram tão atrapalhados. Está doendo muito, mas não quero que chame um médico. Estou com dores terríveis, mas não preciso de ajuda. Reclamar era mais divertido, imaginei.

Uma das funcionárias encheu o saco plástico com gelo. Quando voltei, Hayden estava com os dois travesseiros embaixo da perna. Coloquei o saco de gelo em volta do tornozelo.

"Ah, está ótimo", ele disse, com um suspiro. "Obrigado, querida." Ia me sentar ao seu lado quando ele acrescentou, "Sabe..."

"O quê?"

"Uma tornozeleira ajudaria e um vidrinho de Pepto Bismol para o estômago também."

Uma tornozeleira. Pepto Bismol. Olhei pelo quarto, como se pudessem aparecer do nada. "O.k., eu vou até a farmácia no centro da cidade."

"Ellen, você é o máximo." Ele deu um tapinha na minha mão. Quando eu levantei de novo, ele acrescentou, "Será que você poderia por favor trazer antiácido, tipo Alka-Seltzer, também? Posso precisar."

Olhei para ele, deitado na cama. Parecia tão patético, tão incomodado, o saco de gelo derretendo sobre o tornozelo inchado. "Tudo bem", eu disse. "Só quero que você melhore."

Kenlyn Farm

Me arrastei pelos três lances de escada, com a cabeça cheia, preocupada com a invasão da imprensa dali a dois dias. Entrei no carro e fiquei um pouco sentada, contemplando a camada fina de sal nas janelas. Então dirigi até a cidade e encontrei uma vaga para estacionar na frente de uma adega. A placa era bonita — uma garrafa de burgundy sob uma coroa de uvas roxas. Abri a porta da loja e entrei em uma sala acolhedora repleta de utensílios de vinho antigos de mogno. Centenas de garrafas brilhavam sob minúsculas luzes dispostas no teto. Vi um letreiro indicando a prateleira de vinhos franceses e andei até lá, sem expectativas. Para minha surpresa, encontrei diversas garrafas de boas seleções de Bordeaux, incluindo um Château Beychevelle 2000 Saint-Julien. Peguei a garrafa, com o mastro de navio no rótulo, que, de tão conhecido, parecia um velho amigo.

Na parede do fundo da loja, o verniz de um balcão comprido de carvalho faria inveja a uma pista de boliche. Atrás do balcão, um homem de rosto redondo, bronzeado, estava lendo uma revista de navegação.

Caminhei até lá e coloquei a garrafa no balcão. "Vou precisar de um saca-rolhas também, por favor."

"Esse é um belo Saint-Julien", o homem comentou, olhando para o rótulo. "Você já provou?"

Respondi que sim.

"Sim... muito bom." Ele pegou um saca-rolhas de plástico e um saco de papel. "Adoro o aroma de alcaçuz e groselha preta."

Puxei um punhado de notas de vinte do fundo da bolsa e pus no balcão. "Sim", eu concordei. "Eu também."

"Não vendo muito desse", ele comentou, pondo a garrafa e o saca-rolhas no saco. "Às vezes recebemos um turista especial que compra e temos um sujeito na cidade que encomenda algumas caixas de vez em quando." Ele me entregou o saco.

Deve ser um bom cliente, imaginei, sabendo que o vinho era caro. Agradeci e fui andando até a porta.

"Senhorita? Senhorita?" O homem me chamou e eu me virei. Ele sacudiu alguma coisa no ar. "Isso é seu?"

Voltei e vi que ele estava segurando a mensagem telefônica que a Paula tinha me dado. Aquela do Roy.

"Estava junto com o dinheiro", ele explicou.

Olhei para os garranchos de Paula:

2h15
Ellen Branford —
Roy telefonou. Pede desculpas.

Agradeci e fui embora.

Ao ar livre, no sol, olhei a mensagem de novo e me perguntei qual o motivo do pedido de desculpas de Roy. Por ter ido embora tão de repente? Por causa do sermão sobre os incorporadores e os supostos efeitos nas cidades pequenas? De fato, ele tinha ficado muito abalado com a perspectiva de qualquer mudança em Beacon. Estava fora do meu alcance entender por que Roy tinha ficado tão aborrecido. Hayden estava apenas brincando com a história do campo de golfe. Eu tinha tentado explicar.

Entrei no carro e saí da cidade, ignorando a entrada para a Prescott Lane, que me levaria de volta à pousada. Tomei a direção da Dorset Lane e da casa de Roy, dizendo para mim mesma que só ia até lá para confirmar que tinha recebido a mensagem e que não estava brava com ele.

Quase chegando, vi o Audi estacionado no meio da entrada para a garagem de Roy, parecendo um farol verde em uma encruzilhada. Parei meu carro atrás, subi até a varanda e toquei a campainha três vezes. Nada.

Dirigi de volta para a cidade, passando pelas lojas e ao longo da praia até o lugar onde estava a casa em construção. Lá, estacionada sobre uma área de terra, na frente do lote, estava a picape azul de Roy, o sol do entardecer resplandecendo sobre a capota.

Fui até os fundos da casa, esperando encontrar a porta aberta e ouvir o zumbido de uma serra ou o bater de um martelo, e o Roy usando um cinto de ferramentas pendurado sobre os quadris. Mas a casa estava em silêncio e lembrei que era domingo.

Ao olhar para o mar, vi alguém sentado sobre o rochedo, jogando pedras sobre a arrebentação. Embora estivesse de costas para mim, vi que era Roy. Chamei-o pelo nome, mas ele não ouviu. Caminhei até ele, na arrebentação das ondas, com espuma suspensa no ar, e chamei de novo.

Ele se virou, deixando cair algumas pedras da mão. "Ellen. O que você está fazendo aqui?" O cabelo dele estava crespo e despenteado pelo vento, o rosto estava queimado, como se tivesse passado a tarde em um barco. Os olhos pareciam cansados ou talvez irritados. Não dava para saber.

Ai, não, eu pensei. Foi uma péssima ideia. Coloquei as mãos nos bolsos. "Recebi sua mensagem." Uma onda arrebentou sobre os rochedos e eu recuei um passo para evitar os borrifos.

Ele segurou uma pedra cinza na mão e esfregou entre os dedos. "Sei, o.k. Fico contente que você tenha recebido", ele respondeu, arremessando a pedra no mar.

Um vale de silêncio se fez entre nós. "Não tinha seu número", eu me justifiquei. "E queria que você soubesse que recebi. A mensagem, quero dizer. Obrigada pelo pedido de desculpas." Vi um monte de conchas de mexilhão azuladas no chão e peguei uma. Era escura e lisa. Conforme as ondas rodopiavam em direção aos rochedos, pensei em qual seria a sensação de ter os braços de Roy em volta de mim e pensei no olhar determinado dele no dia em que eu caí do píer.

"Sei, tudo bem, o.k.", ele respondeu, jogando outra pedra. Voou para bem longe, fez um arco gracioso, brilhou ao sol um instante e depois desapareceu.

"Passei pela sua casa", continuei, "mas você não estava lá." Fiquei arrepiada com o vento, que atravessava minha blusa.

"Telefonei para você", Roy explicou, "porque eu queria pedir desculpas. Fui embora porque tive um ataque de raiva."

"Sei, não entendi o que aconteceu."

"Fiquei um pouco aborrecido... com o que seu noivo estava falando."

Fiquei arrepiada de novo e esfreguei as mãos. "Ele não tinha a intenção."

"Ele é um incorporador? Ele é meio malandro?"

"Hayden?" Caí na risada. "Malandro?" Pensei no trabalho dele como advogado de defesa de direitos civis, o envolvimento com caridade, a iminente candidatura para a câmara municipal, o jornalista e o fotógrafo do *New York Times* que viriam para a cidade dali uns dias. Ele era malandro, tudo bem. "Ele é advogado."

"Mesma coisa, não?"

Dei um suspiro.

Uma gaivota fez um desvio no alto, aterrissou, deu uma volta e voou de novo. Roy se virou para mim. "Quero mostrar uma coisa para você. Você tem um tempinho?"

Olhei para o relógio. Eram cinco e quinze. Hayden devia estar me esperando, esperando a tornozeleira, o Pepto Bismol e o Alka-Seltzer. Eu precisava voltar.

Roy balançou as chaves na mão e os raios de sol se refletiram no metal.

"Sim", eu decidi. "Tenho, sim, um tempinho."

Passamos por vias agora conhecidas por mim, Roy mudando a marcha da caminhonete e brincando com o rádio, tentando sintonizar uma estação. Chegamos no muro de pedra por onde eu tinha passado havia três dias e continuamos, com a estrada correndo paralela a ele. O sol era uma névoa amarela no horizonte, iniciando a descida de final de tarde. Bem mais adiante, o muro se abriu, apenas o suficiente para permitir um atalho de terra, e nós entramos.

"Esta é a Kenlyn Farm", Roy me apresentou, a caminhonete chacoalhando ao passar por um trecho de terreno acidentado.

"Sim, já passei por aqui diversas vezes", eu comentei.

"Meus avós eram os proprietários dessa terra."

"Eles eram os proprietários?", eu estranhei, dando uma primeira olhada no que o muro escondia da vista.

Hectares de flores silvestres e grama alta cresciam livres. Coloquei a cabeça para fora do carro, contemplando as margaridas-amarelas, os botões-de-ouro, as flores de cenoura selvagem, os lupinos roxos, as varas-de-ouro proliferando por todas as colinas. De repente, eu entendi bem mais sobre Roy e por que ele era tão susceptível à menção desse lugar.

"Está fora das mãos da família há um bom tempo", ele disse.

"É lindo", eu sussurrei, preocupada em quebrar o encanto. "Tudo bem que tenhamos entrado aqui?"

Ele encolheu os ombros, ignorando a pergunta. "Vou mostrar para você a vista mais linda. É no topo daquela colina ali."

Ele subiu uma ladeira à nossa frente e seguimos por ela, ramos e galhos sendo triturados e estalando sob as rodas da caminhonete, farfalhando embaixo do chassi de metal. Ele parou a alguns metros do muro e saiu da caminhonete.

Aí ele deu a volta e abriu a minha porta. "Cuidado." Ele pegou a minha não e me ajudou a descer. As flores silvestres eram densas e altas, chegavam quase até os joelhos e delas vinha um zumbido de gafanhotos, grilos e abelhas.

"É verdade que tudo isso era coberto por blueberries?", eu perguntei, me virando para ter a vista de todas as direções.

"Sim, antes eram só blueberries", Roy respondeu.

Caminhamos até o muro de pedra, que tinha mais ou menos um metro, em seu ponto mais alto. Grande parte era mais baixa, devido aos efeitos do tempo e do clima e da indiferença dos proprietários. Pedras e pedregulhos tinham se espalhado pelo chão, como se tivessem pulado borda afora em busca de liberdade.

Roy encontrou um ponto de apoio e escalou. Em seguida, me ofereceu a mão de novo, e eu subi e sentei sobre uma rocha grande e plana, balançando as pernas sobre o muro, ao lado dele.

Contemplei o campo abaixo até um bosque de pinheiros ao fundo. "Você tem razão sobre a vista." Adoraria fotografá-la à luz do entardecer.

Roy retirou algumas pedras soltas de uma pilha no topo do muro e as colocou em alguns dos vãos à nossa volta.

"Existe um poema sobre consertar um muro", eu lembrei.

Ele concordou com a cabeça. "Robert Frost. 'Mending Wall'."

Peguei uma pedra solta. "Alguma coisa existe que não aprecia o muro", disse recitando o primeiro verso do poema.

Roy olhou para a extensão do muro, com pedras cobertas de líquen e tufos de ervas daninhas brotando das fendas. "Que enfia bojos de terra gelada por baixo", ele continuou. "E derrama as pedras superiores ao sol, e faz buracos onde até dois podem passar abraçados."

Fiquei lá sentada, boquiaberta. "Você sabe o poema todo?"

Ele sorriu encabulado. "Sabia. Decorei uma vez para a escola. Seria capaz de relembrar, se precisasse."

"Impressionante", eu comentei. Uma abelha zuniu preguiçosa aos meus pés.

Roy ficou admirando o campo. "Pensei que talvez vendo isso, você entenderia por que fiquei aborrecido de tarde."

"Ah... você se refere ao sermão sobre os incorporadores?"

Ele concordou.

"Acho que compreendo. Sei que o desenvolvimento pode ser uma faca de dois gumes."

"Não me entenda mal", ele pediu. "Não sou um desses ativistas malucos, essas pessoas que são contra qualquer ideia nova. Não acho que todo tipo de crescimento da cidade é ruim. Mas já vi muitos projetos ruins serem feitos em nome do progresso e de melhorias."

Ele se achegou mais perto de mim no muro. Segurei a respiração.

"E eu descendendo de uma longa linhagem de Cummings teimosos, do Maine, que sentem todos do mesmo jeito." Ele explicou.

"É mesmo? Até quanto tempo atrás você consegue traçar a presença da sua família no Maine?"

"Cinco gerações." Ele apontou para o sol, que tinha se tornado uma bola de âmbar no horizonte. "Lindo, não?"

"Muito."

"Minha família toda veio de Augusta", ele disse ao encaixar outra pedra dispersa em uma pequena fenda entre nós. "É a capital do estado", ele acrescentou com uma piscadela.

"Sim, eu sei."

Ele me olhou fixamente de novo. "Você tem belos olhos. Um pouco verdes, um pouco azuis. Não consigo decidir." Continuou a me olhar, se aproximando.

"São verde-azulados", eu falei, me afastando.

"É o que eu disse." Ele sorriu, deixando o olhar pousado sobre mim tempo demais.

Estava começando a me sentir incomodada. Não podia deixar que ele me desse uma cantada. Não, seria horrível. Mas então por que eu fui até ali? Só para dizer para ele que eu tinha recebido a mensagem? Ou estava apenas alimentando meu ego com a atenção dele? "Quer dizer que seus ancestrais eram de Augusta?", eu perguntei, trazendo o assunto de volta para a família dele.

Roy pegou uma pedra pequena da parte superior do muro e apontou para um veio cintilante rosa bem no meio. "Sim, até que meu avô quebrou a tradição e se mudou para Beacon."

"Por que ele fez isso?"

"Ele conheceu uma mulher de Beacon", ele respondeu, "e se apaixonou."

A brisa mexeu as flores silvestres lá embaixo. Senti que ele estava me olhando fixamente de novo.

"A mulher era minha avó", Roy concluiu, passando a mão de leve pelo meu braço.

Pulei do muro, ignorando a sensação de formigamento que se espalhava dentro de mim. "Bom, ele acabou em um lindo lugar", eu afirmei, olhando ao redor. "Veja todas essas flores." Tentei pegar uma florzinha azul, mas a haste estava dura e não consegui quebrar.

Roy veio até o meu lado. "Não é assim que se faz." Podia sentir o calor do corpo dele próximo ao meu. Estávamos quase nos tocando. "Você tem que fazer assim." Ele partiu a haste na mão, o braço roçando no meu. Em seguida, pegou mais algumas e me entregou as flores e nosso dedos se tocaram de leve.

O sol continuava descendo em direção ao horizonte enquanto nós caminhávamos ao longo do muro, com o barulho dos insetos ficando cada vez mais suave.

"O que aconteceu depois?", eu perguntei. "Com os seus avós."

"Ah... eles compraram esta propriedade. Meu avô queria montar uma fazenda de blueberry."

Vi um gafanhoto pular de um matagal à nossa frente. "Que legal."

Roy concordou. "É, aqui era a área reservada para blueberries naquela época. Você viu a estátua na cidade?"

"A estátua?"

"A mulher com o balde de blueberries."

Pelo jeito, era a estátua que eu estava tentado fotografar quando caí no píer. "Sim, acho que sei qual é."

"Diferente, não?", ele comentou. "A maioria das cidades teria uma estátua do fundador, uma figura importante. Nós temos a dama de blueberry."

"Pensei que ela estivesse carregando um balde de uvas."

Roy levantou as sobrancelhas. "Uvas? Nunca repita isso para alguém de Beacon. Expulsam você da cidade na hora."

Dei risada.

Ele se aproximou e tocou em uma mancha acima do meu olho direito.

Recuei.

"Você tem uma coisa no seu rosto", ele disse, tentando tirar.

"É uma sarda. Não vai sair."

Ele se inclinou para enxergar melhor. "Ah, sim, agora eu vi."

Comecei a andar de novo. "E depois, o que aconteceu?"

"O que aconteceu? Ah, com a fazenda? Bem, meu avô aprendeu tudo sobre blueberries. Depois decidiu que espécies de blueberry seriam melhores para esta área."

"Não sabia que havia mais de uma espécie."

Roy ficou surpreso. "Claro que há mais de uma espécie."

"Interessante", eu disse. Queria saber como elas crescem. De alguma forma, eu as visualizava como trepadeiras, em cachos densos, crescendo sobre treliças.

"Crescem em cachos, certo?"

Ele fez uma careta e afastou um inseto da camisa. "Cachos? Blueberries? Crescem em arbustos."

"Ah, sim, arbustos. Claro."

Ele apanhou uma margarida-amarela e me deu. "Olha que linda, Ellen", ele disse. "Gosto disso."

"Sim, é bonita." Girei o galho entre os dedos.

"Eu não estava me referindo à flor."

Dei um sorriso nervoso e senti uma onda de calor subindo no rosto. Eu tinha que levá-lo de volta para a história. "Daí o que aconteceu?"

Roy sorriu. "Meu avô seria capaz de plantar qualquer coisa, de alfafa até alcachofras. O tio Chet sempre disse. Ele sabia o que dava certo e o que não dava. O que faria as plantas ficarem mais fortes, as frutinhas, maiores etc."

"Parece que ele encontrou a sua vocação", eu comentei.

"Sim, acredito que era a vocação dele." Ele afastou um fio de cabelo da minha testa. "Assim", ele disse. "Estava nos seus olhos, que são muito bonitos para não serem vistos."

Olhei para o ramalhete para que ele não me visse corar. "Quer dizer que eles tiveram a fazenda."

"Sim, eles tinham um bom negócio. Vendiam para mercearias, restaurantes, hotéis e outros do gênero. E minha avó tinha uma banca de blueberries."

Pensei em todas as bancas de blueberry que eu tinha visto até aquele momento no Maine. "E eles foram bem-sucedidos?"

"Sim, eles foram bem-sucedidos. O tio Chet chegou a ajudar a minha avó. Desde que ele começou a andar, ficava por aqui correndo pelos arbustos, arrancando e comendo blueberries. Costumava me contar que suas roupas sempre tinham manchas roxas. Ele tinha o mesmo talento do meu avô. Talvez até mais. Ele amava este lugar."

Roy parou em um lugar onde o chão tinha diversas pedras que tinham caído do muro. Ele as apanhou e empurrou de volta no lugar. "Assim", ele aprovou, limpando a sujeira das mãos.

Visualizei um menino de macacão correndo pelas fileiras de arbustos de blueberry sob o sol quente de verão. "Devia ser lindo."

"Tenho certeza que era", Roy fez uma pausa. "Mas nada dura para sempre." Ele olhou para longe, na direção de um melro que tinha pousado no muro e estava agitando as asas. "Um dia meus avós venderam. Ficaram muito velhos para tomar conta."

Chegamos a um canto da fazenda onde diversos carvalhos agrupados formavam um conjunto e um enorme estava solitário, como alguém em um coquetel que não quisesse fazer parte do grupo.

"Eles não tinham o seu tio para ajudar? Se ele gostava tanto..."

Roy andou até o carvalho solitário e se apoio no tronco. "Não, ele foi embora de Beacon aos vinte anos e não voltou durante muito tempo." Ele olhou para a copa com galhos e folhas suspensas sobre nós como uma escultura. "Alguma coisa aconteceu — ele nunca quis falar sobre isso, mas a fazenda deixava ele triste."

Deixei meu olhos vagarem pelo muro de pedra na parte mais alta do campo, atravessarem o prado e voltarem para os pinheiros na parte mais baixa. "Não acredito que ele não tenha sentido falta, apesar de tudo."

Um raio de sol atravessou as árvores e pousou no ombro de Roy. "Ah, acho que sim", Roy concordou. "Na verdade, eu nunca ouvi dele, mas outras pessoas me contaram que foi muito duro para ele voltar e ver a fazenda nas mãos de outros. Morar nesta cidade e ter que passar por ela o tempo todo."

"E por que ele voltou?", eu perguntei.

O raio de sol deslizou para o rosto de Roy. "Acho que porque, apesar de tudo, aqui ainda era o seu lar."

Refleti um pouco a respeito. Me perguntava se é possível tirar o lar verdadeiro de dentro de alguém. Provavelmente não.

"Quem é o atual proprietário da terra?", eu perguntei.

"Um cara de Boston comprou há alguns anos, mas ele morreu e os filhos herdaram. Não moram por aqui. Querem vender, mas antes pretendem lotear. Sabe como é, retalhar."

Retalhar e subdividir. Sim, eu sabia. Tinha feito exatamente isso para mais de um cliente e nunca tinha parado para pensar em nada além de quanto renderia por metro quadrado. Jamais tinha imaginado o que a terra tinha sido ou o que poderia ter significado para as pessoas que viviam lá.

"Você poderia comprar?", eu perguntei.

Roy deu risada. "Não mesmo. Além disso, o que eu faria com quarenta hectares? Não sou fazendeiro."

"Sei lá. Foi apenas um pensamento positivo. Estava torcendo para você trazer a fazenda de volta para a sua família. Assim você poderia dar algum uso quando se casasse. Ou poderia dar para os seus filhos." Arranquei um talo de flor de cenoura selvagem e acrescentei ao buquê.

"É, mas duvido que eu me case tão logo."

"Não? Um homem simpático, bonito e bem empregado como você? Deve ser muito requisitado."

Roy parou e contemplou a colina. "Não encontrei a garota certa." Ele balançou a cabeça. "Tem que achar a garota certa para casar."

Fiquei curiosa para saber se ele já tinha sido casado. Ele parou e eu observei espantada ele retirar uma joaninha da manga da camisa e depositar em uma haste de lupino roxo.

"Cheguei perto de casar uma vez", ele comentou, como se estivesse lendo meus pensamentos. "Mas eu esperei demais. Ela acabou se casando com outro cara. Ouvi falar que eles têm um casal de filhos."

"Há quanto tempo?"

Ele pensou um pouco. "Mais ou menos uns seis anos."

"E ninguém depois disso?"

"Nada sério", ele respondeu, ao apanhar uma pedra caída e dispor de volta no muro. "Se eu tiver a sorte de encontrar a garota certa, não vou fazer besteira de novo, não vou deixar ela escapar."

Eu sorri. "O que você vai fazer? Prender com algemas?"

"Não sei", ele respondeu. "Provavelmente não com algemas." Ele coçou atrás do pescoço e semicerrou os olhos. Depois, sorriu. "Talvez eu construa alguma coisa para ela. Talvez eu construa um palácio para ela."

"Um palácio... é uma boa ideia. Como o imperador que construiu o Taj Mahal para a esposa. Bem romântico."

"Mas ela não morreu ao dar à luz?", ele perguntou. "Não foi por isso que ele construiu?"

Ele tinha razão. Não tinha sido um bom exemplo. "Ela morreu ao dar à luz mesmo", eu lembrei. "Mas, fora isso, que mulher não ia querer um palácio?"

"Vou descobrir um dia."

Ficamos em silêncio um instante e depois Roy disse: "Melhor levar você de volta".

Andamos até a caminhonete e eu me virei para dar uma última olhada para a vista. "Bem", eu concluí, "se você não comprar, não vai poder impedir que seja loteada."

Roy se voltou para mim, com os olhos azuis calmos, resignados. "Não posso impedir que seja loteada, Ellen."

Ficamos lá em pé por um instante, enquanto um falcão flanava no alto, com as asas quase paradas, o corpo suspenso como um sussurro sobre nós. Em seguida, Roy abriu a porta do passageiro.

"Espere um minuto", eu falei, reparando em algo diferente perto da roda da frente da caminhonete. Perto da marca do pneu, onde havia talos de flores silvestres esmagados e emaranhados, um aglomerado azul-arroxeado chamou minha atenção. Afastei as flores e puxei um ramo cheio de nós. Estalou e eu segurei uma parte na minha mão. No ramo, havia três minúsculas blueberries.

Foi como se tudo ao meu redor parasse — o zumbido dos insetos, a brisa, o lento cair do sol. Segurei o ramo, com as mãos tremendo. "Veja", eu mostrei. "Ainda estão aqui."

Ele apalpou a ponta do ramo. "Blueberries são muito resistentes. Sobrevivem por muito tempo em certas condições." Ele deu um sorriso. "Bom saber, não? Algumas coisas continuam, independente do que aconteça ao redor."

Pensei no galho com as três frutinhas brilhantes sobrevivendo ao Chet, à Vovó. Guardei a plantinha comigo ao subir na caminhonete. O sol lançava raios vermelho-dourados sobre o campo. Os insetos tinham se acalmado como se também soubessem que o fim do dia estava próximo. Roy ligou o motor, saímos da fazenda e entramos na estrada principal, com o ar fresco da noite entrando pelas janelas abertas.

"Você nunca explicou de verdade porque ainda está aqui em Beacon", ele disse.

Seguimos a estrada ao longo da fazenda e depois entramos à esquerda no cruzamento, voltando para a cidade. "Você se lembra", eu expliquei, "quando eu contei que tinha encontrado a casa onde minha avó cresceu?"

Roy diminuiu a velocidade para deixar um esquilo cruzar a estrada. "Sim. Você disse que era em Comstock Drive."

"Havia uma pintura no sótão da casa, feita no gesso. Os proprietários encontraram quando estavam reformando e retiraram a parede drywall. Minha avó que fez. É uma obra impressionante e retrata ela e seu tio."

Roy se virou de repente e me encarou: "Meu tio? E sua avó? Ela fez uma pintura dos dois?".

Fiz um gesto afirmativo. "Sim. Os dois eram adolescentes e estão de pé embaixo de um carvalho. É um tanto... quase místico, eu acho. E lindo. Realmente encantador."

"Gostaria de ver."

Queria que ele visse, apesar de não saber como viabilizar. Contei para ele da pintura na Sociedade Histórica de Beacon, do artigo no *Bugle* na biblioteca, da loja de máquinas fotográficas e do meu encontro com Lila Falk.

"Uau." Roy exclamou enquanto a estrada serpenteava colina acima e em torno de uma curva. "Você tem estado ocupada. E tudo isso que você descobriu — você não sabia de nada?" A voz dele estava tão animada. Me fez sentir mais entusiasmada ainda.

"Não, não sabíamos de nada disso", eu respondi. "E estou descobrindo mais e mais. É por isso que eu fiquei. Nunca soubemos que a Vovó era artista ou que frequentou escola de arte. E as pinturas dela são muito boas." Olhei pela janela e observei um denso pinheiral. "Quem dera ela não tivesse mantido em segredo."

Roy reduziu a marcha e fez uma curva. "Talvez ela tenha mandado você para cá para descobrir o segredo. Talvez fizesse parte do plano dela."

Será possível que fazia parte de um plano? Será possível que ela queria, tinha a expectativa, que eu descobrisse tudo isso? Queria acreditar, mas não parecia provável. "Como ela podia saber que eu iria encontrar a pintura no sótão dos Porter?", eu perguntei. "Estava escondida embaixo do gesso até recentemente. Ou que eu acabaria indo na loja de máquinas fotográficas e depois encontraria Lila Falk?"

Roy reduziu a velocidade da caminhonete ao nos aproximarmos de um sinal de pare. "Bem, talvez ela não soubesse exatamente como você ia descobrir, mas ela imaginou que se você viesse para cá, encontraria alguma coisa." Roy observou e sorriu. "E você encontrou. Você descobriu um legado que estaria perdido para sempre se você não tivesse vindo."

Talvez ele estivesse certo. Talvez, junto com a entrega da carta, ela tivesse esperança que eu descobrisse seu passado.

"Talvez você tenha razão", falei.

Continuamos em silêncio, o único som era o barulho dos pneus de Roy na estrada. Logo depois, ele entrou na Paget Street e o mar e os prédios do centro de Beacon puderam ser avistados. Quando chegamos na casa em construção, ele estacionou perto do meu carro, deu a volta e abriu a porta para mim.

"Obrigada por ter me mostrado a fazenda", eu agradeci, descendo da caminhonete.

Ele ficou em pé perto da capota. "Obrigado por ter encontrado as blueberries."

Ele pôs as mãos nos bolsos e eu vi uma leve sombra de sorriso no seu rosto, acompanhado por minúsculas rugas perto dos olhos.

"O quê?", eu perguntei. O jeito como ele estava me olhando me deixou nervosa. "O que foi?" Agarrei o ramalhete de flores e o ramo de blueberries.

Ele deu um passo na minha direção. "Por que você veio aqui hoje, Ellen?"

A pergunta era bem mais difícil do que parecia. Por que eu tinha ido? Eu mesma não tinha certeza. Foi apenas para dizer a ele que eu tinha recebido a mensagem? Ou havia alguma coisa a mais? Eu estava me apaixonando por ele? Era isso o que estava acontecendo? Queria desviar o olhar, mas me senti encurralada.

"O que você quer dizer?", eu perguntei. Dava para ouvir minha voz tremer de nervoso.

"Quis dizer apenas o que você veio fazer aqui?" Ele chegou mais perto ainda. Podia quase senti-lo sem tocá-lo.

"Já disse. Me senti mal com o que aconteceu de manhã e..." Comecei a gesticular, os dedos se contorcendo como mãos de marionetes. "Sabia que você tinha ficado aborrecido e quando você telefonou, imaginei que seria legal se... quer dizer, pensei que talvez eu devesse... que..." Desviei o olhar. Ai, meu Deus, o que eu estava falando? Não estava fazendo sentido.

Roy ergueu a cabeça, ainda com o sorriso nos lábios. Ele me encarou, como se soubesse que se me olhasse durante tempo suficiente, me levaria a fazer uma besteira como abraçá-lo de novo ou confessar que não conseguia parar de pensar nele. Mais um segundo ou dois e eu estaria totalmente enfeitiçada por ele. Os olhos dele eram tão luminosos e tão azuis, como as águas do Caribe, claras e profundas e repletas de pescadas amarelas e samambaias roxas e corais vermelhos e estavam me tragando, aqueles olhos, e eu estava submergindo, pronta para prender a respiração e mergulhar...

E então ouvi a voz dele. "Sei, o.k.", ele disse. "Você queria ter certeza de que nós tínhamos colocado tudo em pratos limpos." Ele sorriu e com um pequeno encolher de ombros, acrescentou, "O.k., está tudo resolvido."

Era isso? Ele estava me deixando escapar? Mas eu não queria mais ir embora. Queria ficar lá e continuar flutuando em seus olhos.

Roy abriu a porta do meu carro e eu sentei no banco do motorista, perplexa. Observei ele entrar na caminhonete. Observei ele fechar a porta. Observei quando ligou o carro e fiquei ouvindo o barulho do motor. Ele levantou a mão, um aceno sem movimento. Eu levantei a mão e consegui quase sentir que estávamos nos tocando.

Peguei a chave com a fita trançada da bolsa e destranquei a porta do quarto. Levei um susto ao ver Paula e um homem vestindo jaleco branco de médico lá dentro. O que estava acontecendo? Quanto tempo eu tinha ficado fora?

Hayden ainda estava deitado na cama, mas o homem de jaleco branco, que lembrava meu professor de física do último ano do ensino médio, estava enfaixando o tornozelo dele.

"O que está acontecendo?", eu corri para o lado de Hayden.

"Está tudo sob controle", Paula disse, com um gesto confiante. "O doutor está tomando conta dele."

Olhei para o homem desenrolando a atadura. Em seguida, me virei para Hayden. "O que aconteceu?"

"Piorou", ele disse, encolhido. "Inchou como uma bola de basquete." Estava tão pálido e, de repente, me pareceu tão pequeno. "Chamei a recepção para pedir mais gelo e quando a Paula veio entregar e me viu, telefonou para o dr. Herbert."

"Graças a Deus", eu agradeci, pegando a mão de Hayden, me perguntando como pude ser tão insensível a ponto de ficar passeando com Roy Cummings pela Kenlyn Farm quando devia estar lá com Hayden.

"É difícil encontrar alguém em um domingo", Paula disse. "Especialmente para uma consulta em casa." Ela sorriu para o médico. "Mas o doutor aqui é casado com a minha prima Laurie, por isso eu sabia que ele viria."

"Obrigada, doutor", eu agradeci. "Eu sou Ellen, a noiva dele."

"Fico contente de poder ajudar", dr. Herbert disse, prendendo a atadura com grampos. "Vou receitar alguns remédios", ele explicou. "Um para a dor e outro para o inchaço." Ele pegou um bloco do bolso e fez a prescrição. "Pode ser que tenha rompido o ligamento, mas deve melhorar em um dia ou dois." Ele me entregou as receitas. "Melhor não pisar com esse pé por alguns dias."

"Sim, doutor. Muito obrigada. Foi muita gentileza ter vindo. Vou dar meu cartão para o senhor mandar a conta."

Ele apanhou a mala preta de médico e eu entreguei a ele o cartão. Em seguida, ele saiu atrás de Paula.

Sentei na cama ao lado de Hayden, com a consciência pesada. "Querido", eu disse, me debruçando para abraçá-lo. "Sinto muito, muito mesmo que eu não tenha voltado antes. Não tinha ideia de que você estava se sentindo tão mal." Beijei-lhe a testa.

"Tudo bem. Eu sabia que você precisava ficar um tempo sozinha para descontrair."

"Eu nem fui até a farmácia", confessei encabulada. "Graças a Deus que a Paula trouxe esse médico aqui."

Hayden ajeitou a perna enfaixada sobre os travesseiros. "Acho que você vai ter que ir até a farmácia agora. O que ele receitou?"

"Vamos ver." Olhei a primeira receita. "Tylenol com codeína." Foi quando vi algo estranho. Marcas de pequenas patas no cabeçalho.

Marcas de patas?

Embaixo das marcas de patas eu li o nome: Peter Herbert, Clínica Veterinária Herbert. O cara era um veterinário.

Sugar

Na manhã seguinte, chovia. Dei uma olhada na chuva batendo nas janelas e minha vontade era ficar na cama o dia inteiro. Mas era segunda-feira e eu tinha um compromisso importante para honrar.

Hayden estava acordado ao meu lado, lendo *The Art of Negotiation: How to Argue Like a Five-Year-Old*, um livro que tinha ficado na lista dos mais vendidos durante 26 semanas.

"Está se sentindo um pouco melhor?", eu perguntei.

"Muito melhor. Acho que está tudo bem."

Olhei para o tornozelo dele. Para mim, ainda parecia inchado. "Bem, você precisa tomar cuidado. Você sabe o que o... ah... médico disse." Eu levaria para o túmulo a informação de que os pacientes típicos do dr. Herbert tinham quatro patas.

Hayden pegou a minha mão e me puxou para perto. Em seguida, me abraçou e me beijou, passando as mãos no meu cabelo. "Eu te amo, sra. Hayden Croft."

Sra. Hayden Croft.

"Ah", eu sussurrei. "Eu também te amo, sr. Hayden Croft."

"Talvez um dia", ele disse, beijando meu pescoço, o hálito quente na minha pele, "sejamos o senador e sra. Hayden Croft."

"Quem sabe", eu cochichei. Fechando os olhos, imaginei nós dois em um evento de arrecadação de fundos, de traje a rigor, no Museu de História Natural em Washington, D.C. Abrindo caminho em um salão lotado, cheio de esqueletos de dinossauros. As pessoas nos agarrariam, nos cumprimentariam. Senador, sra. Croft, por aqui. Vestiria um Oscar de la Renta e mandaria beijos.

"Soa bem, não?"

Abri os olhos e vi Hayden sorrindo para mim. Ele me beijou de novo e em seguida começou a tirar minha camiseta. Sim, ele estava se sentindo muito melhor.

"Você não vai comigo", eu disse a Hayden, empurrando-o de volta para a cama. Ele tinha vestido a calça cáqui e camisa e agora estava tentando passar a meia por cima do tornozelo enfaixado. De vez em quando, ele era bem teimoso.

"A Sugar mora bem adiante, em Pequot", eu disse. "É uma viagem de pelo menos duas horas. Você fica aqui."

A filha de Lila Falk, Sugar, não parecia nada animada de me encontrar quando eu telefonei para ela. Na verdade, foi só depois de eu ter sugerido que estaria disposta a pagar uma "taxa de depósito" por ter cuidado das coisas da minha avó que ela se animou e ficou um pouco mais acolhedora.

"Não me sinto bem deixando você ir encontrar essa mulher sozinha", Hayden disse, ainda tentando vestir a meia.

"O que você está dizendo? Você fala como se ela fosse louca. Acredite em mim, ela não é. Além do mais, já fui sozinha para tudo quanto é canto neste estado."

Ele levantou o resto da meia. "Pode ser que sim, mas agora estou aqui e vou com você."

"Mas você não deve se apoiar nessa perna. Ordens do médico." Me contive.

Hayden levantou a mão, irritado. "Vou reclinar o banco e me deitar. Que diferença faz se estou deitado aqui ou no carro?"

O argumento dele fazia sentido. Ele não era advogado em processos litigiosos por acaso. "Tudo bem, mas quando chegarmos lá, você fica no carro, sem se apoiar na perna, combinado?"

Ele sorriu e deu aquela semicerrada de olhos que significava que estava concordando, mas não necessariamente se comprometendo.

Pegamos dois guarda-chuvas da pousada emprestados, e Hayden reclinou o banco do passageiro ao máximo enquanto eu programava o GPS. Entramos na rodovia em direção a Pequot, uma cidadezinha a noroeste de Beacon.

Três horas depois, diminuí a velocidade na frente de um pequeno rancho cinza. Sobre a porta de entrada, uma bandeira rasgada dos Estados Unidos tremulava na chuva e, ao lado da casa, um veículo off-road, um tipo de reboque caindo aos pedaços, estava apoiado em calços, enlameado.

"É aqui?", Hayden perguntou, examinando o pátio. "Você tem certeza? Parece um depósito de lixo."

"Olhe o número na caixa do correio", eu respondi, roendo a unha. "Está escrito 277. É o que ela me disse." Parei na entrada da garagem.

Hayden deu uma olhada na caixa de correio e depois no reboque, com para-lamas enferrujados e áreas cobertas com selador e tinta de cores variadas. "Não vou deixar você entrar aí sozinha."

Dei mais uma olhada na casa e não discuti. Embaixo de chuva, cruzamos o pátio, Hayden mancando ao meu lado, nós dois evitando as poças. Encontramos abrigo na porta de entrada, embaixo de uma pequena cobertura de madeira parcialmente podre. Procurei uma campainha e, como não encontrei nenhuma, dei uma batida forte na porta.

Dali a pouco, uma mulher com aparência de uns cinquenta anos abriu a porta. Era magra como um palito e tinha o cabelo sujo, ficou em pé na soleira. Com um cigarro pendurado na boca, como uma pergunta em aberto, ela nos olhou de cima a baixo e fez um gesto para entrarmos.

"Estava esperando só um de vocês", ela disse ao entrarmos dentro de uma sala de estar mínima que cheirava a cigarro e repolho. Um sofá marrom de couro falso todo rachado estava encostado na parede, junto com uma mesa de centro feita de uma roda de carroça e um pedaço redondo de vidro empoeirado.

Sugar nos observou de novo de cima a baixo, afundando a cabeça como uma tartaruga. Examinou minha calça de seda e meu suéter, me deixando arrependida por não ter vestido jeans e camiseta.

"Você deve ser a Sugar", eu disse. "Eu sou a Ellen e esse é meu noivo, Hayden Croft." Estendi a mão e pensei que ela ia apertá-la, mas, em vez disso, ela passou por mim e bateu as cinzas do cigarro em um vaso com uma planta grande e murcha. Em seguida, ela soltou uma baforada fina e indecisa de fumaça.

Ela encarou Hayden. "Que tipo de nome é este, Croft?"

Hayden se animou. "É britânico, na verdade. Meus ancestrais vieram no *Mayflower*."

Sugar levantou as sobrancelhas e franziu os lábios. "E eu uma vez embarquei em um cruzeiro de carnaval, então acho que estamos quites." Ela colocou a cabeça para trás e emitiu um barulho de tosse que dali a alguns segundos me dei conta que era uma risada. Hayden fez uma cara de susto.

"Vocês querem se sentar?", Sugar perguntou. Com a bituca de cigarro acesa, ela fez um gesto indicando o sofá.

Andei até o sofá com cuidado, examinando as manchas de aparência grudenta e as aberturas por onde escapavam tufos de enchimento cinza. Dando uma olhada na minha calça de seda, me abaixei devagar até a beirada da almofada. Hayden empoleirou-se ao meu lado, os dois como pássaros prestes a voar. Sugar sentou-se na nossa frente, segurando o cigarro ao lado da poltrona deformada.

"Quer dizer que você esteve com a minha mãe." Ela deu um sorriso meio torto e, com as costas da mão, tirou o cabelo do rosto. No cabelo, uma amostra do resultado de diversos experimentos com tintura — mechas de cinza, dourado metálico e castanho dividiam espaço com uma parte verde, da cor do mofo em pão velho.

"Sim, eu fui ver a sua mãe", eu disse. "Nós tivemos uma boa conversa. Ela é muito agradável."

Sugar torceu o nariz. "Hum. Acho que todos têm direito a uma opinião." De novo ela recuou a cabeça e deu risada, tossindo e girando o cigarro, como ginasta movimentando uma fita.

Dava para sentir o joelho de Hayden pressionando o meu. "Sim... bem", eu continuei. "Como eu disse para você ao telefone, sua mãe mencionou que você tinha ficado com algumas coisas da minha avó. Ela disse que eu poderia passar aqui e pegar."

"Algumas coisas?" Sugar se sentou e cravou os olhos em mim, a cabeça em um ninho de fumaça. "Ah, sim, eu tenho objetos de muita gente." Ela cruzou os braços sobre o peito. "Da minha mãe, de Ronny, de Doug. Tenho revistas em quadrinhos de quarenta anos atrás, garrafas de cerveja de todo o mundo, camisas de times de futebol sabe-se lá de onde. E eu te pergunto, esse lugar parece grande? Sério, parece?"

"Não tenho certeza, eu..." Olhei para Hayden, que começava a falar, mas Sugar interrompeu.

"Não, não, sr. Mayflower. Eu vou responder. Não é grande. É pequeno." Ela soltou uma nuvem de fumaça em nossa direção.

Dava para ver os músculos no pescoço de Hayden se contraírem. "Sra. Hawley, nós só viemos aqui pegar os pertences da sra. Ray", ele explicou. "As coisas que a sua mãe..."

"Meu nome é Sugar. E eu quero dizer o seguinte, Mayflower." Ela sorriu, deixando ver, do lado superior direito da boca, um dente da frente escurecido. "Eu guardo os restos de todo mundo aqui e está me custando uma fortuna manter tudo isso."

O rosto de Hayden ficou vermelho. "Veja, meu nome não é Mayflower. É Hayden. Hayden Croft e..."

Sugar se esquivou. "Ah, deixa disso." Ela encolheu os ombros. "Eu só estava brincando."

Hayden inspirou e expirou lentamente, se recompondo. Ele deu uma espiada pela sala, observando as pilhas de discos de vinil e caixas de papelão transbordando de livros encadernados de couro com aparência antiga.

"Talvez você devesse considerar a possibilidade de vender alguns desses", ele sugeriu. "Se é que têm valor."

Sugar explodiu em outro ataque de riso igual a acesso de tosse. "Bem, você não é tão inteligente? É justamente o que eu estou fazendo! Se bem que está indo devagar, escrever os anúncios e tirar as fotos. E a minha máquina fotográfica não é tão boa. Podia usar uma melhor." Ela piscou para mim.

"Uma máquina fotográfica melhor?", eu perguntei. Me aproximei de Hayden e cochichei: "Falei para ela que estaria disposta a pagar pelo armazenamento".

"Ela me dá arrepios", ele cochichou de volta. "Não exagere."

Abri a bolsa e procurei o talão de cheques. "Lamento que você tenha tido o trabalho de guardar os pertences da Vovó", eu disse. "Nós realmente precisamos ir embora, mas se você me trouxer os objetos dela, eu estaria disposta a pagar pelo inconveniente."

Hayden estendeu o braço e agarrou o meu. "Acho que devemos antes ver o que a senhora — ah, o que a Sugar tem, Ellen."

Sugar ficou em pé. "Vou buscar. Uma caixa pequena." Ela examinou um cinzeiro roxo com formato de sapo que estava sobre a mesa de centro, deslocou cinco centímetros e deixou a sala.

Olhei para Hayden.

"Muito esquisito", ele articulou com os lábios.

Concordei. "Vamos pegar as coisas e dar o fora daqui."

Sugar voltou, segurando uma caixa de papelão não muito maior do que uma caixa de sapato masculino. Isso não pode ter tomado muito espaço, eu pensei quando ela me entregou.

Abri a caixa e, um por um, retirei os itens que estavam dentro e pus no meu colo. Havia um bloco de rascunho com capa cor-de-rosa, um pacote de anotações feitas à mão com a letra que parecia da minha avó, um lenço de seda com ninfeias sobre fundo azul, uma caneta-tinteiro preta com um tira decorativa de prata em volta, um livro de poemas de poetas americanos com inúmeras páginas com orelhas (fiz uma anotação mental para verificar se "Mending Wall" fazia parte), uma lente de aumento com uma haste de madeira entalhada, um livro intitulado *Native flowers of New England* com encadernação de pano esfarrapada, outro livro encadernado com pano intitulado *The Berry Farmer's Companion* e uma pilha de vinte fotografias desbotadas em preto e branco. Algumas das fotos eram da minha avó, o resto era de pessoas que eu não conhecia. Tinha esperança de que houvesse um anuário escolar ou um diário, mas não fiquei decepcionada. Agarrei a caixa, ansiosa para voltar para a pousada, onde eu poderia espalhar tudo na cama e estudar os itens um por um.

"Então é isso", eu disse, passando a mão sobre a parte superior da caixa. "Muito obrigada."

Sugar encarou o meu anel de noivado. "Que pedra. Foi ele que deu para você?" Ela inclinou a cabeça na direção de Hayden. "Sr. Mayflower?"

Hayden ficou em pé, as mandíbulas rígidas. "Vamos embora, Ellen. Acho que já tomamos muito tempo da sra. Hawley. Não há nada aqui a não ser um monte de lixo." Ele cravou os olhos em Sugar. "Esqueça o eBay. Você não vai conseguir passar essas coisas adiante."

Os olhos de Sugar soltaram fumaça. "Que superpoderosos vocês são! Igualzinho à sua avó." Ela apontou para mim. "Ah, eu sei tudo sobre ela. Minha mãe costumava me contar histórias. Ruth isso e Ruth aquilo. Elas eram grandes amigas. Na minha opinião, acho que sua avó não era nada mais do que uma grande esnobe pelo que eu ouvi. Achava que era boa demais para Beacon."

"Você tem ideia do que está falando?", eu perguntei, indignada, o tom de voz ficando cada vez mais alto. "Você nem conhecia minha avó. Você não tem o direito de dizer isso."

"Sei o suficiente para ter a minha opinião. Opinião da Sugar." Ela apontou para si. "Eu conheço o tipo. Sua avó não podia esperar para chegar lá. Não queria passar o resto dos dias catando blueberries, por isso fugiu com um médico figurão de Chicago."

Que ousadia, eu pensei, levantando e me virando para Hayden. "Estou pronta. Vamos embora daqui."

Sugar cutucou a minha manga. "Ah, calma lá. Espere um minuto." O tom de voz dela ficou suave, quase tão doce como sacarina. "Você pensa que a velha Sugar só tem lixo? Pode ser que você tenha interesse em ver o resto — já que você está tão fascinada por todos os objetos da família. Venha comigo."

Hayden e eu olhamos um para o outro. Dava para ver que ele não queria ir a lugar algum. "E se ela tiver mais alguma coisa da Vovó?", eu cochichei.

Seguimos Sugar por um corredor estreito, entrando em um quarto escuro que cheirava a remédio para tosse. Com a luz de duas janelas pequenas, vi uma pilha alta de caixas, estantes entulhadas e sacolas de compras e caixotes transbordando com as coleções de Sugar. Fui avançando devagar até ela acender um abajur.

"As coisas da sua avó estão lá." Ela apontou para o outro lado do quarto.

"As coisas da minha avó?", eu olhei para Hayden. "Então há mais coisas."

Sugar nos fez dar a volta na cama para ir até um canto onde cinco pilhas de painéis retangulares, alguns tão grandes que chegavam a medir um metro por um metro em meio, estavam encostadas na parede.

"O que é isso?", Hayden perguntou, se aproximando.

Ao chegar mais perto, pude ver que, em alguns dos painéis, havia ripas de madeira nas beiradas e arames amarrando uma extremidade à outra.

"São as pinturas", eu disse, me aproximando mais rápido. "Estávamos vendo a parte de trás."

Peguei uma e virei. A peça media aproximadamente sessenta centímetros por um metro e retratava, em pinceladas vivas e borrões de cores em movimento, uma regata de veleiros. Três pequenos barcos a vela, impelidos pelo vento, ocupavam o primeiro plano. Ao longe, atrás deles, alguns barcos menores deslizavam na água. Ondas rodopiavam em pinceladas de azul, e espuma branca pulava sobre os cascos. Era o Maine. Dava para sentir o cheiro de sal. Olhei para o canto direito e vi o nome escrito na caligrafia com traços para cima e para baixo que eu conhecia tão bem. Ruth Goddard.

Hayden pegou o quadro e pôs em pé. Recuamos para ver melhor e minha boca ficou seca. "Uau", eu exclamei.

"Uau de verdade", Hayden disse. "Sua avó que pintou?"

Confirmei. "Creio que sim." Dei um passo à frente e toquei a mistura de tinta que ela tinha feito para representar a água. Senti a textura das velas. Quase dava para ouvir os barcos atravessando as ondas. Conseguia visualizar a minha avó pintando. Não sabia quando ou onde ela tinha feito isso, mas eu tinha uma imagem dela diante de um cavalete, dando pincelada sobre pincelada.

Peguei a pintura seguinte, um pouco menor, e virei. Havia um rapaz em uma plantação de blueberries com um celeiro ao longe. Ele estava em pé entre duas fileiras de arbustos, colhendo as frutinhas com uma mão e segurando um balde na outra. O sol se refletia no balde e nas plantas e no cabelo castanho-escuro do moço. Ele tinha sardas no nariz. Parecia uma versão jovem do Chet Cummings do sótão de Susan Porter.

"Veja isso", eu cochichei, passando o dedo sobre a pintura, sentindo a textura da tinta, os sulcos do pincel. "Esse deve ser o Chet Cummings." Levei a mão até o canto direito e passei o dedo sobre o nome. Ruth Goddard.

"Lindo", Hayden comentou, colocando de pé ao lado da primeira. "Vamos ver o outro conjunto", ele sugeriu, pegando uma pintura de uma das outras pilhas. Uma mulher de cabelos grisalhos vestindo um avental branco estava em pé orgulhosa na frente de uma barraca, com cestas de frutas expostas para venda. Em outro quadro, dois meninos brincavam com barcos amarelos de madeira em uma piscina natural. O nome escrito em ambas era Ruth Goddard.

Me virei para Sugar. "Todas elas são da minha avó, mesmo?"

Ela soltou uma baforada de fumaça em mim. "Com certeza."

Sentei em um espacinho vazio na beirada da cama e contemplei a regata de barcos a vela. Alguma coisa no reflexo do barco na água, o casco vermelho tremeluzindo em milhões de cores no mar preto azulado — me despertaram uma lembrança.

Estava em um píer com minha avó, em um porto. Estávamos olhando para os reflexos na água, para os cascos do navio e ela me perguntou: "Que cores você enxerga lá, Ellen?".

Apontei para um barco de casco amarelo. "Amarelo", eu respondi.

"Ah, e que mais?", ela perguntou. "Que outras cores você enxerga? Há muitas cores naquele reflexo." Olhei com mais atenção e enxerguei outras cores — laranja e verde, roxo e um pouco de cinza, dourado e até cor-de-rosa. Enumerei as cores e ela aprovou: "Isso mesmo, e se você continuar olhando, enxergará mais e mais. Isso é o que significa ser um observador, Ellen. Sempre há mais do que você imagina".

Hayden estava examinando a regata de barcos a vela, observando as pinceladas. Levantei da cama e fiquei em pé ao lado dele.

Ele chegou mais perto. "Isso é uma obra de alta qualidade", ele cochichou. "Muito bem-feita." Ele olhou para a tela dos meninos na piscina natural. "Impressionante", ele comentou. "Me fazem lembrar do impressionista americano Childe Hassam."

"Já ouvi falar dele", eu cochichei de volta, "mas não me lembro da obra."

"Há quem diga que ele foi o melhor impressionista americano que já existiu", Hayden disse. "Pintava cenas do cotidiano, como estas."

Concordei, contemplando as pilhas de quadros, admirada que a Vovó tivesse produzido toda essa obra. "Meu Deus, deve ter vinte quadros aqui", eu estimei.

"Vinte e cinco", Sugar me corrigiu.

São lindas, eu pensei, com as mãos tremendo ao virar uma tela reproduzindo seis cavalos em um campo verde e outra mostrando três crianças pescando na margem de um rio calmo. Olhamos o restante dos quadros.

"Mal posso acreditar", eu disse, me dirigindo a Hayden. "Todas essas pinturas em um mesmo lugar. Agora só precisamos decidir qual é o melhor jeito de levar todas daqui." Comecei a fazer uns cálculos mentais, tentando escolher que categoria de veículo eu precisaria alugar para transportar os quadros para a casa da minha mãe. "Acho que vou precisar alugar uma van ou algo parecido."

Sugar, que estava em pé ao lado, se aproximou.

"Levar o que daqui? Para que você precisa de uma van?" Ela esmagou uma aranha que estava subindo na parede.

"Para levar as pinturas."

Os olhos de Sugar viraram pedras. "Você não vai levar as pinturas a lugar nenhum."

Congelei. "Como assim?"

"Você não vai levar nada. É isso o que eu disse."

"Por que não? Elas pertencem à minha família, à minha mãe." Olhei para Hayden.

As luzes piscaram e diminuíram de intensidade por um instante e um rufar de trovão se espalhou pela casa. "Porque eu já vendi tudo", Sugar disse.

Senti o chão fugir dos meus pés. "Você o quê?"

Ela repetiu as palavras devagar, uma de cada vez. "Eu. Vendi. Tudo."

"Como você pôde fazer isso? Pertence à minha família."

"Ahá." Sugar jogou a cabeça para trás. "Onde estava a sua família nos últimos sessenta anos? Por que nunca vieram buscar as pinturas?"

Hayden deu um passo à frente. "O que você está dizendo? A família dela sequer sabia que os quadros estavam aqui."

Sugar apontou para mim. "A avó dela deu para minha mãe."

Cheguei mais perto de Sugar. "Olhe", eu disse. "Tenho certeza de que minha avó não deu as telas para a sua mãe. Deve estar havendo algum engano."

"Não há nenhum engano", Sugar disse. "Sua avó não queria. Ela queria se livrar delas."

"É mentira", eu disse. "Não acredito nisso nem por um instante."

Sugar sorriu, o dente escurecido brilhando. "Sugar não mente. E é verdade, eu vendi tudo. Vou receber dez mil dólares pelo lote todo." Ela passou o braço estendido por cima das pilhas de quadros. Em seguida, pôs as mãos nos quadris e levantou um dedo. "A não ser que hum..."

"Dez mi..." Nem consegui terminar a palavra. Como ela podia ter vendido por apenas dez mil dólares? Era ultrajante. Uma loucura. "Pelo amor de Deus, você disse que são vinte e cinco pinturas e..."

Hayden pôs a mão no meu braço, seu sinal para eu me controlar. "Com licença, Ellen", ele disse. Em seguida, ele se dirigiu a Sugar. "A não ser o quê?"

"Bem... Mayflower..." Ela apontou para Hayden, chegando tão perto que ele recuou um passo. "Estava pensando que talvez vocês dois queiram me fazer uma oferta melhor e nesse caso..."

"Quanto? O que você quer?" Comecei a procurar o talão de cheques de novo.

Hayden me deteve. "Espere um minuto." Ele se virou para Sugar. "Nós não vamos te dar um cheque em branco."

Cravei os olhos em Hayden. "Ele quer dizer que a quantia tem que ser... um tanto... razoável. É isso. O que você estava pensando?"

Hayden fez um gesto com as mãos, pedindo calma. "Espere um pouco, espere um pouco. Você disse que tinha vendido tudo?"

"Sim", Sugar respondeu. "Ele já levou um quadro e me pagou por ele."

"Quem levou um quadro?", eu perguntei.

Sugar encolheu os ombros. "Um marchand de Boston."

"E você assinou alguma coisa?", Hayden perguntou. "Fez alguma coisa por escrito?"

Segurei a respiração.

"Claro. Assinei um papel que ele me deu."

"Um papel", Hayden repetiu. "Você está com ele? Podemos ver?"

Sugar saiu da sala e voltou com uma folha de papel dobrada em três.

Hayden leu e depois olhou para mim. "Ela vendeu as telas para um lugar chamado Galeria Millbank, em Boston."

Ele se dirigiu a Sugar. "Sra. Hawley, como advogados, nós garantimos que essas pinturas não são suas e por isso não poderia vendê-las. Estavam sendo armazenadas aqui pela sua mãe e ela quer que sejam dadas para a srta. Branford. Pretendemos interromper qualquer futura assim chamada operação de venda das pinturas para a Galeria Millbank."

Sugar cruzou os braços e franziu os lábios. "Vamos ver, não é mesmo?"

O gato de Sugar entrou furtivamente no quarto, rondando a coleção de potes vazios de geleia empilhados em uma pirâmide de um metro de altura em um canto. Pelo jeito, o gato queria pular em cima.

"Vamos sair daqui", Hayden cochichou. "Não vamos conseguir tirar os quadros daqui hoje, mas eu vou reavê-los para você. Não se preocupe."

Ele saiu mancando pelo corredor, apoiando uma mão na parede. Justo antes de chegarmos na porta, ele se dirigiu a Sugar uma última vez. "Sra. Hawley, recomendo que essas pinturas permaneçam no lugar onde estão a não ser que queira se envolver em uma batalha judicial muito cara."

Sugar ficou parada no lugar, com a boca ligeiramente aberta. "Você não me assusta, Mayflower. Ninguém fala com a Sugar desse jeito."

"Você vai receber notícias de nós", Hayden respondeu, abrindo a porta.

Ainda estava caindo um aguaceiro lá fora, a chuva gelada caía com força na entrada da garagem toda rachada e uma enxurrada de lama corria do quintal de Sugar para a rua. Ficamos sob a cobertura e corremos para o carro o mais rápido que conseguimos, Hayden com a perna machucada levantada, parecendo uma biruta em vendaval. A última coisa que ouvi ao sairmos da varanda foi um barulho vindo de dentro da casa, como se cem potes de geleia Welch tivessem se espatifado no chão.

Igual a Cici Baker

Hayden tinha razão, eu pensei, na manhã seguinte, ao sentar na cama, no quarto. Sugar Hawley era maluca. E por causa disso, apesar de ele estar confiante que conseguiria as pinturas para mim, eu sabia que não seria tão fácil. Dei uma passada de olhos pelo quarto, parando na rachadura no teto enquanto ouvia ele falar ao celular no banheiro.

"Imagino que tenhamos uma boa chance de ganhar a petição", ele dizia para o outro advogado do escritório. "E foi isso que eu falei para a Elizabeth. Ela entende, mas eles estão sob um novo regime por lá e tudo está disponível para quem se arriscar."

Enfiei a cabeça pela fresta da porta do banheiro e apontei para o relógio. Eram onze e quinze. Nós tínhamos combinado de estar na casa dos Porter às onze e meia, para eu poder mostrar a pintura para Hayden e tirar algumas fotos.

Ele cobriu o telefone com a mão e cochichou: "Melhor você ir sem mim. Laboratório Ashton. Outra confusão".

"Você tem certeza?", eu cochichei de volta, decepcionada.

"Sim. Tire muitas fotos. O pessoal do *Times* pode se interessar por elas."

O pessoal do *Times*. Ai meu Deus, eles iam chegar naquela noite e agendaram uma entrevista e uma sessão de fotos comigo e com o Hayden para a manhã seguinte cedo. Peguei a máquina fotográfica e desci as escadas, tentando pensar em outras coisas.

Sentei no carro um minuto, olhando o painel. Em seguida, consultei as opções de música, procurando alguma coisa para me distrair. Acabei escolhendo Ella Fitzgerald cantando "Skylark" e deixei a voz doce e melodiosa flutuar pela janela enquanto eu me dirigia para a casa dos Porter. A Vovó amava Ella; eu adoro Ella. A voz dela e o som calmante da orquestra de Nelson Riddle eram o remédio perfeito para os meus nervos.

Passei quase uma hora na casa dos Porter, conversando com a Susan e o marido e depois fotografando a pintura da Vovó. Era exatamente como eu lembrava — Vovó e Chet, os carvalhos e o celeiro representados de um jeito vibrante e quase mágico, encantador. Na hora em que eu fui embora, estava muito mais bem-humorada.

No caminho de volta para a pousada, passei pela Kenlyn Farm e, vendo a abertura no muro e o caminho de terra que levava para dentro, acabei entrando. Os raios de sol tremeluziam no carro à medida que eu avançava com as rodas na trilha aplainada pelos pneus de Roy dois dias antes. Estacionei perto do muro e comecei a escalar a colina por onde Roy tinha dirigido, os pés sobre os rastros dos pneus da caminhonete.

Na parte mais alta, olhei pelo visor da máquina e devagar fui dando uma volta, como minha avó tinha ensinado. De cada perspectiva, uma cena extraordinária ocupava a tela — conjuntos de aquilégias formosas silvestres, pedregulhos caídos formando padrões geométricos no muro, musgos ressecados subindo nas rochas, um papa-figo de Baltimore ciscando em uma moita e, aos meus pés, um gafanhoto agarrado em uma haste de áster roxa. Poderia passar um dia inteiro ali e não conseguiria dar conta nem do começo.

Senti o calor do sol nos ombros quando me agachei para enquadrar as florescências de lírio-do-vento amarelo, as pétalas roxas, e a asas rendadas de dois zangões pousados sobre florzinhas brancas de rododendro. Quando terminei de tirar as fotos de uma borboleta monarca descansando sobre um oficial-de-sala, me dei conta de que já tinha passado uma hora.

Desci a colina em direção ao carro, desfrutando a conversa dos pássaros, o aroma de capim alto e flores silvestres, o cheiro da terra sob meus pés. À direita, contemplei o grupo de árvores e o carvalho solitário em que Roy tinha se apoiado dois dias antes.

Daria uma boa foto, eu pensei — a árvore solitária com a casca marcada por sulcos, a copa em formato de guarda-chuva e as outras árvores agrupadas ao fundo, como crianças que haviam ficado para trás. Me aproximei, com o olho no visor, movendo a cabeça para a esquerda e para a direita, ajustando a abertura e dando um zoom na lente, compondo as tomadas que mais me agradavam.

Você deve observar o objeto de todos os ângulos antes de conseguir realmente enxergá-lo, a Vovó disse. Andei pelas redondezas, tirando fotos da árvore e do arvoredo de diferentes pontos de vista até ver uma coisa que me fez parar.

No meu visor, eu tinha enquadrado o carvalho solitário à esquerda com a maior parte do arvoredo à direita. E, no canto direito, ao longe, reparei em algo que não tinha visto, não poderia ter visto, dois dias antes. Escondido atrás das flores silvestres, enxerguei o que pareciam ser as ruínas de antigas fundações de pedra. A árvore, o arvoredo e o alicerce estavam posicionados exatamente no mesmo alinhamento em que havia visto na pintura no sótão de Susan Porter. Reconheci que era onde o celeiro esteve um dia, bem ali na minha frente, onde parte das fundações ainda estava visível. As únicas coisas que estavam faltando no cenário eram a Vovó e o Chet.

O arrepio na espinha avançou até os braços conforme eu me aproximei. Fragmentos de três paredes desmoronadas surgiam aqui e ali do tapete de flores silvestres. As pedras visíveis através do mato estavam cobertas por placas de musgo verde e amarelo, como se alguém tivesse esparramado tinta sobre elas em um momento de fúria criativa.

Permaneci lá em pé, o barulho do campo ao meu redor, e pensei na Vovó e em Chet Cummings. Sentia a alma dela no solo onde eu pisava, nas pedras queimadas de sol, com as quais o embasamento do celeiro tinha sido construído, nas hastes e flores silvestres que roçavam em minhas pernas como lembranças me chamando.

Entrei na recepção do Victory Inn, com a máquina na mão, ansiosa para contar para Hayden sobre a minha descoberta na Kenlyn Farm. Uma mulher de calça cor de marfim, com cabelo loiro acinzentado muito bem ondulado e óculos de sol todo enfeitado na cabeça, estava em pé na frente de Paula, do lado de cá do balcão. Ao seu lado, uma maleta pequena de couro de avestruz.

Pisquei os olhos, surpresa. "Mãe?"

Minha mãe se virou. "Querida!" Ela veio até mim, braços estendidos, e conforme me beijou as duas bochechas, as pulseiras de ouro tiniram.

"Mãe, o que você está fazendo aqui?" Olhei para ela de cima a baixo, mal acreditando que ela estivesse ali.

Ela deu um passo atrás, me analisando. "Você mudou o cabelo. Está tão... diferente."

Passei a mão pelo cabelo. "Mesmo?" Dei risada. "Só esqueci de fazer uma escova." De repente, eu tinha onze anos de novo. Passei os dedos no couro cabeludo, tentando repartir o cabelo. "Por que você está aqui? O que..."

Minha mãe me encarou como se eu tivesse contado para ela que raptei seu *personal trainer*. "Querida, você vai se casar em três meses. Não é hora de parar de cuidar da aparência."

Paula pigarreou e minha mãe e eu olhamos para ela. "É para debitar no cartão?"

"Ah, sim, claro", minha mãe respondeu, abrindo a carteira. Paula pegou o cartão, um pedaço de plástico praticamente transparente e olhou contra a luz. Ela semicerrou os olhos. "Nunca vi um desses antes."

"Não são muito comuns", eu observei, sentindo que precisava dar uma explicação. "Você não pede. Na verdade, nem pode", eu falei. "Você é escolhido pela empresa."

Paula ficou surpresa.

Puxei Mamãe para o lado. "Por favor, me diga: o que você está fazendo aqui?", eu cochichei. "O que está acontecendo?"

"Vou precisar de um documento também", Paula acrescentou.

Minha mãe pôs a carteira de habilitação no balcão. Em seguida, ela se virou para mim e cruzou os braços. "Por que eu estou aqui? Ellen, é óbvio. Estou há dias esperando você me ligar de volta."

Tentei evitar o seu olhar. "Mandei mensagens de texto para você."

"Eu telefonei para você", minha mãe disse. "Mais de uma vez. E fiquei esperando um telefonema de volta. Sabe, aquele hábito antigo de escutar a outra pessoa falar."

"Sinto muito", eu disse. "Acabei ficando muito ocupada." Tentei sorrir enquanto ela me encarava, usando o sexto sentido para fazer o reconhecimento, tentando descobrir o que não estava fazendo sentido.

"Onde é o quarto da minha mãe?", eu perguntei, animada, enquanto Paula dava uma última olhada no cartão de crédito transparente antes de devolver para a Mamãe.

"Sua mãe está no quarto 12", Paula disse. "Bem na frente do seu."

"Ótimo", Mamãe disse, olhando para mim. "Temos muito que conversar." Ela não estava sorrindo.

As duas sobrancelhas de Paula se levantaram, como se fossem dois cães treinados. "Imagino que sim", ela murmurou.

Minha mãe pegou uma caixinha de pó compacto dourada. "Vou para o quarto me arrumar", ela avisou, olhando no espelho e afofando o cabelo. "Depois você pode me levar para tomar um *latte*, que estou precisando desesperada e você me conta tudo o que está de verdade acontecendo aqui."

O que está acontecendo de verdade, eu pensei. Ia precisar mais do que um *latte*. "Vou subir também", eu falei. "Preciso conversar com Hayden. Vou contar para ele que você está aqui."

"Hayden?" O olhar da minha mãe pulou do espelho para mim. "Que surpresa. Não sabia que ele estava aqui."

"Ele resolveu um caso", eu expliquei. "É uma longa história."

"Ótimo", minha mãe respondeu. "Vamos lá dar um oi."

Paula entregou o recibo para a minha mãe. "Na verdade, sr. Craft's não está lá em cima. Ele saiu faz um tempinho com outras duas visitas. Um homem e uma mulher. Atraente também", ela comentou, dando uma olhada para mim.

"É Croft", eu disse, corrigindo.

Um homem e uma mulher. Ela só podia estar se referindo às pessoas do *Times*. "São de Nova York?"

"Com certeza", Paula respondeu, dando uma espiada no registro de visitantes.

"São parceiros de negócios", eu observei. "Do *New York Times*." Atraente mesmo. Fiquei curiosa para saber o que a imaginação dela estaria aprontando. Ela tinha tempo livre demais à disposição.

Mamãe fechou a caixa de pó compacto e depois se aproximou de mim e cochichou: "Por que Hayden está conversando com alguém do *Times*?".

"É uma longa história também."

"Ótimo. Quero muito ouvir." Ela apontou para a sacola de viagem. "Alguém pode me ajudar a levar até o quarto?" Ela olhou de volta para mim. "E também gostaria de um bolinho ou um croissant ou algo do gênero. Estou faminta."

"Vou levar você no Three Penny Diner."

"Uma lanchonete?"

"Eles servem *doughnuts* de cidra ótimas."

Ela ergueu a cabeça. "Desde quando você come *doughnuts*?"

A lanchonete estava praticamente vazia quando entramos. Escolhi uma mesa perto da janela. "Não é lindo? Dá para ver o mar."

Mamãe puxou uma das cadeiras gastas de madeira e sentou. Ela observou a minijukebox e a mesa de fórmica verde. "Interessante", ela comentou, apreciando os álbuns de vinil e as fotos em preto e branco de Buddy Holly, Jerry Lee Lewis, The Platters e outras bandas dos anos 1950. "Me sinto como se tivesse voltado atrás no tempo. Você acha que é essa a intenção?"

"Não sei, Mamãe. Acho que o dono deve gostar desse jeito."

Uma garçonete grisalha, com tanto cabelo que parecia pelo de animal, trouxe os cardápios e desapareceu.

"Não servem *latte*?", minha mãe perguntou, examinando as opções. "Nem croissants."

Enquanto estudava o cardápio, observei um grupo de crianças na praia, brincando com pás e baldes, e um bando de adolescentes reunidos perto do muro. Pensei na Vovó e me perguntei se ela, quando criança, tinha corrido pela praia debaixo do sol do Maine ou sentado com Chet no quebra-mar, ao luar.

A garçonete voltou e Mamãe fechou o cardápio. "Vou querer uma xícara de café e um dos seus cupcakes de blueberry." Ela suspirou e olhou para mim. "Sua avó era uma excelente cozinheira. Os cupcakes de blueberry que ela fazia eram excelentes."

"Sim, eram", eu confirmei e senti que estava de volta na Steiner Street, como quando a Vovó e eu tirávamos os cupcakes das assadeiras, deixando sobre uma grelha para esfriarem. Lembrei do cheiro de açúcar suspenso no ar quente do forno e da calda azul das frutinhas derretidas pelo calor transbordando por cima dos cupcakes.

"Também vou querer um cupcake", eu pedi.

Mamãe cruzou as mãos sobre a mesa. "Ellen, já que estávamos falando da sua avó, há uma coisa que eu queria contar para você."

Olhei para ela.

"Tem a ver com o fundo."

O fundo. A Vovó tinha me contado há muito tempo que ela tinha feito um fundo para mim, mas eu não sabia os detalhes ou mesmo se ele ainda existia. "O fundo ainda existe?", eu perguntei.

"Sim, claro", Mamãe respondeu. "Na verdade, eu me encontrei com Everett uns dias atrás." Everett era o advogado especialista em direito imobiliário da Vovó. Minha mãe se debruçou na mesa. "Há uma quantia razoável de dinheiro no fundo, Ellen."

A garçonete trouxe as canecas de café. Senti um aroma de nozes pecan.

"Os cupcakes vão chegar daqui a pouco", ela disse. "Estão saindo do forno agora."

Despejei um pouco de leite no café e comecei a mexer. "Isso quer dizer o quê?", perguntei para a minha mãe.

Mamãe reduziu o volume da voz a um sussurro. "Seis milhões de dólares. No fundo."

Parei de mexer e arregalei os olhos. "O quê?"

Ela não piscou. "Eu vi os demonstrativos do investimento."

"Você deve estar brincando."

"Não, não estou, Ellen."

Fiquei sem fala. A Vovó tinha me deixado seis milhões de dólares. Seis milhões de dólares. Não sabia o que dizer. Eu ganhava bem e Hayden também. Mas um fundo de seis milhões de dólares... bem, isso era igual a um cobertor de segurança. Um enorme cobertor de segurança.

"Não sei o que dizer." Visualizei a minha avó no escritório do Everett, sentada em uma das cadeiras de mogno, uma pilha de documentos na mesa à sua frente. Podia vê-la segurando uma caneta-tinteiro, a mão percorrendo as páginas, deixando um rastro de assinaturas em tinta azul brilhante. "Como eu gostaria que ela estivesse aqui", eu disse, sentindo um peso no peito. "Para poder agradecer. Ela fez tantas coisas por mim e ainda está fazendo. Sinto falta dela."

Minha mãe me alcançou por cima da mesa e pegou a minha mão. "Eu também sinto falta dela."

"Nem pude agradecer a ela por isso."

"Sim, você agradeceu", minha mãe me consolou. "Você agradeceu amando ela da forma que amou."

Ficamos em silêncio até a garçonete colocar os cupcakes na nossa frente. Depois de um tempo, minha mãe cortou o cupcake em pedaços pequenos. Aí ela deu uma mordida. "Mmm", ela se deliciou. "Sabe, está realmente muito gostoso... se bem que não tão gostoso como o da sua avó."

"Viva a Vovó", eu disse, levantando a caneca de café. Mamãe levantou a dela e nós batemos de leve as duas canecas. "Viva a Vovó", ela repetiu.

"Estava querendo perguntar", minha mãe disse quando terminamos de comer. "Como você veio parar nesse lugarzinho estranho... é o quê, uma pensão? O quarto não tem nem frigobar."

Dali a pouco ela iria perguntar por que não tinha um spa.

Ela examinou as unhas da mão direita. "Quero ir à manicure. E talvez fazer uma massagem. Distendi um músculo da perna jogando tênis na semana passada e está doendo muito." Ela começou a esfregar a panturrilha.

Ai, meu Deus, ela queria mesmo um spa. "Sinto muito dizer, mas o spa está fechado para reforma", eu avisei. "Vão reabrir quando inaugurarem a academia... e o campo de golfe." Comecei a rir.

Minha mãe deu um sorriso afetado. "O.k., já entendi. Não tem spa." Ela deu uma olhada na lanchonete e depois olhou pela janela. "É uma cidade pequena mesmo, não?"

"É pequena", eu respondi, "mas tem coisas legais aqui. Tem uma..."

"Tenho certeza de que é tudo muito simpático", minha mãe disse, chegando mais perto de mim, "mas estou doida para levar você de volta para casa. Temos muito que fazer antes do casamento e pouco tempo. Não entendo o que está segurando você aqui."

Ela abriu a bolsa e tirou a checklist. "Vamos ver." Ela passou o dedo na página. "Precisamos agendar a prova final do vestido de noiva... e das damas de honra." Ela fez uma pausa. "E conferir os arranjos de flores mais uma vez." Ela virou o papel de lado. "E, claro, endereçar todos os convites." Ela fez um círculo com caneta em volta de um item e em seguida pôs a lista sobre a mesa. "Ah, quase esqueci de contar. Beezy e Gary Bridges confirmaram que vão vir. Estão adiando o safári para poderem vir ao casamento."

Fiz um esforço para lembrar quem eram Beezy e Gary Bridges, ao mesmo tempo que as imagens do casamento iam tomando forma na minha cabeça. Igreja Saint Thomas, dez damas de honra, dez padrinhos, trezentos convidados, amar-te e respeitar-te, na doença e na saúde. Senti minha garganta apertar. Era tudo muito... definitivo.

"Muito gentil da parte deles", eu disse, tentando parecer animada. E depois, lembrando quem eram, acrescentei: "Pensei que iam se divorciar".

Mamãe girou uma das pulseiras no pulso. "Sim", ela explicou, animada. "Eles iam. Mas, em vez disso, decidiram comprar uma casa nova."

Tentei entender o raciocínio, enquanto Mamãe punha a xícara de café no pires com um barulhinho.

"Agora me conte", ela disse. "Por que você ainda está aqui e por que não me telefonou de volta? Como você pode levar tanto tempo para entregar uma carta? E por que Hayden está aqui? O que está acontecendo, Ellen?"

Me perguntei o que deveria contar e por onde começar. A pintura no sótão? Lila Falk? Sugar? Não estava a fim de mencionar o píer. Ela iria entrar em parafuso.

Contei que tinha entregado a carta para o Roy e descoberto que Chet Cummings tinha morrido. Depois falei das pinturas e dos lugares onde tinha encontrado todas, finalizando com a visita para Sugar Hawley.

"Você sabia que a Vovó era pintora?", eu perguntei.

Mamãe tomou o café. "Acho difícil de acreditar, Ellen. Talvez outra pessoa tenha feito as pinturas. Sua avó não tinha veia artística."

Me debrucei sobre a mesa. "Mamãe, eu vi as pinturas. Corridas de barco, retratos, uma fazenda de blueberry de propriedade da família de Chet Cummings. Ela pintou tudo isso. E se você não acha que ela tinha dotes artísticos", eu disse, em tom ligeiramente desafiador, "você devia estar lá quando ela me ensinou a fotografar."

Mamãe ouviu, um tanto quanto desinteressada. "Acho que se ela fosse tão talentosa, eu saberia."

"Vou levar você na casa dos Porter e na sociedade histórica e você vai ver as pinturas com seus próprios olhos", eu disse. "Aí você vai entender."

A garçonete apareceu com um bule de café. "Mais café, senhoras?"

"Não, obrigada", Mamãe respondeu.

"Estou satisfeita", respondi.

A garçonete olhou para mim e voltou a olhar de novo logo em seguida. Ficou me encarando. Por fim, foi embora, mas, no momento seguinte, voltou com alguma coisa enrolada embaixo do braço.

"É isso, eu sabia", ela disse, olhando para mim com a cabeça erguida. "Sabia que era você. Estava torcendo para você vir aqui e eu conseguir um autógrafo."

"Um autó..." Tentei falar, mas a voz ficou presa na garganta.

"Sim, eu guardei um exemplar por via das dúvidas." Ela abriu uma edição de *The Beacon Bugle* e colocou em cima da mesa. Ali, na primeira página, estava a foto do Roy comigo, eu com água do mar até a cintura, braços agarrados no seu pescoço e lábios colados nos dele.

Eu me encolhi.

A garçonete pôs uma caneta na minha frente. "Você sabe, não se acha um exemplar dessa edição em nenhum lugar. Esgotou. Não é incrível?"

Concordei com um gesto, incapaz de falar.

"Será que você assina para mim?", ela perguntou. "Dá para você escrever 'Para Dolores, com amor, da Nadadora'?"

"O que é isso?", Mamãe perguntou, virando o jornal para ela e colocando os óculos de leitura. Ela tapou um lado da boca e sussurrou: "E por que ela quer um autógrafo?".

"Talvez seja melhor eu explicar", eu disse. Minha boca ficou seca. Senti a boca do estômago revirando.

"*The Beacon Bugle*?" Minha mãe desamassou a folha. Os olhos dela correram a página de cima a baixo.

Levantei a mão. "Mamãe, eu preciso mesmo conversar com você sobre isso. Será que nós poderíamos voltar para o..."

"Bem aqui", a garçonete apontou para a foto. "Você pode assinar bem aqui, ao lado da foto?"

Minha mãe olhou para onde a garçonete estava apontando. Ela começou a ler a legenda. Eu queria agarrar o jornal e sair correndo, mas meus pés não se moveram. Nada se mexia. Tudo o que eu conseguia fazer era ficar sentada ali, sentindo o suor frio nas costas.

Mamãe empurrou os óculos de leitura para cima do nariz ao ver a fotografia. Houve um assustador instante de silêncio e depois um grito. "Ai, meu Deus!"

Ela aproximou o jornal dos olhos e depois esticou o braço, afastando o jornal, como se a distância pudesse mudar o que estava impresso ou, melhor ainda, fazer desaparecer. "É você! Ellen, o que você está fazendo no jornal? E quem é, pelo amor de Deus, esse cara que você está beijando?"

"Eu falei que precisava explicar."

Os olhos da minha mãe estavam arregalados de espanto e o rosto tinha perdido a cor. Agarrei a caneta e rabisquei "Para Dolores, com amor, da Nadadora" ao lado da foto. "Tire isso daqui, por favor", eu pedi, entregando o jornal para a garçonete. Ela se retirou, me agradecendo diversas vezes.

"Acho que eu preciso de outro café", eu falei.

"Acho que eu preciso de um Scotch."

"Você não bebe uísque, Mãe."

"É uma boa hora para começar." Ela me encarou, com seu olhar duro de detector de mentiras, me avaliando. "O que está acontecendo? Você estava se afogando? Quem era esse homem?" A cada pergunta, a voz dela subia quatro notas na escala.

Levantei um dedo. "Só para esclarecer — não acho que eu estivesse de fato me afogando. Foi um mal-entendido. Estava apenas um pouco..."

"É por isso que você não me telefonou? Porque você está tendo um caso com esse homem? Ai, meu Deus." Ela olhou para o teto, esfregando a testa.

"Não, Mamãe. Ouça. Não estou tendo um caso. Posso explicar. Eu caí do píer e..."

"Um píer?" Ela endireitou as costas.

Ai, Deus, por que eu fui falar isso? "Sim, mas eu estava bem, de verdade. É só que apareceu uma corrente de refluxo e me arrastou..."

"Você foi apanhada por uma corrente de refluxo? Ellen!"

De alguma forma a verdade estava vindo à tona, quisesse eu ou não. "Mamãe, eu disse para você que eu estava bem. O cara da foto... ele veio nadando e me trouxe de volta."

"Quando tudo isso aconteceu?"

"No meu primeiro dia aqui."

Ela se debruçou sobre a mesa, abaixou o tom de voz e reclamou: "Por que você não me contou?".

"Não queria deixar você preocupada."

"Só que agora eu estou preocupada."

"Eu estou bem."

"Não importa. Ainda assim, você devia ter me contado." Minha mãe me lançou um olhar demorado e nada confortável. "E esse homem? Esse herói, como o jornal se refere a ele? O que está acontecendo entre você e ele?"

"Não está acontecendo nada, Mamãe", eu me esquivei dela.

"Aquela foto não tinha cara de nada."

"Aquilo aconteceu", eu expliquei. "Acho que eu fiquei tão contente de voltar para o chão que... eu não sei." Olhei pela janela para onde o azul do oceano se encontrava com o céu e pensei em Roy me fazendo pousar dentro da água, com os pés no chão arenoso e em como eu abracei seu pescoço, pus minha boca na dele e em como ela tinha gosto de sal e sol do entardecer.

"Aconteceu... e depois acabou."

Minha mãe levantou o queixo e me encarou com os olhos semicerrados. "Você não está me contando toda a história. Há algo mais acontecendo."

"Não, não. Não há. Nós somos... nós somos apenas amigos." Desviei o olhar e passei o dedo na borda da xícara de café. "Bem, acho que ele gostaria de ser mais do que amigo, mas ele sabe que estou noiva. Em todo caso, agora ele sabe."

Minha mãe levantou uma sobrancelha. "Agora ele sabe?"

"Ele não sabia na noite em que estávamos no Antler. Quando eu desmaiei e ele me segurou..." Eu me interrompi, de novo percebendo que tinha falado demais.

Minha mãe suspirou. "Você desmaiou? Ellen!"

Levantei as mãos. "Estou bem, mãe. Ele me segurou. Sorte que ele estava lá. E depois nós... meio que dançamos e, bem, ele é um cara legal. Ele realmente é. Há alguma coisa de muito charmoso nele." Pensei no Antler e no two-step e em como eu deslizei tão fácil sobre o piso nas mãos de Roy.

"E isso é tudo?", minha mãe perguntou. "Isso é tudo?"

Olhei na direção da praia e vi um garoto empinando uma pipa. A superfície azul de plástico tremulava e se agitava no vento conforme ele ia soltando a linha devagar. Dava para sentir o olhar da minha mãe me atravessando. "Tudo bem", eu disse. "Talvez eu considere ele um tanto quanto atraente." Cruzei as mãos embaixo da mesa. "Mas acredito que seja porque vou me casar daqui a três meses e é bom saber que ainda consigo atrair atenção masculina."

Minha mãe não mexeu um músculo. Não tinha certeza se ela tinha acreditado em mim.

Desviei o olhar para a praia de novo. A pipa do garoto subia no ar enquanto ele segurava a extremidade da linha. Minha mãe não disse uma palavra. Um muro de silêncio se ergueu entre nós.

"Talvez não seja bem verdade", eu disse finalmente. "Talvez esteja de fato acontecendo alguma coisa a mais. Mas eu não sei o que é. Não estou apaixonada por ele ou algo parecido... Amo Hayden. Mas há algo em Roy... e eu não consigo..."

Minha mãe ficou branca. "Ai, meu Deus. Ellen, quem é esse homem? De onde ele é? Quem é a família dele?"

"Ele é de Beacon, Mãe."

"Ele é de Beacon?"

"Ele é sobrinho de Chet Cummings." Contei para ela que tinha ido até a casa de Chet diversas vezes e no fim tinha dado de cara com Roy e descoberto que Chet tinha morrido e Roy era sobrinho dele.

"E o que esse homem faz?", minha mãe perguntou.

"Ele é carpinteiro. Constrói casas."

Ela piscou. "Um carpinteiro. Com um cinturão de ferramentas e uma picape? Esse tipo de coisa?"

"Mais ou menos isso."

Ela dirigiu o olhar para longe, como se estivesse olhando para alguma coisa distante na praia. Talvez fosse o cachorro dourado correndo para a água ou a mulher com a criança pequena na beira do mar. Ou talvez ela não estivesse olhando para nada.

Por fim, ela se levantou da cadeira e veio para o lugar vazio ao meu lado. Uma raio de sol cintilava sobre a mesa de fórmica. Minha mãe colocou a mão sobre a minha. Os olhos estavam suaves, como vidro azul lapidado pelo mar. "Você ama Hayden?", ela perguntou.

"Claro que sim."

"E você ainda quer se casar com ele?"

"Sim, sim."

"Tudo bem, querida, entendi o que está acontecendo e faz todo o sentido." Ela tinha aquele jeito de mãe-sabe-tudo que me fazia sentir como se eu tivesse seis anos de novo. "Posso afirmar que você está tendo uma reação perfeitamente normal." Ela tirou uma mecha de cabelo do meu ombro e sorriu. "Graças a Deus, porque agora nós duas podemos dar um suspiro de alívio."

Do que ela estava falando? Reação normal a quê?

Ela voltou a sentar na cadeira. "Nunca contei para você a história de Cici Baker?"

"Quem?"

"Cici Baker. Minha antiga parceira de tênis. Você não se lembra dela?"

"Ah, sim, acho que sim."

"Bem, mais ou menos há cinco anos ela descobriu que estava com câncer." Minha mãe franziu os olhos para mim. "Tenho certeza de que contei para você... Tudo bem, de qualquer forma, ela procurou um médico... um oncologista em Manhattan... Sloan-Kettering. Ele sem dúvida salvou a vida dela e, depois disso, ela se apaixonou loucamente por ele."

"Pelo oncologista?"

"Sim, claro. E ele não era atraente de forma alguma — baixo, encorpado e acho que tinha um daqueles apliques entrelaçados no cabelo." Minha mãe fez uma careta. "Mas Cici não enxergava nada disso. Ele salvou a vida dela. Ela idolatrava ele."

"E o que aconteceu?", eu perguntei. "Eles acabaram se casando?"

"Casando? Não! Acontece que o cara era gay."

Cruzei os braços. "E qual é a conclusão?"

Mamãe pôs a mão no meu ombro. "Dois meses depois ela tinha esquecido ele por completo. Conclusão: é normal se apaixonar — talvez até pensar que está apaixonada — por alguém que salva a sua vida. Na verdade, não significa nada."

Observei a cor voltar para o rosto da minha mãe, enquanto eu relembrava a sequência de fatos desde a minha queda no píer até a água, do instante em que Roy apareceu até por fim sentir a areia embaixo dos pés quando ele me trouxe até a praia e eu dei aquele... beijo nele. Será que minha atração por ele tinha por base apenas o que ele fez para me salvar naquele dia? Se Cici Baker pensou que tinha se apaixonado pelo oncologista... melhor dizendo, o homem com aplique no cabelo.

Minha mãe me olhou fixamente. "Ellen, você não está apaixonada ou interessada ou o que quer que seja por um carpinteiro de Beacon, no Maine. Acredite em mim, você não está." Ela sorriu. "Você trabalhou muito duro para chegar onde está. Isso é uma paixão momentânea, por uma pessoa que ajudou você a sair de um situação perigosa. Não dê muita importância para isso." Ela colocou a mão embaixo do meu queixo. "Tudo vai se resolver. Confie em mim."

Chet

Segui minha mãe pelo caminho de entrada para o Victory Inn, pensando em como ela era esperta. Fosse qual fosse a atração que eu sentia por Roy, era com certeza consequência de ele ter me ajudado naquele dia em que eu caí do píer, como a Mamãe tinha dito. Tinha que ser. Alguém salva a sua vida e você passa a admirar a pessoa. Dava para entender como isso poderia conduzir a... uma paixão, mesmo com um homem tão maravilhoso como Hayden na minha vida.

"Agora", minha mãe disse, parando nos degraus da entrada. "Por que você não escolhe o melhor restaurante da cidade... ou algum lugar por aqui", ela acrescentou, girando o pulso, "e eu levo você e o Hayden para jantar à noite?"

O melhor restaurante. Me perguntei qual seria se minha mãe fosse mesmo levar a cabo a tarefa. Ela estava acostumada com um certo nível de... bem, com um certo nível. Eu não tinha nem certeza se queria sair para jantar. Não que eu não tivesse apreciado o convite ou o fato de ela ter se dado ao trabalho de vir até Beacon. Mas eu precisava ficar sozinha com Hayden, para colocar tudo nos eixos e pensei que um bom começo seria um jantar romântico no restaurante da pousada. Luzes de vela, uma mesa de canto, uma boa garrafa de vinho — melhor dizendo, uma garrafa de vinho...

"Mãe, que tal tomarmos uns drinques juntos e amanhã à noite

saímos para jantar, tudo bem? Esta noite acho que preciso ficar um tempo sozinha com o Hayden."

"Boa ideia", ela respondeu, com os olhos saltitantes.

Meu celular tocou justo quando minha mãe abriu a porta para o lobby. O código da área parecia conhecido, mas eu não reconheci o número.

"Preciso atender aqui fora", eu disse. "Não tem sinal dentro." Fiz um gesto apontando para o edifício.

Ela acenou para mim e entrou.

Coloquei o telefone no ouvido. "Alô?" Houve um instante de silêncio.

"Ellen?" Era uma voz de homem. "Oi. Roy Cummings."

Roy Cummings? Senti algo pulando dentro de mim. Era estranho ouvir a voz dele ao telefone. Estranho e um tanto quanto íntimo. "Ah... oi", eu disse, pronta para roer a unha. Por que ele me deixava tão nervosa?

"A Paula me deu seu telefone", ele explicou.

Quer dizer que a Paula tinha dado meu número para ele. Humm.

"Espero que você não se incomode de eu ter ligado, mas preciso falar uma coisa importante para você." Ele fez uma pausa. "E mostrar. Você acha que consegue dar uma passada aqui?"

"Quer dizer, passar na sua casa?"

"Sim."

Agora eu tinha o direito de ficar nervosa. Na casa de Roy Cummings? Provavelmente não era uma boa ideia. "Quando?"

"Agora seria uma boa hora."

"Agora mesmo? O que você quer me mostrar?"

"Acho que você devia vir aqui", ele disse. Havia um tom de urgência na voz. "Tem a ver com a sua avó e com o meu tio."

Olhei para o relógio. Três e quinze. Talvez Hayden ainda estivesse com as pessoas do *Times*. Talvez eu conseguisse dar um pulo até a casa do Roy e ficar dez minutos.

"Tudo bem", eu respondi. "Estou indo."

Roy atendeu a porta assim que bati. Entrei em um pequeno hall e o segui até a sala de estar. O chão de madeira tinha cor de castanha, um sofá branco e duas cadeiras, que ficavam em volta de uma mesa de centro preta. O efeito era simples, mas encantador. Uma parede inteira era de estantes embutidas, repletas de fotos e objetos que pareciam ferramentas antigas — um nível de madeira, um conjunto de plainas com cabos primorosamente envernizados, uma trena de madeira com dobradiças. Queria saber se algo ali tinha sido do Chet. E havia os livros. Centenas deles — pequenos, grandes, capa dura, brochura. Me perguntei se os livros mais antigos encadernados com tecido desbotado também tinham pertencido a Chet.

Roy fez um gesto para eu me sentar. "Quer beber alguma coisa? Água, refrigerante, suco? Vinho? Tenho um bom Beychevelle, talvez você goste."

Um Beychevelle? Era ele o cara que comprava da adega? Uma parte de mim estava tentada a aceitar a oferta, mas eu sabia que provavelmente não seria uma boa ideia. "Não, obrigada", eu respondi, decidindo que era melhor eu ver o que ele tinha para me mostrar e ir embora.

"Volto já", Roy disse, enquanto eu olhava as estantes. Tinha um objeto de latão que parecia um prumo, mas eu nem sabia exatamente qual era a aparência de um prumo. Ao lado, uma foto emoldurada de Roy, aparentando ter vinte e poucos anos, e dois homens mais velhos que poderiam quase ser gêmeos. De tão parecidos, era óbvio que os três eram da mesma família.

"Esse é o meu pai", Roy disse, vindo por trás de mim e apontando para o homem à esquerda. "E esse é o tio Chet."

"Olhos típicos dos Cummings", eu comentei, me virando para o Roy. "Vocês todos têm olhos assim. São tão azuis."

Nós nos sentamos, Roy, em uma extremidade do sofá e eu, em uma cadeira do lado oposto. Ele estava segurando uma caixa de madeira na mão, um pouco menor do que uma caixa de sapatos. A parte externa estava envernizada com brilho acetinado. Parecia cedro.

"Quando meu tio morreu", ele disse, "ele deixou um monte de coisas — roupas, objetos pessoais, sabe." Ele se reclinou no sofá. "Na hora, não tive vontade de ver nada. Estava muito aborrecido. E, além disso, imaginei que não havia nenhuma pressa de examinar tudo." Ele deu uma olhada para a caixa que estava em sua mão. "Mas outro dia, depois que você veio aqui e eu vi você na escada..."

Olhei para baixo, envergonhada.

"Lembra que eu estava contando para você sobre a marina... bem, eu sabia que meu tio tinha fotos antigas de nós dois tiradas lá. Foi quando eu decidi que talvez tivesse chegado a hora de examinar esse material. Fiquei pensando em você e em tudo que está descobrindo sobre a sua avó e cheguei à conclusão: Se a Ellen pode fazer... então eu resolvi procurar as fotografias. E encontrei." Ele hesitou por um momento. "Mas também encontrei outras coisas."

Ele me entregou a caixa. "Pode abrir."

Levantei a dobradiça de latão e abri a tampa, deixando o aroma de cedro invadir a sala. Dentro da caixa, uma pilha de envelopes, de tamanhos e formatos ligeiramente diferentes, amarrados com um pedaço de barbante de aparência frágil.

As beiradas dos envelopes estavam dobradas e desgastadas, o papel tinha desbotado para tons de creme, canela e até alaranjado. Ainda dava para ver alguns dos selos da postagem. Pareciam pequenas obras de arte, impressos em azuis, vermelhos, e verdes apagados, com padrões suaves, quase fora de foco. Carimbos grandes e redondos de entrega cancelada indicavam que os envelopes tinham sido postos no correio não uma, mas duas vezes.

O envelope de cima da pilha tinha um selo de três centavos de dólar, uma foto do rodoviário famoso, Casey Jones, impressa em tom marrom-violeta, com uma locomotiva de trem de cada lado. No meio do envelope, o nome Ruth Goddard aparecia junto com um endereço em Chicago. A tinta da caneta-tinteiro, que um dia deve ter sido azul ou preta, tinha desbotado para um tom de marrom terra, mas a caligrafia à mão ainda estava clara, firme e forte.

Passei os dedos sobre o endereço. "Do seu tio para a minha avó."

Roy se debruçou sobre a mesa, chegando mais perto. "Não queria ler sem você." Ele pegou as cartas e desamarrou o barbante com cuidado. O fio se rompeu na sua mão.

Peguei o envelope de cima na pilha. O papel estava frágil e ressecado. Na parte de trás, o nome Chet Cummings com o endereço de Beacon. Olhei todos os outros. Todos estavam endereçados para minha avó em Chicago e todos eram de Chet Cummings. Nenhum tinha sido aberto. Em todos eles, a Vovó tinha riscado o nome dela e o endereço e, com sua letra cursiva clara, tinha escrito "Devolver ao remetente".

Olhei para Roy, a tristeza crescendo dentro de mim. "Ele escreveu todas para ela."

Ele concordou com a cabeça.

"Do dia 2 de dezembro de 1950", eu disse, olhando para os carimbos de cancelamento, "até 9 de julho de 1951. Tantas cartas e ela não abriu nenhuma."

"Parece que não."

Roy disse que queria ler as cartas, mas eu não estava tão segura de que conseguiria. Deviam ser cartas de amor. Comecei a sentir o estômago embrulhado.

"Você acha mesmo que nós devemos ler?" Pus a caixa sobre a mesa de centro. "São pensamentos íntimos do seu tio, escritos para a minha avó."

"Sim, acho que sim", Roy respondeu com tanta convicção que quase me assustei. "Acho que devemos ler todas."

Ele caminhou até a janela, olhou para alguma coisa e passou a mão no cabelo. "Não quer dizer que eu esteja completamente à vontade com isso. Concordo, é quase como invadir a intimidade de alguém... mas veja, Ellen, sua avó meteu você nisso e agora considero que meu tio me incluiu também. E nós precisamos lidar com isso por eles ou por nós e seguir adiante. O que quer que tenha acontecido com eles, nós todos temos que deixar isso para trás."

Pensei nas palavras que ele tinha escolhido. Nós todos temos que deixar isso para trás. Todos nós, inclusive nossos ancestrais, que, como Roy disse, tinham nos metido nisso. O que ele disse fazia muito sentido. Me perguntei se talvez, sem perceber, eu estava carregando um pouco do fardo da minha avó nas costas desde que eu descobri que não conseguiria entregar a carta para Chet. *Tínhamos que lidar com isso e seguir adiante.* Ele tinha toda a razão.

"Tudo bem", eu concordei. "Nesse caso, imagino que você deva começar."

Roy pegou o envelope de cima, aquela com as datas de devolução mais antigas, e correu o dedo por baixo da aba. A folha única de papel que ele retirou, antes branca ou creme, tinha desbotado para uma tonalidade mais quente, cor de canela. Ele abriu o papel, alisando os vincos amassados, e, assim que eu sentei na beirada da cadeira, ele começou a ler devagar.

2 de dezembro de 1950

Querida Ruth,

Estou em estado de choque desde que voltei da visita que fiz a você em Chicago. Uma coisa é ler uma carta e outra é ouvir em pessoa. Não consigo acreditar que você esteja de verdade apaixonada por ele. Consigo entender que se sinta lisonjeada por ter atraído a atenção dele. Ele é um estudante de medicina. Vai ser médico um dia. É diferente de qualquer um que você já tenha encontrado. E você está fora de casa pela primeira vez na vida. Mas, por favor, consulte seu coração para ter certeza de que isso é verdadeiro.

Você consegue assim fácil virar as costas para o que vivemos? Dá para você esquecer os últimos três anos? Nós somos tão iguais, eu e você. Viemos do mesmo lugar; queremos as mesmas coisas. Sei o que você está pensando antes mesmo de você saber. Você pode dizer a mesma coisa do Henry? Como é possível que ele conheça você do mesmo jeito que eu? Ou ame você do jeito que eu amo?

O que você acredita ser um romance pode ser simplesmente uma paixão que se desgastará em alguns meses. Eu e você temos memórias. Temos um passado — a fazenda e as blueberries do verão, o rádio que a gente ficava ouvindo na varanda dos fundos da casa dos seus pais, o cavalete e as pinturas debaixo do carvalho, perto do celeiro. Sei que temos um passado e pensava que teríamos um futuro. Por favor, não desperdice isso. Fique à vontade e reflita. Não faça nada de que possa se arrepender. É só isso que eu peço. Lembre-se, não há ninguém que ame você mais do que eu.

Chet

Dei um longo suspiro. Era estranho ouvir Roy lendo uma carta do tio dele para a minha avó. Me fazia sentir como se eu precisasse me colocar no lugar da minha avó e pedir desculpas por ela ter se recusado a ver isso, a levar em consideração os sentimentos de Chet. Mas eu não era a minha avó e Roy não era o tio dele, então o que ia adiantar?

"Meu tio não era um cara que desiste fácil", Roy disse, pondo a carta de volta no envelope e me entregando a próxima.

A data da segunda era menos de uma semana depois da primeira. Chet pedia de novo para a minha avó dispor do tempo que fosse necessário e dizia o quanto ele a amava. Depois ele descrevia a vida naquele inverno no Maine.

> *Ontem eu vi George Cleary e Ruby Swan subindo a Hubbard Hill com um trenó e me lembrei de você. Pensei no inverno passado, você e eu escalando aquela colina juntos, pisando na neve fresca, a respiração fazendo fumaça no ar. Faz frio aqui sem você. Os arbustos de blueberry estão cobertos de gelo e o vento uiva como um animal faminto a noite toda. Sinto falta de você. Eu amo você.*

"É lindo", eu comentei, com os olhos marejados.

Por que, eu me perguntava, ela não leu essas cartas? Por que ela não escreveu para ele de volta? Eu me senti mal por Chet. Quem me dera poder invocar a alma dos dois em uma sessão espírita para conversarem um com o outro e dizer tudo que deveriam ter falado quando estavam vivos.

"Nunca soube que meu tio era tão poético", Roy disse, olhando para mim. "Ele com certeza estava apaixonado pela sua avó."

Concordei, sem saber o que falar. Entreguei a ele a carta seguinte, escrita em janeiro de 1951.

> *Procurei você por todo lugar na cidade, na semana de Natal. Tinha esperança de que você viesse para casa e eu pudesse vê-la de relance no Studebaker do seu pai ou no lago de patinação. Mas ouvi dizer que você tinha ido para a Califórnia para ficar com a família de Henry nos feriados de fim de ano. Fiquei com o coração partido de novo. O inverno é tão longo sem você.*

Duas semanas depois, ele escreveu:

Os Chapman penduraram seu quadro na parede do café. Ficou bonito lá. As pessoas apontam para ele e comentam que você ganhou o concurso. Fico contente que você tenha feito a pintura no verão. Me ajuda a lembrar como este lugar fica sem toda a neve.

Em fevereiro, Chet contou para minha avó que ele ficou sabendo do noivado dela com meu avô. "Eu me pergunto como posso seguir adiante", ele escreveu, "sabendo que ele está no lugar onde eu deveria estar."

Em maio, ele escreveu uma carta de Vermont.

Mudei para cá porque tive que ir embora de Beacon. Meu primo Ben conseguiu um emprego para mim em uma madeireira. Embora finalmente a primavera tenha chegado aqui, não aguentei ficar perto da fazenda. Sem você, toda a beleza dela se foi e o que antes eu sentia pela terra já não sinto mais. Sobraram só lembranças doloridas. Meu pai não entende. Ele ainda insiste em querer que eu administre o local. Diz que está ficando velho e é hora de eu assumir o lugar dele. Mas o plano nunca foi esse. Era para eu e você fazermos isso jutos. Não é esquisito que uma coisa tão importante acabe ficando sem sentido?

Ouvi falar que você está indo embora de Chicago e que no próximo outono vai estar na faculdade, na Califórnia. Fico triste de saber que você estará ainda mais longe. Também ouvi que você parou de pintar. Se for verdade, é uma grande pena. Você tem muito talento, Ruth. Nunca pare de pintar.

Na hora em que o Roy acabou de ler, eu estava com o coração partido por causa de Chet. A Vovó ignorou cada uma de suas cartas e, no final, ele abandonou a fazenda e a cidade natal por causa dela.

Peguei a carta da mão de Roy e li em silêncio. Conforme eu ia lendo, fui compreendendo por que a minha avó tinha pedido desculpas, por que ela se sentia tão culpada.

"Entendi o que a Vovó quis dizer na carta", eu disse. "Quando ela escreveu aquele trecho sobre seu tio ter desistido do que ele mais amava." Olhei para Roy. "Era a fazenda."

Ele concordou. "Sim." Sua voz estava calma. "Acho que você tem razão."

Ficamos lá sentados um pouco, ambos contemplando a caixa de cedro e, logo a seguir, Roy pegou o último envelope e abriu.

9 de julho de 1951

Querida Ruth,
    Na semana passada, vi você em Beacon. Não é curioso que ambos estivéssemos de volta à cidade ao mesmo tempo? Eu vim para ajudar a minha mãe a esvaziar a casa. Não sei se você ouviu falar, mas eles venderam a fazenda.
    Eu vi você com Henry, sentada no quebra-mar. Você estava segurando a mão dele. À primeira vista, só vi você de costas, mas eu sabia imediatamente que era você. Conheço cada onda do seu cabelo, o contorno do seu rosto, a inclinação da sua cabeça. Observei você por algum tempo. Você se virou para olhar para ele e deu risada. Você pousou a cabeça no ombro dele. Ele apontou para alguma coisa. Acho que ele viu um peixe-voador. Fiquei contemplando você por breves instantes e depois disse adeus para a garota que eu conhecia até então.
    Durante meses fiquei pensando que, se alguma vez visse Henry ou você com ele, seria a morte para mim. Mas não foi. Talvez porque você parecia feliz. Fiquei contente. Quero que você seja feliz. E é talvez por isso que agora entendo que o que aconteceu quando você foi embora de Beacon era o seu destino.

Chet

Comecei a chorar, lágrimas escorrendo pelo meu rosto. "Odeio que ela nunca tenha lido essas cartas. Quem me dera poder pedir desculpas por ela."

Roy guardou a carta. "Ellen, você não precisa pedir desculpas. Sua avó já fez isso. Ela escreveu a carta. Pediu para você vir até aqui entregar. Ela queria consertar as coisas." Ele se aproximou. "Se você quiser saber a verdade, fico triste por ela."

Enxuguei uma lágrima com a mão. "Mesmo?"

"Sim", ele respondeu. "Ela ainda estava pensando no meu tio quando morreu. Isso não diz nada para você? Ela se sentiu mal por isso até o fim. Carregou tudo dentro dela por anos. É horrível."

Não tinha pensado dessa forma. Em que medida a vida da minha avó, eu me perguntei, tinha ficado presa a algo que tinha acontecido havia mais de sessenta anos? "Talvez você tenha razão", eu disse, pegando um dos envelopes e alisando as dobras. "Mas por que teve que ser tão complicado?"

Roy encolheu os ombros. "Não sei. Porque o amor é complicado, suponho." Ele colocou as cartas de volta na caixa. "E isso é realmente triste. Pense nisso — o que ela fez de tão errado?"

Ele me encarou com tanta intensidade, os olhos azuis vibrando como estrelas, que pensei ser possível ele estar enxergando a minha alma. Desviei o olhar.

"Ela se apaixonou por outra pessoa, Ellen. Acontece com as pessoas. Não estou menosprezando o sofrimento do meu tio, mas é parte da vida. Ele seguiu adiante. E acabou se casando com a minha tia. Tudo acaba tendo solução, sabe."

Roy colocou a mão no meu braço. "Vamos deixar isso para trás. Eles fizeram as pazes um com o outro."

"Você tem razão", eu falei, prometendo me lembrar do toque da mão dele. "Eles fizeram as pazes."

Virei a chave e coloquei o câmbio automático para *drive*, mas não pisei no acelerador. Pus de volta o câmbio na posição *park* e fiquei lá sentada por um instante, na frente da casa de Roy. O que foi mesmo que ele falou? *Ela se apaixonou por outro... acontece com as pessoas.* Ele estava falando só da minha avó ou estava se referindo também a mim?

Dei outra olhada na casa. Roy pensava que eu estava apaixonada por ele? Será que ele pensava mesmo? Agarrei o câmbio com a mão.

Bem, eu não estava... ou estava?

Antler: o retorno

Sentei na cama do Victory Inn, enrolada na toalha, com o cabelo ainda molhado e pingando do banho. Ainda estava pensando na minha avó e em Chet e nas cartas. Roy tinha razão. Era hora de deixar isso para trás. Eles tinham feito as pazes. O relógio na mesa de cabeceira marcava seis e quinze. Hayden tinha saído havia quatro horas com as pessoas do *New York Times*, mas tinha enviado uma mensagem enquanto eu estava no chuveiro, dizendo que estava voltando.

Peguei um vidrinho de Caution to the Wind, dei uma agitada e comecei a passar o esmalte vermelho nas unhas do pé esquerdo enquanto repassava o plano para a noite. Hayden e eu jantaríamos em uma mesa aconchegante que eu tinha reservado no restaurante e depois subiríamos para o champanhe. Consegui que Paula arranjasse algumas velas e eu ia pôr uma garrafa de Dom Pérignon em um balde de gelo. Preferia um vintage de 1996, mas aceitei um da safra de '98 porque era o que tinham na adega. Estava tudo preparado. Curtiríamos o jantar, estouraríamos a champanhe, ficaríamos um pouco bêbados, entraríamos no clima romântico. Parecia ótimo. Parecia...

"Ah, ótimo, fico satisfeito que você esteja se aprontando."

Olhei para cima e vi Hayden entrando no quarto.

"Vamos nos encontrar com Jim e Tally para jantar", ele comunicou, olhando para o relógio. "Às sete."

"Quem?" Tampei o vidro.

Ele largou as chaves do carro na cômoda. "O repórter do *Times* e a fotógrafa. Combinei com eles de jantarmos juntos."

"Hoje à noite?" Ele não podia estar falando sério. Não na única noite que eu queria estar sozinha com ele, precisava ficar sozinha com ele.

Hayden abriu a porta do armário. "Sinto muito, querida. Sei que foi de última hora, mas eles queriam muito conhecer você e não tinham programado nada, então... ah, a propósito, Paula me disse que sua mãe está aqui. Que surpresa."

"Sim, Mamãe está aqui. Ela cismou de ficar preocupada porque não telefonei para ela de volta. Você sabe como ela..."

"Bem, convide ela para ir com a gente", ele propôs, estendendo a calça e a camisa sobre a cama.

Olhei para ele. "Ah, Hayden, eu tinha pensado que talvez nós pudéssemos comer aqui mesmo esta noite. Você sabe, um jantarzinho calmo no restaurante... só nos dois. Amanhã podemos ficar com eles até a hora do almoço tirando fotografias e fazendo a entrevista. E eu comprei uma garrafa de Dom."

Ele se sentou ao meu lado na cama e me abraçou. "Querida, esse é um tipo de compromisso que temos de assumir. Me comprometi a sair com eles. Querem muito conhecer a cidade." Ele passou a mão na minha bochecha. "Tomaremos o champanhe quando voltarmos."

"E além disso", ele acrescentou, trocando de roupa, "adivinha onde a fotógrafa, Tally, morou?"

"Não sei, Hayden."

E pouco me importa, pensei, agitando de novo o vidrinho de esmalte para passar a segunda camada. Por que essa gente estava mandando na programação da noite toda?

Hayden afivelou o cinto. "Na mesma rua de meu tio Greer, em Locust Valley. Ela conhece a Debbie, minha prima."

Ele entrou no banheiro antes que eu pudesse dizer uma palavra. Dava para ver ele penteando o cabelo na frente do espelho.

"Ah, você vai amar o Jim e a Tally", ele gritou, abotoando a camisa. "E é só uma noite. Eles escolheram um lugar chamado Anchor." Ele abriu a torneira da pia.

Anchor. "Espero que não seja longe", eu disse. "Não estou disposta a uma viagem longa." Talvez, se o jantar terminasse cedo, ainda daria para encaixar metade de uma noite romântica juntos.

"Acho que disseram que é em Beacon."

Pensei um minuto, com o pincel do esmalte na mão. "Anchor? Nunca ouvi falar." Quer dizer que podia ficar a trinta quilômetros de distância. Não fiquei animada.

Hayden apareceu na porta, enxugando as mãos. "Ah, talvez não seja Anchor. Mas algo parecido." Ele fez uma pausa. "Antler? É, acho que é isso."

O pincel caiu da minha mão, pingando uma gota de esmalte brilhante vermelho no tornozelo. "O Antler?"

Eu não ia voltar ao Antler! Não podia voltar ao Antler. E se o barman me reconhecesse? "Ouvi dizer que a comida não é boa", eu comentei, tentando tirar a mancha com o dedo. "Por que não experimentamos outro lugar?"

"Tally quer muito ir lá", Hayden disse, olhando no espelho, às voltas com a risca do cabelo pela última vez.

Tally de novo. Por que ela estava decidindo?

Ele olhou para mim. "Ela disse que quer sentir um pouco do sabor local e o Antler pareceu um bom lugar."

Sabor local. Quem ela pensava que era, Margaret Mead?

Percebi que estava travando uma batalha perdida. "Sim, tudo bem", eu resmunguei, tentando me convencer que não tinha nada com que me preocupar. Afinal de contas, deviam ter mais do que um barman. Quem sabe fosse a noite de folga do Skip.

Um cartaz do lado de fora anunciava MÚSICA AO VIVO COM OS RIP-CHORDS & NOITE DE KARAOKÊ! Hayden entrou na frente, e eu, logo depois de Mamãe. Ela tinha trocado o traje de clube de campo por uma calça de algodão e uma túnica com estampa indiana que eu nunca tinha visto antes e tinha trocado as pulseiras de ouro por um bracelete simples com contas aplicadas.

Mesmo antes de meus olhos se acostumarem com a luz tênue e o brilho alaranjado, eu sabia que o lugar estava lotado. As pessoas davam risada, gritavam e havia no ar um burburinho constante.

Hayden olhou para mim. "Parece bem lotado para uma noite de terça-feira."

Mordi os lábios e concordei.

"Você está vendo as pessoas que nós viemos encontrar?", minha mãe perguntou.

Hayden olhou ao redor. "Não, mas vamos andando até os fundos. Vamos encontrá-los."

Passamos por mesas lotadas, cheias de comida e canecas de cerveja. Mais ou menos na metade do salão, pensei ter ouvido a palavra Nadadora. Não entre em paranoia, eu disse para mim enquanto nos espremíamos para passar por um grupo de pessoas.

Alguém chamou Hayden e um homem alto de quarenta e poucos anos acenou para nós de uma mesa no canto.

"Olha lá", Hayden disse. "Esse é o Jim."

Fui até a mesa, observando a mulher sentada ao lado de Jim e de repente senti que estava malvestida, com minha calça branca de algodão e suéter cor de canela. Alta e esguia, com um vestido azul-claro que realçava a cor dos olhos, ela fazia lembrar a elegância de um carro esporte. O cabelo na altura do pescoço, ultraliso e naturalmente loiro, com cara de recém-cortado e de chapinha feita um fio de cada vez, fazia uma moldura perfeita para o rosto.

Por outro lado, Jim parecia o completo oposto — descontraído, de calça cáqui e camisa polo, um pouco despenteado e com óculos de tartaruga ligeiramente tortos no rosto. Hayden nos apresentou e, quando Jim apertou minha mão e sorriu, reparei que tinha um incisivo superior torto, o que lhe dava um ar simpático.

Mamãe sentou ao lado de Jim e Hayden e eu, do outro lado da mesa.

"Nunca tinha ouvido o nome Tally", eu comentei, me dirigindo para a fotógrafa. "É um nome de família?"

Tally sorriu e deu uma piscadela, com seus cílios compridos. "Não no sentido usual", ela disse. O tom da voz dela era baixo e falava devagar, como se estivesse escolhendo cada pensamento de um extenso repertório existente. Ela acentuou o U de "usual", prolongando o som para ocupar mais espaço do que o início da palavra. "Meu nome verdadeiro é Sally, mas minha irmã mais nova sempre me chamou de Tally e pegou. Sabe como são essas coisas."

Sem nunca ter tido irmãos, não tinha certeza se sabia, mas concordei. "Hayden me disse que você morou em Locust Valley, perto do tio dele."

"Até o internato", ela disse. "Eu conheci a Deborah, prima dele." Ela sorriu para Hayden. "Boa jogadora de tênis."

"Sim, ela ainda é", Hayden confirmou.

"Se bem que eu ganhei dela nas finais da competição entre clubes", Tally acrescentou, com um sorriso radiante e esvoaçando o cabelo.

"Sei...", Hayden disse, dando um risadinha. Ele olhou para Jim. "Você já esteve aqui antes?"

"Você se refere a Maine ou Beacon?", Tally disse, ignorando o fato de Hayden ter dirigido a pergunta para Jim. "Ou", ela sussurrou, com um sorriso tímido, "ao Antler?"

"Maine ou Beacon", ele respondeu, olhando para Tally e depois para o Jim e depois para a minha mãe, que estava dando um sorriso educado, mas que, eu sabia, estava antenada captando tudo.

Tally colocou os dedos longos com unhas pintadas em volta da haste da taça de vinho. "Minha família é proprietária de uma pequena área em Kennebunkport, por isso eu sei algumas coisas sobre o Maine, mas nunca estive em Beacon."

Jim deu risada. "Uma pequena área em Kennebunkport?" Ele assobiou baixinho.

Tally deu uma cotovelada nele. "Não me provoque."

Jim pegou uma azeitona do copo de Martini e jogou na boca. "Bem, a área não é pequena. Você tem que concordar com isso."

Tally se esquivou e arrumou o colar de ouro para que o pingente, um barco a vela, ficasse estendido sobre a pele.

"Esse lugar deve ser muito popular", minha mãe disse, olhando para as duas fileiras de pessoas se amontoando no bar.

Jim levantou o copo de Martini. "Ainda bem que eu fiz uma reserva."

Hayden olhou ao redor, examinando as lanternas de navio penduradas, as fotos em sépia de Beacon em seus primeiros anos, o bar superenvernizado em tom alaranjado. "Sim, fez bem", ele disse, com cara de espanto ao olhar para as cabeças de alce e de veado penduradas na parede.

Uma garçonete veio até nós com uma pilha de cardápios e um talão de pedidos. Ela tinha uma caneta atrás da orelha. "Skip, o barman, me falou para trazer uma rodada de drinques por conta da casa." Ela deu um sorriso forçado para mim. "Afinal de contas, você é famosa aqui."

Olhei para o bar e vi que Skip estava me observando. Ele acenou e sorriu, mostrando as covinhas nas bochechas redondas. "Oi, Nadadora, bem-vinda de volta!"

Hayden desviou os olhos de Skip para mim. "Ele chamou você do que e por que está oferecendo uma rodada de cortesia?"

Percebi que minha mãe ficou ligeiramente pálida.

Tally levantou uma sobrancelha. "Você é famosa no Antler?" Ela deixou escapar uma breve risada e então se inclinou para mim. "E o que é preciso fazer para ficar famosa aqui?", ela perguntou, quase cochichando. Em seguida, deu um sorriso cúmplice, como se fôssemos velhas amigas compartilhando um segredo.

Dei de ombros, despreocupada. "Acho que me confundiram com outra pessoa."

Hayden deu uma olhadela para Skip de novo e para mim de volta. Ele ia dizer alguma coisa quando a garçonete interrompeu.

"O que vocês vão querer?"

Por uma fração de segundo, eu vi um olhar nos olhos de Hayden, o tipo de olhar que as pessoas dão quando suspeitam que não estão entendendo a piada, mas logo desapareceu e ele se virou para a minha mãe. "Por que você não começa, Cynthia?"

"Tudo bem", minha mãe respondeu. "Vou querer um daiquiri com Bacardi."

"Pensei que você tivesse parado de beber rum", eu sussurrei para ela, relembrando um quadro assustador da minha mãe dançando na festa de aniversário de casamento dos vizinhos.

"Ah, tudo bem", ela sussurrou de volta, se esquivando.

"Pois não", a garçonete disse, rabiscando o bloco. Em seguida, ela se voltou para mim. Estava prestes a pedir um copo de vinho quando ela acrescentou: "Sabe, fiquei com pena de ter perdido a noitada na semana passada". Ela me deu um olhar arrependido. "O jogo de dardos e Presidentes Mortos. Continue assim!"

O jogo de dardos e Presidentes Mortos. Senti a garganta ficando apertada.

"Presidentes Mortos?", Hayden perguntou. "Quem são? Uma banda?"

A garçonete deu risada. "Você é divertido, amigo. Tem senso de humor." Ela bateu nas costas de Hayden. Ele tossiu e olhou para mim, perplexo.

A garçonete distribuiu os descansos para copos. "Você sabe que temos uma campeã disfarçada aqui? Ela perguntou para Hayden. "Ela é ótima. Uau."

Hayden, Mamãe, Jim e Tally, todos olharam para mim. "Uma campeã?", Jim repetiu, sorrindo. "O que você quer dizer com isso?"

Cravei os olhos na garçonete. "Acho que você me confundiu com outra pessoa."

Ela olhou para o bar. "Mas Skip disse que você era..."

Levantei a mão. "Sim, eu sei, mas acho que Skip precisa de óculos."

"Ele usa lente de contato."

"Lentes novas então."

"Ele está com lentes novas."

"Que seja", eu disse totalmente perturbada. A última coisa que eu precisava era que Hayden descobrisse o que tinha acontecido e ela estava prestes a me desmascarar.

"Será que podemos finalizar o pedido dos drinques?", eu disse. "Gostaria de uma Coca-Cola diet, por favor." De jeito nenhum eu iria pedir alguma coisa que tivesse álcool. Precisava me manter alerta. Com toda certeza.

"Sim, tudo bem." A garçonete resmungou alguma coisa, anotou os pedidos e se foi.

Hayden se inclinou para o meu lado. "Será que ela disse que era melhor você ter se afogado? O que diabos ela estava falando?"

"Hayden, acho que você está ouvindo demais. E você ainda não tem nem quarenta anos." Dei um sorriso forçado.

Jim deu risada, mas Hayden continuou me encarando, como se ele soubesse que havia alguma coisa de errado. De repente, tive a sensação de que a temperatura do ambiente tinha subido uns vinte graus. Senti minhas faces corarem e agora todos na mesa estavam olhando para mim, esperando que eu dissesse alguma coisa, mas minha boca não se moveria por nada.

Foi quando aconteceu um milagre. A porta do fundo se abriu e os integrantes da banda entraram em grupo, carregando guitarras, bateria, um teclado e outros instrumentos, e o restaurante inteiro irrompeu em aplausos e gritos.

"Eles devem ser populares", Hayden comentou, surpreso.

"Vamos torcer para que sejam razoáveis", Tally disse, levantando um pouco o queixo, como se fosse apoiá-lo em algo. "Estamos meio longe da civilização aqui."

A banda começou a afinar os instrumentos e, depois de alguns minutos, a garçonete voltou com os drinques e passou em volta da mesa, anotando os pedidos do jantar.

Eu nem tinha consultado o cardápio, mas de dois itens eu me lembrava bem, da primeira vez que eu fui, bolo de carne e lagosta. Como não queria bolo de carne de novo, me adiantei: "Um par de lagostas puxado na manteiga. Ah, com fritas". Fechei o cardápio com um estalo e pus as mãos no colo.

Os olhos de Hayden quase saltaram das órbitas. "Puxado na manteiga? Fritas? Você perdeu o juízo? Você sempre se preocupou tanto com o colesterol, Ellen. Você vai precisar de uma receita de Lipitor antes de sair deste lugar." Ele me encarou um tempo e, em seguida, se virou para Tally. Ouvi ele perguntar para ela algo sobre Kennebunkport.

Lá vai, eu pensei. Tomei um gole da minha Coca-Cola diet e tentei ouvir o que Tally estava falando, mas foi impossível, porque naquele instante a banda começou a tocar uma interpretação da música "Ring of Fire", de Johnny Cash. Diversos casais se levantaram para dançar, inclusive um marido e esposa com camisetas "Eu amo Maine" combinando. Observei o marido conduzir a esposa pela pista, de vez em quando pisando no pé dela. A banda terminou "Ring of Fire" e engatou com "Wild Night", de Van Morrison.

Jim se debruçou sobre a mesa e me perguntou quanto tempo estávamos planejando ficar em Beacon. Tentei conversar com ele, mas era difícil ficar gritando e, depois de um tempinho, gesticulei que não conseguia ouvir nada.

Olhei para a pista de dança, que tinha se transformado em uma massa de gente girando à meia-luz. Foi quando dei uma espiada na porta e vi Roy Cummings entrar. Estava vestindo um casaco azul e se deslocava devagar por entre a multidão, às vezes dando um toque no boné do Red Sox para cumprimentar ou apontando para alguém e sorrindo.

Ai, não, eu pensei, sentindo o fôlego preso no peito, como uma bolha que não consegue sair. Roy e Hayden no mesmo lugar de novo. Não podia dar certo.

Roy me viu e acenou. Em seguida, veio até a mesa. "Que surpresa, Ellen." Ele tocou o boné para cumprimentar. "Parece que você é mesmo fã do Antler."

Dava para sentir o olhar de Hayden cravado em mim. Dei um oi e, desajeitada, apresentei Mamãe, Jim e Tally, arrematando com: "Você se lembra de Hayden".

"Sim... campos de golfe", Roy respondeu, apertando a mão de Hayden.

Eu ri de nervoso, olhando de Roy para Hayden, com a minha mãe me fuzilando com o olhar.

"Quer sentar conosco?", Jim perguntou. "A gente traz outra cadeira."

O rosto de Hayden se endureceu.

"Não", Roy respondeu, "mas agradeço. Estou só dando uma passada rápida."

"Jim e Tally são do *New York Times*", eu apresentei, tentando pensar em algo para dizer.

"Do *Times*?", Roy perguntou, se dirigindo a Jim. "Você deveria conhecer Scotty Bluff. Ele está do lado de lá." Roy apontou para o outro lado da sala. "Ele é o editor do *Bugle*. O nosso jornal local." Ele deu uma olhada para mim. "Ellen conhece bem o jornal."

Senti uma onda de rubor passar pelo meu rosto.

Roy pôs a mão sobre o espaldar da minha cadeira. "Oi, Ellen, posso falar com você um minuto?"

Olhei para ele. Não estava com a barba por fazer. O rosto estava liso. Havia um lampejo no olhar. "Não sei. Estou com convidados aqui e..."

"Só um minuto."

"Hayden, você se incomoda?", eu cochichei. "Deve ser sobre a minha avó e o tio dele."

"Faça o que você tem que fazer", ele disse, colocando a mão na minha.

"Volto já", eu falei para ele.

Acompanhei Roy, forçando o caminho pela multidão até a porta. Fora, ele guiou o trajeto pela rua, passando por meia dúzia de casas e depois parando em frente à Alfaiataria do Frank. Dentro, roupas cobertas com plástico transparente penduradas em araras — saias e vestidos coloridos de verão e ternos masculinos, calças e jaquetas. Na vitrine da frente, um vestido de noiva vintage em exposição. Imaginei por um instante a fábrica de bolos que esteve lá instalada por tantos anos, com cestos de biscoitos e cupcakes no balcão e a promessa de algo quente e delicioso quando se abria a porta.

"Obrigada por sair um minuto", Roy agradeceu.

"Tudo bem. Que surpresa encontrar você no Antler." O tremor na minha voz estava de volta.

Roy tirou o boné do Red Sox e passou a mão pelo cabelo. "Não é coincidência. Fui até a pousada procurar você."

Imaginei que não tinha escutado direito. "Como?"

Ele pôs o boné de volta, dando um toque na aba. "Fui procurar você no Victory Inn."

Ele foi me procurar. Senti que ia derreter.

Dentro da loja, uma lâmpada do teto piscou, emitindo um brilho suave, como um relâmpago do qual não se ouve o som. "Paula me disse que você estaria no Antler."

Ele perguntou para Paula onde eu estava. Foi até lá para me encontrar. Deve ter encontrado mais algum objeto do tio, algo que tenha a ver com Chet e Vovó.

"Por que você estava me procurando? Você encontrou mais alguma coisa?" Fiquei olhando fixamente para o B do boné de baseball até que a letra se dissolveu.

"Não, não é nada disso." Ele fez uma pausa. "Vou viajar amanhã de manhã. Preciso ficar fora algumas semanas... questões de trabalho."

A luz dentro da loja de roupas piscou de novo e meu coração começou a naufragar ao pensar que ele iria embora. Ele iria viajar de manhã. E eu iria embora de tarde, assim que as entrevistas e a sessão de fotos terminassem. Significava que eu nunca mais o veria de novo. Senti como se estivesse despencando para dentro de um buraco.

Roy se apoiou na vitrine. "Falando sério, eu queria conversar com você antes de viajar", ele disse e em seguida ficou olhando para a calçada durante quase meio minuto, esfregando a parte de trás do pescoço.

Por fim, ele tirou um saquinho do bolso do seu casaco e me entregou.

O que quer que estivesse dentro não era muito pesado.

"Abra", ele falou.

Enfiei a mão dentro e tirei um objeto quadrado, muito pequeno. Segurando perto da luz da vitrine, vi o que era e meu coração parou. Era uma miniatura de uma casa de madeira, primorosamente feita. Pintada de branco com detalhes azul-celeste, a casa não chegava a ter quinze centímetros de largura ou comprimento ou altura. Tinha uma varanda ao redor dela, três chaminés, duas águas-furtadas, persianas de madeira e janelas feitas de vidro de verdade. Nunca tinha visto nada tão pequeno e ainda assim com detalhes tão caprichados.

"Onde você encontrou isso?", eu perguntei, com a voz se desmanchando em um sussurro.

Roy sorriu. "Você gostou?"

"É linda." Fascinada, virei de lado, estudando de todos os ângulos.

"Eu que fiz", Roy disse.

Não podia acreditar. Era um trabalho que só poderia ser feito com pinças e palitos de dente e uma paciência que eu não conseguia nem imaginar.

"É impressionante", eu elogiei, admirando o parapeito da varanda minúscula e os tijolinhos da chaminé pintados de vermelho.

"Ellen", Roy disse enquanto eu segurava a casa e espreitava para dentro das minijanelinhas. "Eu disse para você que se eu algum dia encontrasse a garota certa de novo, iria construir um palácio para ela. Não é o Taj Mahal, mas é o palácio que eu poderia construir para nós."

Ele tinha construído um palácio para mim. Estava dizendo que eu era a garota certa. Olhei para ele, com as covinhas e o sorriso e ele me pareceu tão bonito e tão confiante e tão realizado.

Ele passou a mão na minha bochecha. "Estou apaixonado por você, Ellen. Isso é o mais importante. Estou apaixonado por você e quero que a gente fique junto. Sei que posso oferecer uma vida boa para você. Sei que sou capaz de fazer você feliz. É uma promessa."

Olhei para a minicasa que estava segurando. Como dizer a ele o que eu sentia? Que sem dúvida eu sentia alguma coisa. Que eu não conseguia parar de pensar na dança daquela noite no Antler. Que quando ele pegou na minha mão ao me entregar as flores silvestres na Kenlyn Farm, senti uma energia me atravessando. Era como um vibrato de nota tocada em corda de violino. E que mesmo que eu tentasse me convencer de que meus sentimentos por ele eram apenas uma paixão, porque ele tinha inflado meu ego ou salvado minha vida, eu sabia, ali em pé, que era algo mais profundo.

Mas eu tinha um compromisso com Hayden. E tínhamos ido longe demais nesse caminho. Não podia desistir agora. Era loucura até mesmo pensar nisso.

Respirei fundo. "Você é um cara muito legal", eu disse. "Um homem realmente maravilhoso, de verdade. Você tem um jeito especial... um certo charme diferente dos outros que eu conheci." Ai, meu Deus, estava parecendo tão idiota. "E eu fico sensibilizada com tudo que você disse. É muito, muito gentil da sua parte." Fiz uma pausa para encadear os pensamentos. "E essa casinha" — eu levantei a miniatura — "é um palácio. É magnífica, incrível e merece ser dada para alguém que vai amar você e compartilhar seus sonhos."

Baixei o olhar. "Mas essa pessoa não sou eu. Não posso ficar com você." Mostrei o anel de noivado, fazendo com que os brilhantes refletissem a iluminação da rua. "Estou noiva do Hayden. E vou me casar em alguns meses. Está tudo planejando e minha mãe já tomou mais da metade das providências da checklist."

Pensei na minha mãe e em como eu ia decepcioná-la também. E ela adorava a ideia de Hayden junto comigo. "Minha mãe já planejou tudo", eu disse, "e quando eu voltar, nós vamos enviar os convites. Já estão impressos. Até já tenho uma prova no quarto." Apontei para a direção da pousada.

"Os convites", Roy sussurrou, olhando através de mim.

"Sim", eu disse, visualizando o cartão cor de marfim enfiado no espelho — a data, a hora, o lugar. "Está tudo organizado", eu disse. "Tudo na etapa final."

Os olhos de Roy capturaram os meus e ele me manteve nessa mirada.

"E Hayden é uma boa pessoa", eu complementei. "Ele é maravilhoso, de verdade. Somos feitos do mesmo material, sei que vou ser feliz com ele." Fiz um gesto enfático. "E vamos encarar os fatos, eu moro em Nova York. Fica a centenas de quilômetros daqui. E tenho uma carreira em ascensão. Sou bem respeitada no que faço."

"Não estou pedindo para você deixar seu emprego", Roy disse. "Só estou dizendo que eu sei que faria você feliz, Ellen."

Dois adolescentes de bicicleta, um menino e uma menina, passaram por nós, pedalando preguiçosamente pela rua escura. Observei-os até virarem a esquina.

"Veja bem", eu acrescentei. "Como se isso não bastasse, você nem me conhece. E se conhecesse, nem iria gostar de mim. Sou teimosa e me comporto como se soubesse de tudo e sou exigente e ranjo os dentes à noite."

Roy se apoiou no muro da alfaiataria. "Já sei tudo isso", ele disse. "Menos a parte de ranger os dentes à noite. E provavelmente sei mais sobre você do que imagina. Até procurei você no website do Winston Reid. Saiu muito bem na foto, a propósito."

Ele tinha me procurado no website. Gostou da minha foto. Ai, meu Deus, por que ele ficava falando essas coisas? "Aquela foto está horrorosa."

"Não, está boa", ele insistiu. "E tudo que está na internet sobre você — eu li. E também encontrei todos os artigos que fazem referência a você. E encontrei suas fotos."

"Minhas fotos?"

"É isso mesmo, aquelas que você postou no blog. As fotografias que você tirou na Itália... são as que eu mais gostei. A maneira como você olha para as coisas, Ellen..." Ele fez uma pausa. "Você tem um jeito de olhar para o mundo que é realmente especial. É lindo. É um dom."

Meu coração disparou. Eu queria cair nos braços dele. Queria que ele me abraçasse para sempre e ficasse repetindo essas coisas para mim.

Mas eu não podia fazer isso. Eu ia me casar.

"Roy", eu disse. "Você fez a pesquisa. Você sabe um pouco sobre mim, mas..."

"Não, espere um minuto." Ele se aproximou. "Sei muito sobre você, Ellen." Ele me prendeu de novo naquele olhar e eu não consegui desviar os olhos.

"Sei que você é inteligente e divertida. E sei que você ama muito a sua família. É óbvio pelo jeito que você fala da sua avó e pelo fato de ter vindo até aqui por ela. Também sei que você é fiel e confiável, que nunca vai querer decepcionar quem confiou na sua palavra. E você é uma artista como a sua avó. Mesmo que a fotografia seja apenas um hobby neste momento, você precisa continuar porque você é muito boa nisso."

Ele inclinou a cabeça para trás e olhou fixamente para mim. "E tem mais, você tem razão. Você sai por aí achando mesmo que sabe tudo. Descobri isso lá no mar. Você estava no meio das ondas, tentando me convencer que não precisava de ajuda, porque fez parte do time de nadadoras em Exeter." Ele sorriu e eu mesma não pude deixar de sorrir.

"Mas eu sei que você é assim só por fora", ele disse. "E sabe o quê?" Ele levantou meu queixo e me olhou fixamente. "Eu gosto disso em você. Gosto disso em você porque... bem, porque eu amo você."

Desviei o olhar para que ele não visse as lágrimas brotando nos meus olhos. O vestido de noiva na vitrine tinha contas e cetim por toda a volta. Olhei para as minipérolas costuradas no corpete, os metros de tecido cuidadosamente costurados para um dia mágico no passado. Pensei em tudo que Roy me falou. E então eu disse a ele o que eu queria acreditar.

"Veja bem, eu sinto muito", eu disse. "Sinto muito, muito, mas não estou apaixonada por você. Interessada em você, talvez. Mas não apaixonada. Eu amo Hayden." Fiz uma pausa e dei um sorriso forçado. "E vou me casar com ele."

Roy olhou para a lua, um quarto crescente prateado no céu. Fiquei lá parada, sem saber se eu queria que ele acreditasse em mim ou não. Por fim, ele se voltou para mim. "Bem, então é outra história", ele disse. Em seguida, enfiou as mãos nos bolsos. "Não posso mudar o que você sente, Ellen. Pensei que eu conhecia bem as pessoas — eu realmente pensei que você sentisse o que eu sinto ou jamais teria vindo aqui esta noite. Mas agora vejo que estava errado."

Ele olhou para a calçada e depois para mim. "Bom, então acho que é isso." A voz dele soou perdida; os olhos pareciam cansados. Ele pôs a mão no bolso do casaco e tirou uma folha dobrada de papel azul. A carta da minha avó.

"Eu estava carregando comigo todo o tempo, mas agora acho que você deve ficar com ela de volta", ele disse.

"Mas eu queria que você ficasse..."

"Não, Ellen. Você deve ficar com ela. Talvez seja a última coisa que a sua avó tenha escrito."

Olhei para a carta e estendi a mão para pegá-la. Roy pegou minha mão, segurou por um instante e em seguida deixou meus dedos deslizarem pelos dele. "Bom, Nadadora, adeus então." Ele acenou para mim e saiu andando pela rua.

Ouvi os passos na calçada. Observei ele entrar na caminhonete e escutei o barulho do motor. Vi as luzes se acenderem e observei ele ir embora dirigindo, as lanternas traseiras vermelhas desaparecendo na escuridão.

Confissão

Caminhei de volta para o Antler, a maresia pesando no peito. Tinha feito a coisa certa, a única possível. Não tinha dúvida. Abri a porta e forcei caminho pela multidão. A banda estava tocando "Don't It Make My Brown Eyes Blue", uma música antiga de Crystal Gayle. A morena alta que estava cantando interpretava bem demais a música, com a voz encharcada de tristeza e senti que podia cair no choro a qualquer momento.

Me esgueirando pela multidão, consegui voltar para a mesa. Hayden estava conversando com Jim e Tally. Um homem de bigode comprido e curvo estava em pé na outra ponta da mesa, batendo papo com a minha mãe. Sentei ao lado de Hayden.

"Então, qual era o assunto?", Hayden perguntou.

"Nada de mais", eu disse, tentando parecer alegre. "Apenas alguns detalhes sobre o tio dele. Sobre a fazenda."

"A fazenda?" Hayden me encarou. "Ele veio até aqui para falar da fazenda?"

"Ele vai viajar por algumas semanas."

Hayden tomou um gole de vinho. Tinha certeza de que ele estava ponderando a respeito. Dava para sentir ele me olhando, se perguntando se o caso não tinha mais detalhes. Em um depoimento, seria a hora em que ele daria início ao interrogatório metódico da testemunha.

Percebi com o canto do olho que a garçonete estava próxima e a chamei. "Eu quero um drinque, por favor. Agora."

"Outro refrigerante?"

"Que marcas de scotch você tem?"

"Ah, deixe-me ver." Ela enumerou as marcas com os dedos. "Nós temos Dewar's, JB, Johnnie Walker..." Ela citou os nomes de mais alguns.

Hayden piscou. "Scotch, Ellen? Desde quando você bebe scotch?"

Com o canto do olho, eu vi Jim espetar a azeitona do drinque com um garfo. "Desde agora", eu disse. "Vou querer um Johnnie Walker Black." E logo acrescentei, como se soubesse o que estava fazendo. "Com gelo."

"Entendi", a garçonete disse ao recolher alguns copos vazios e sair apressada.

Hayden se inclinou para perto de mim. "O que está acontecendo com você esta noite? Está meio diferente. Estamos achando que você está parecendo outra pessoa, bebendo scotch, comendo lagosta e batata frita. Talvez você seja outra pessoa."

"Talvez eu quisesse ser", eu resmunguei.

Ele olhou para mim, surpreso. "O que você quer dizer?"

"Nada", eu respondi, me esquivando.

O homem de bigode foi embora e Mamãe veio sentar na minha frente. "Acabo de conhecer o editor do jornal local", ela disse. "Você sabe que ele se mudou de New Jersey para cá? Homem interessante. Ele quer que eu jogue dardos com ele mais tarde."

"Dardos?", Hayden e eu perguntamos.

"Sim, dardos. Com um tabuleiro e um alvo." Ela sorriu como uma garotinha e esfregou as mãos. "Que divertido."

Isso era demais. A declaração de amor de Roy Cummings; minha mãe lançando dardos com o editor do *Bugle*. Quando o scotch chegou, tomei um gole enorme, deixando queimar a garganta. Comecei a tossir, com a sensação de que os pulmões estavam se contraindo.

"Parece que eu bebi combustível de avião", eu falei, ofegante.

"É para tomar goles pequenos", Jim disse, olhando para mim com meio sorriso.

"Ouvi dizer." Tomei outro gole grande. Desceu queimando tudo.

A banda começou a tocar "Proud Mary", uma música antiga do Credence Clearwater Revival.

"Sempre gostei dessa música", Hayden disse.

"Eu também", Tally respondeu. "Talvez Ellen dê permissão para você dançar comigo." Ela me deu uma piscada, como se ela e eu estivéssemos tramando juntas.

Que ousadia, eu pensei, mas logo me acalmei sabendo que eu riria por último. Hayden jamais dançaria em um lugar assim.

"Não leve para o lado pessoal, Tally", eu disse, "mas Hayden não é um…" Parei porque ele já estava levantando da cadeira para acompanhá-la até a pista de dança. Contrariada e brava, observei os dois se afastarem.

O editor bigodudo do *Bugle* voltou e, quando eu vi, minha mãe já estava de pé também. Ela piscou para mim e fez um pequeno movimento como se estivesse lançando um dardo. A minha sensação era de estar sendo abandonada por todo mundo.

Jim veio se sentar na minha frente, mordendo um cubo de gelo. "Quer dançar?"

"Acho que não", eu respondi, levantando o copo para tomar outro gole, mas só vieram cubos de gelo.

Ele mexeu o drinque com o dedo. "Sabe", ele disse dali a pouco, "você tem um jeito interessante de beber scotch, botando tudo goela abaixo."

"Em geral eu bebo vinho", eu disse. "E eu só beberico."

Pareceu que ele estava analisando a questão. Em seguida, se debruçou sobre a mesa. "Meu editor, Tom, está muito animado para fazer essa série sobre você e Hayden. Parece que vai ser um casamento e tanto."

Alcancei meu copo e chacoalhei o gelo. "Não tinha me dado conta de que o nosso casamento serviria de modelo", eu disse, tomando alguns goles da água do gelo.

Jim levantou as sobrancelhas. "Ah, não? Tenho a impressão de que você faz muito bem o que quer que faça, srta. Branford." Ele riu e mordeu outro cubo de gelo. Gostei do sorriso dele e do dente torto.

"E como você teria essa informação se acabamos de nos conhecer?" Olhei para a pista de dança, procurando Hayden, mas tudo o que dava para ver era uma massa sólida de corpos em movimento.

"Ah, eu faço as minhas pesquisas. E uma dos textos que eu li foi aquele artigo sobre você na revista *New York*."

"Ai, meu Deus, aquele sobre Lark-Hawkings?", eu resmunguei. "Não sei por que saiu nas manchetes. Questões de zoneamento em geral dão sono."

"Era uma incorporação grande", Jim disse. "Havia muito em jogo."

"O artigo mal era sobre a minha pessoa", eu disse. "E, de qualquer forma, é uma história antiga."

Jim se afundou na cadeira e olhou fixamente para mim. "Foi há três anos e o jornalista foi muito elogioso." Ele levantou o copo vazio para a garçonete, que passou apressada e nem parou.

"Elogioso? Ele me odiou. Disse que eu era um tubarão de saias, se não me falha a memória."

Jim encolheu os ombros. "Pode ser. Mas ele disse que seu plano era brilhante. Me lembro bem."

"Tudo bem então, eu sou brilhante."

"Concordo." Ele levantou o pescoço procurando uma garçonete e depois apontou para o meu copo. "Quer mais um? Estou indo até o bar."

Aceitei com um gesto.

Quando ele voltou, estava trazendo um carregamento de drinques.

"Vai dar para toda a mesa", eu disse.

"Positivo, capitão. Skip, o barman, insistiu. Disse que eram por conta da casa."

Bom, eu pensei, se você não pode vencê-los, junte-se a eles. Apanhei o copo de scotch, inclinei e entornei o líquido cor de âmbar pela garganta. Estava começando a ter um gosto bom — quente, quase suave.

A garçonete chegou com uma bandeja carregada de pratos de comida.

Olhei para as lagostas na travessa que ela colocou na minha frente, sentindo muita fome de repente. "Você acha que a gente deve esperar os outros?"

Jim colocou o guardanapo no colo e pegou um garfo. "Não, não acho."

Comi algumas batatas fritas e fiquei embasbacada diante da lagosta na minha frente. Era intimidante.

"E aí", Jim disse. "Como você se sente agora que está a apenas alguns meses?"

"Apenas alguns meses do quê?", eu perguntei, olhando o alicate de metal para lagosta e imaginando se haveria mini-instruções impressas em algum lugar. Peguei o alicate, mas não vi nada. Nunca fui muito habilidosa para usar esse utensílio.

"A alguns meses do seu casamento."

"Ah, a entrevista está começando agora?" O ambiente tinha ficado quente e confuso de repente, as luzes irradiando um brilho vermelho.

"Só pra conhecer sua história."

"O.k.", eu disse, pronunciando a última sílaba enquanto tentava lembrar qual era a pergunta. Ah, sim — alguma coisa sobre como eu me sinto agora que o casamento está tão perto.

"Bem, estou muito feliz com isso", eu comecei. "Claro. Quer dizer, como poderia ser diferente?"

"Ah, não sei", Jim disse. "Às vezes as pessoas ficam um pouco nervosas quando se aproximam da data. Você sabe, ficam preocupadas se tudo vai dar certo, tudo vai sair perfeito etc."

Encolhi os ombros. "Não eu. Está tudo sob controle. Minha mãe está me ajudando e ela é muito..." Eu ia quase dizer que ela é muito organizada, mas antes de eu saber o que estava acontecendo, saiu outra coisa. "Na verdade, ela é uma planejadora profissional de casamentos. É, e muito boa, portanto eu não preciso me preocupar com nada."

O que eu estava dizendo e por que estava dizendo? Obviamente era conversa de bêbado, mas eu não conseguia me controlar.

Jim fez uma cara de espanto. "Uma planejadora de casamentos. Uau, que sorte." Ele levantou o copo para tomar um gole, os cubos de gelo flutuando como se fossem pequenos glaciares.

"É sério", eu disse, com a sensação de estar tendo uma experiência extracorpórea. "Foi bom que ela conseguiu encontrar uma brecha para nos encaixar."

Jim ficou admirado. "Quer dizer que ela é tão ocupada? Talvez não tivesse tempo para cuidar do seu casamento?"

"Ah, ela é bem ocupada", eu disse. Agora as palavras estavam saltando da boca, mais rápidas do que meu cérebro conseguia acompanhar. "Bem, não só com assuntos de casamento. Ela também viaja muito." Fiz uma pausa. "Torneios de dardos." Mexi o drinque com o dedo, da mesmo forma que Jim tinha feito.

Ele me olhou cético, levantando um lado da boca.

"Dardos?"

"É", eu respondi, apontando para a extremidade do restaurante, onde o tabuleiro de dardos estava. Era impossível ver o que estava acontecendo porque muita gente estava no caminho. "Ela está lá agora, provavelmente dando dicas para outros jogadores."

"É... espantoso", Jim disse.

Dava para ver que ele não sabia o que pensar. "Acredita", eu disse, "que ela comprou nossa casa de veraneio em Nantucket com o dinheiro que ganhou em um ano?" Estava ficando divertido.

Ele assobiou baixinho. "Impressionante. Duvido que existam muitas pessoas capazes de fazer o que ela faz. Planeja casamentos e joga dardos profissionalmente." Ele deu um sorriso amarelo. "Minha mãe é uma pura e simples contadora."

Peguei outro drinque. Tinha um gosto bom e eu estava finalmente me sentindo bem, leve e flutuando. Comecei a bater o pé no compasso da música. A banda estava tocando "The Lucky One", de Faith Hill.

"Então", Jim disse dali a pouco. "Eu estava curioso para saber — vocês se conheceram no Winston Reid?"

Me recostei na cadeira. "Sim, nós nos conhecemos na cantina. Tinha só uma salada de macarrão com repolho chinês sobrando e o Hayden deixou para mim."

"Típico de um cavalheiro."

"Sim, foi", eu concordei. "Em seguida, no nosso primeiro encontro, ele me levou a um evento para angariar fundos para o governador. Nós" — eu juntei as mãos — "nos demos bem na hora."

"Ouvi dizer que Hayden está interessado em uma carreira política. Que ele vai se candidatar para a câmara municipal."

Encarei a lagosta de novo, com a casca dura, lustrosa. Depois, procurei a garçonete para ver se alguém na cozinha podia quebrar a casca para mim, mas ela não estava à vista.

"Câmara municipal?", eu perguntei, arrastando umas batatas fritas pelo monte de ketchup e pondo na boca. "É sim, ele vai." Empurrei tudo goela abaixo com mais scotch. A sala estava irradiando luz, se mexendo, um pouco fora de foco. "Ele quer seguir esse caminho."

Jim cortou uma baked potato fumegante em fatias. "E você? Também está interessada em carreira política?"

"Quem, eu?" Dei risada. "Nadinha. Não quero me candidatar a nada. Quero fazer algo diferente." Espetei outra batata.

Jim se recostou na cadeira e me encarou. "Diferente. Diferente como?"

Como o quê. Tentei pensar em alguma coisa inteligente. E aí eu tive uma visão da Vovó com seus cupcakes de blueberry.

"Como... abrir uma padaria", eu disse.

Pelo visto, Jim ficou surpreso.

"Claro, a especialidade seriam blueberries." Olhei para ele com a cara mais séria que eu consegui fazer. Agora o scotch tinha subido de verdade e eu estava gostando.

"Blueberries?", ele perguntou, como se não tivesse ouvido direito.

"Claro. É um nicho inexplorado. Poderia fazer cupcakes de blueberry. Minha avó era ótima nisso." Fechei os olhos e visualizei ela mexendo a massa. *Não bata demais, Ellen, ou vão ficar feito borracha.* "É isso mesmo, esse lugar precisa de cupcakes de blueberry de melhor qualidade." Levantei o dedo indicador. "E eu poderia fornecer."

"Você parece muito segura de si", Jim disse, pondo um pouco de manteiga na baked potato.

"Sem falar em tortas de blueberry", eu complementei, fazendo uma pausa para pensar em outras possibilidades. "Folhados, bolos, croissants..." Pus uma batata frita na boca. "Imagino que ninguém ainda fez croissants de blueberry."

"Não", Jim falou devagar. "Imagino que não."

"Claro, eu venderia outros doces também. Não pode ser tudo só de blueberries." Entrei em devaneio quando comecei a visualizar a padaria — uma bandeja com bolo de limão, torta de pêssego em uma forma canelada, uma cesta de cupcakes de romã e gengibre. Eu me via tirando uma fornada de biscoitos do forno, o cheiro de chocolate derretido no ar. Haveria mesas e cadeiras de madeira brancas na sala da frente, para as pessoas pedirem café e sanduíches. Talvez até minissanduíches para o chá da tarde, como os que a Vovó fazia. Pepino e rúcula. Bacon e ovo. Frango ao *curry*. E as pessoas poderiam se sentar e ler jornal e...

Alguém deu um tapinha no meu braço. Olhei para cima e vi Jim me observando.

"Onde você estava?"

"Me desculpe", eu respondi. Estava pensando na padaria.

"Suponho que você seja apreciadora de comida."

Concordei, tentando imaginar que tons de cor cairiam bem em uma sala com mesas e cadeiras brancas. Azul? Branco e azul formam sempre uma boa combinação. Dá impressão de frescor. Beira-mar.

"E quanto à política?", Jim perguntou.

Sim, branco e azul. Ele mencionou política? Olhei para Jim, do outro lado da mesa. "O que você disse?" Peguei mais uma batata frita com a mão.

"Estava aqui pensando, levando em consideração a família de Hayden... e Hayden querendo se candidatar a um cargo político. Você gosta do mundo da política?"

Se eu gosto do mundo da política? A questão me pegou um pouco desprevenida. Olhei para a lagosta... as patas pontudas, as garras. Claro, eu tinha interesse em política. Quem não tinha? Mas será que eu realmente gostava? Sempre pensei que a maioria dos políticos é de mentirosos e malandros, com exceção da família de Hayden, claro. Fiquei com receio de que a resposta talvez fosse *Não, eu realmente não gosto do mundo da política.*

"Claro que eu gosto", respondi. O que há para não gostar? A batata frita escorregou da minha mão, aterrissando na calça. Recolhi e percebi que tinha ficado uma mancha de gordura e ketchup.

Jim me observou enquanto eu tentava tirar a mancha com um guardanapo molhado. O círculo úmido de cinco centímetros ao redor do centro vermelho ficou parecendo um alvo.

Ele deu uma mordida na batata e eu olhei para a garçonete de novo. Teria que haver alguém na cozinha que pudesse lidar com a casca da lagosta. Acabei desistindo, coloquei o alicate em volta do rabo e... nhec, o alicate escorregou e bateu no pratinho de manteiga puxada que cintilava como reflexo em piscina. Prendi o rabo de novo e apertei o alicate com toda a força. Dessa vez, a casca explodiu e voaram pedaços de carne de lagosta pela mesa, na minha blusa e nas roupas de Jim.

"Ai, meu Deus, me desculpe", eu disse, pegando o guardanapo limpo do lugar de Hayden e estendendo para ele. E então, mesmo sabendo que eu não devia, comecei a rir.

Jim começou a tirar as lascas da camisa e das mangas e, ao olhar para a bagunça, começou a rir também. Continuamos a limpar as roupas, mas toda vez que um olhava para o outro, cobertos de restos de lagosta, começávamos de novo a rir. Não conseguíamos parar de rir. Na hora em que conseguimos, estávamos os dois sem fôlego, com os olhos lacrimejando.

Quando por fim consegui me controlar, o monte de pessoas próximas do tabuleiro de dardos começou a aplaudir e um dos homens gritou pedindo uma rodada de cerveja. Dei uma olhada e consegui entrever a minha mãe, levantando um dardo, como se estivesse prestes a lançá-lo. Em seguida, ela soltou, mas não consegui ver onde pousou.

"Aquela é minha mãe", eu disse. "Falei para você que ela era uma campeã."

Ia pegar o rabo da lagosta de novo, mas ele tirou da minha mão. "Acho melhor eu ajudar você com isso." Ele pegou o alicate e partiu a casca, que se abriu em uma divisão perfeita.

Impressionada, fiquei ali sentada, admirando sua habilidade.

"Você nunca poderia viver no Maine abrindo uma lagosta assim", Jim disse.

Viver no Maine.

Ele deu um sorriso irônico e eu entendi que era brincadeira, mas não conseguia parar de pensar em Roy Cummings, na casinha que ele tinha feito para mim e nas coisas lindas que ele tinha falado enquanto estávamos lá fora.

Baixei o olhar, os olhos inundados de lágrimas. *Estou apaixonado por você. Sei que posso fazê-la feliz.* Pus a cabeça entre as mãos e fechei os olhos. Mas não havia jeito de escapar. Ainda conseguia enxergar seu rosto, o olhar calmo, derrotado quando ele disse adeus.

"Você está bem?"

Abri os olhos. Jim estava me fitando, com uma expressão de preocupação.

"Não sei."

"Posso ajudar?"

Fiz que não com a cabeça. Queria que Hayden voltasse e me levasse para a pousada. Onde ele estava? "Estou bem." Continuei olhando para baixo.

Jim empurrou o prato para o lado. "Tudo bem, Ellen, vamos fazer um trato."

Quando ele ficou um tempo sem falar mais nada, eu acabei olhando para ele.

"Veja", ele disse. "Que tal você me considerar como amigo apenas esta noite? Vou tirar o chapéu de jornalista." Ele fingiu retirar uma coisa da cabeça e jogou para trás. "Desapareceu, o.k.?"

Olhei fixamente para ele. Seus olhos castanhos eram encantadores, confiáveis, como os de um cachorro.

Concordei. "Sim, o.k."

Ele se debruçou sobre a mesa e cochichou: "Então me diga o que está acontecendo".

Coloquei os cotovelos sobre a mesa também. Em seguida, me debrucei. "Você conhece o cara que esteve aqui antes? Alto, cabelo escuro."

"Com o boné do Red Sox?"

"Sim, eu confirmei. É o Roy."

Jim ficou confuso. "Não tenho certeza de que..."

"O nome dele é Roy. Roy Cummings."

Olhei para o copo com scotch aguado. Minha cabeça estava pesada. Alguma coisa estava acontecendo internamente por conta de tanto álcool.

"O caso é o seguinte", eu expliquei, com as palavras soando um pouco piegas. "Estou a três meses do casamento..." Levantei três dedos.

"E tudo está organizado, tudo pronto... E então eu conheço esse cara. Roy. Roy Cummings. Simplesmente entra na minha vida, vindo do nada."

Fiz um gesto com a mão. "Não, espere, não é verdade. Não apareceu do nada. Veio de Beacon, Maine." Apontei para o chão. "Daqui. E ele me diz que está apaixonado por mim. Ai, meu Deus." Levei a cabeça para trás, o que foi uma péssima ideia porque de repente tudo na sala ficou girando.

"Uau", eu disse, me endireitando.

Jim veio para o meu lado da mesa e ocupou o assento perto de mim. "Você está bem aqui, Ellen? Não é melhor eu levar você de volta para a pousada?"

"É isso que está me confundindo", eu expliquei, sentindo a necessidade de definitivamente pôr tudo para fora. "Como ele pode estar apaixonado por mim? Conheci ele há uma semana apenas. Uma semana. De verdade. São só sete dias." Levantei o que pensei serem sete dedos, mas não devo ter contado direito porque Jim abaixou um deles.

Olhei para o prato com a lagosta, com a casca estilhaçada e os cacos espatifados. "Claro", eu continuei, "eu disse a ele que não tinha jeito. De jeito nenhum. Vou me casar em três meses, entende?" Levantei a mão esquerda, mostrando meu anel de noivado. "Van Cleef." Respirei fundo e soltei o ar. "And Arpels."

Jim fez um sinal de aprovação. "Lindo. Maravilhoso."

"Claro que é. Hayden não faz nada pela metade." Lágrimas começaram a deslizar pelo meu rosto. "Falei para ele 'não estou apaixonada por você. Não podemos ficar juntos'."

Jim fez uma cara de susto. "Você disse isso para o Hayden?"

"Não, falei para o Roy."

Jim ficou me olhando com uma expressão de curiosidade. Imaginei que estava prestes a falar alguma coisa, quando um dos integrantes da banda, um homem com camisa xadrez vermelho e branco, foi até o microfone. "Vamos fazer um breve intervalo, gente, mas a diversão continua. Marty Eldon está aqui, então se preparem para o karaokê e cantem até ficarem sem voz!"

"Pelo jeito, você tem algumas questões sérias para resolver, Ellen. Talvez seja necessário entender melhor os seus sentimentos. Quer dizer, os seus sentimentos de verdade. Isso pode ser um pouco mais difícil do que você imagina."

Eu não queria entender nada. Ele tinha razão. Era muito difícil e muito doloroso mesmo e era melhor que eu nunca tivesse tocado no assunto e ele parasse de falar sobre isso. Girei o anel de noivado no dedo. Não ia mais pensar nisso.

"Esse é o único jeito de você resolver isso", ele insistiu.

O.k., me deixe em paz. Vamos mudar de assunto agora.

"Você precisa fazer um sério trabalho de introspecção", ele continuou, "e o único..."

"Ei, sabe o quê?", falei sem pensar. "Eu sou muito boa no karaokê. Acho que gostaria de cantar." Empurrei a cadeira para trás.

Jim ficou chocado. A testa estava cheia de rugas. "Você tem certeza de que consegue?"

"Claro que sim", eu respondi. "Dois anos atrás, estive em um retiro da Associação de Advogadas do Estado de Nova York. Fiquei à frente de um grupo inteiro em uma interpretação de 'Respect'." Você conhece, a música da Aretha Franklin?"

"Claro que conheço."

"É, então, nós cantamos para comemorar o fato de que o sócio principal de outra empresa, um cara chamado Steve Ajello, finalmente fora preso sob a acusação de assédio sexual." Fiz uma pausa, saboreando a lembrança. "Todo mundo disse que eu tinha uma ótima voz."

Me levantei. "Aqui vou eu."

Parecia que aquelas pernas me sustentando não eram minhas. Agarrei o encosto da cadeira para me apoiar. A calça tinha uma mancha grande de ketchup que eu me perguntei como tinha ido parar lá. Peguei o babador para lagosta que estava dobrado ao lado do meu prato e abri. Impressas em branco, com fundo vermelho, estavam as palavras ARRANJE UM RABO NO ANTLER! Envolvi a mancha com o babador, dando um nó atrás. Melhor assim.

Comecei a abrir caminho na multidão, me dirigindo para o palco. Depois de alguns passos, senti que estava arrastando alguma coisa com os pés. Quando olhei, vi que uma pata de lagosta tinha ficado presa na tira da minha sandália. Tentei alcançar a pata, mas não consegui. O caminho até lá embaixo era muito longo.

Cheguei no tablado, por fim localizando Hayden em pé na multidão, acenando exaltado, tentando se comunicar. A cor fugiu totalmente do rosto dele e eu pude ver que estava gritando, tentando me falar alguma coisa. Mas o barulho estava muito alto. Não dava para escutar.

Não se preocupe, Hayden, eu pensei. Você não sabe, mas eu sou uma grande *karaokista*. Você vai ver. Será que existe a palavra *karaokista*? Não tinha certeza.

"Está tudo bem, Hayden", eu pus as mãos ao redor da boca, tentando gritar mais alto do que o barulho. "Aqui vai uma surpresa para você!"

Subi no palco e dei uma olhada em volta para o borrão de rostos sob as intensas luzes alaranjadas. Estavam sorrindo, cheios de expectativa. Até Skip, em pé atrás do balcão, levantou um copo vazio para me saudar.

O DJ olhou para o babador de plástico vermelho ao redor da minha perna e depois olhou para os meus pés. Ele sorriu e apertou minha mão. "Você deve ser a Nadadora. Muito prazer em conhecê-la."

Ele me entregou um caderno com os nomes das músicas, para eu escolher. Comecei a virar as páginas, passando por diferentes gêneros de músicas — pop, rap, rock, Top 40, country. Havia dezenas de músicas em cada página e os títulos estavam começando a flutuar e se curvar na minha frente.

"Você tem jazz?", eu perguntei. "Clássicos antigos de jazz, esse tipo de coisa?"

Ele folheou o caderno e me devolveu aberto na página com o nome de "Clássicos norte-americanos".

Ótimo, eu pensei. De olhos fechados, pus o dedo aleatoriamente em um dos títulos, "Our Love Is Here to Stay." Das músicas de Gershwin, era uma das minhas prediletas. Quem sabe fosse um bom sinal.

"O.k., esta", apontei.

Ele me entregou o microfone e num instante a música começou. O arranjo era exuberante, com muitas cordas e uma longa introdução, no estilo das músicas antigas. A multidão fez silêncio e olhei pelo salão na direção da minha mesa e vi que Mamãe estava me observando nervosa, segurando um troféu nas mãos. *Um troféu?*

Ao lado de Mamãe, estavam sentados Jim e Tally e, na ponta, Hayden, olhando boquiaberto para mim, com a curiosidade mórbida de um observador de acidente de carro. Ninguém estava conversando.

A introdução terminou e a letra da música apareceu no monitor. Comecei a cantar versos sobre o amor sobrevivendo a tudo, durando mais do que rádios e telefones e mesmo montanhas. Ao cantar, fiquei olhando pelo salão e os rostos que estavam embaçados entraram em foco.

Arlen Fletch, da prefeitura, estava sentada em uma mesa de canto com mais duas senhoras. Em uma mesa junto à parede, eu reparei em Phil, o caixa da Mercearia do Grover, onde eu tinha visto a minha foto no jornal pela primeira vez. Ele estava com uma mulher que imaginei fosse a esposa. Quando olhei para ele, ele acenou para mim. Susan Porter, o marido, e outros casais estavam sentados em uma mesa redonda no meio do salão, e a jovem garçonete do Three Penny Diner estava bem na frente, de mãos dadas com um garoto loiro bem bonitinho.

Me flagrei procurando Roy, buscando o boné do Red Sox e seu sorriso fácil. Queria que ele estivesse ali. Dei uma passada de olhos pela multidão, mas, dali a pouco, não estava mais vendo ninguém. Em vez disso, eu estava imaginando Roy, as minúsculas rugas ao redor dos olhos quando sorria, o cabelo ondulado, as covinhas.

Vi nós dois flutuando no mar, as pernas dele enganchadas nas minhas, no resgate do nadador cansado. Senti o sol no rosto e meus braços em volta dele e a água não estava fria, pelo contrário. Depois estávamos em pé do lado de fora da alfaiataria e ele estava dizendo que me amava. Estava segurando minha mão. *Sei que sou capaz de fazer você feliz. É uma promessa.* Podia sentir os dedos dele nos meus, antes de ele largá-los e dizer adeus.

A música acabou e houve um momento de silêncio fúnebre, uma quietude que se espalhou pela sala. Ai, meu Deus, eu pensei, foi horrível. Odiaram. De onde tirei a ideia de que era capaz de cantar? Por que eu bebi tanto? Por que eu...

Mas nem deu tempo de terminar o pensamento porque de repente o lugar inteiro explodiu em aplausos e vivas e assobios e gritos. Algumas pessoas até ficaram em pé. Não podia acreditar. Prestei atenção para ver se estavam batendo palmas para outra pessoa, mas não havia ninguém em pé exceto eu.

Minha mão tremia quando segurei o microfone. "Obrigada", eu disse. Minha voz tremia. "Muito gentil da parte de vocês."

Alguém gritou, "Aêê, Nadadora!" e todos deram risada.

Fiquei lá em pé, agarrando o microfone, e alguma coisa começou a borbulhar dentro de mim — um conselho que Vovó costumava me dar — e me pareceu muito importante naquele momento.

O DJ veio pegar o microfone, mas eu não soltei. Contemplei o salão de novo, as garrafas alinhadas atrás do balcão com líquidos cor de âmbar, as lanternas de navio penduradas no teto, o quadro-negro com os placares do último jogo de dardos.

"Sabe", eu comecei, com a língua de repente grossa e pesada. "Gosto de tirar fotografias." Percebi que estava pronunciando as palavras de modo estranho. O som da palavra fotografia tinha saído diferente. "Eu tiro muitas fotos." Algumas pessoas cochicharam.

"E algumas vezes", eu continuei, "quando penso que estou tirando a foto de uma coisa... acaba saindo a foto de outra coisa." Olhei para o DJ. Ele parecia preocupado. Talvez eu não estivesse sendo clara.

"Sabe", eu disse, "como a foto de uma flor. A intenção é tirar a foto da flor, mas estou olhando pelo... pelo... pelo visor." Fechei o olho direito, como se estivesse segurando a câmera.

"E eu podia tirar a foto. Quer dizer, daria certo e talvez até saísse uma foto boa." Olhei para Arlen Fletch e acenei para ela. Ela acenou de volta. "Mas se eu der uma boa olhada de verdade, começo a ver... sabe, outras coisas. Coisas que eu não tinha enxergado antes. Como talvez... uma folha que está linda, porque o sol está brilhando e fazendo ela reluzir." Ouvi mais algumas pessoas cochicharem, mas continuei.

"E então eu decido enquadrar a folha na foto também. Ou, quem sabe, surja... hum... uma sombra com aparência interessante. Talvez a flor produza uma sombra que eu não tinha percebido antes. E pode até ser", eu continuei, "que a sombra seja bem mais interessante que a flor... Pode acontecer, sabe."

Então olhei direto para Hayden. Ele estava sentado na beirada da cadeira, sem vestígio de cor no rosto. "É o seguinte", eu disse, com a boca tão seca que mal conseguia falar. "Não teria feito essa descoberta, Hayden, se não tivesse parado... e realmente olhado. Olhado para tudo... com... sabe, com muito cuidado. Porque, no final das contas, é isso que é preciso fazer."

Uma lágrima rolou pelo meu rosto e eu respirei fundo. "Hayden, eu sinto muito, muito mesmo", eu disse. "Mas eu não posso me casar com você."

Bem-vinda ao lar, Nadadora

Tentei abrir os olhos, mas as pálpebras estavam grudadas. Esfreguei e pisquei e esfreguei e pisquei de novo. A boca estava seca e o cabelo estava cheirando a peixe. Minha cabeça estava sobre uma fronha branca e, na frente, havia uma mesa pequena e um abajur que eu não reconheci. Meu relógio estava sobre a mesa, junto com um copo de água. Virei a cabeça e vi que estava em um quarto parecido com o meu — quarto 10 ou quarto 8 ou como quer que Paula o chamasse — exceto que havia duas camas de solteiro, alguns móveis diferentes e, na cômoda, um troféu com a figura de uma pessoa segurando... o quê? Um dardo? Esfreguei os olhos de novo.

Minha mãe estava em pé do outro lado do quarto, segurando um suéter rosa de *cashmere*. A mala dela estava aberta na outra cama. O que eu estava fazendo ali? Fiz um esforço para lembrar os eventos da noite anterior. Estava no Antler e as pessoas dançavam. Hayden e... Tally? Sim, Hayden e Tally. E a Mamãe estava... vi uma imagem fugaz da minha mãe segurando um dardo. Tentei me livrar dela.

E então o Roy entrou. Ai, meu Deus, *Roy*. Ele disse que me amava. Me deu um palácio. Procurei a casinha no criado-mudo, mas não estava lá. Logo me lembrei que tinha devolvido. E ele tinha me dado a carta da Vovó de volta. Uma imagem de nós dois em pé em frente à alfaiataria com as luzes tremendo passou como um flash pela minha mente.

E depois foi o Jim. *Jim*. O que eu contei para ele? Estava bebendo todo aquele scotch. Scotch, pelo amor de Deus. Nunca bebi scotch. Em seguida... karaokê? Será que eu levantei e cantei mesmo? Cantei e... ai, não, que droga de discurso eu tinha feito? Alguma coisa sobre tirar fotografias.

E no final... *Hayden*.

Agarrando o lençol com a mão, eu fechei os olhos para afastar as lembranças. Eu tinha terminado o noivado? Abri os olhos e examinei a mão. O anel tinha sumido. Sim, eu o tinha dado de volta para o Hayden na noite passada.

"Mãe?", eu chamei, com a voz rouca.

Ela colocou um pijama de seda na mala e ergueu os olhos para mim. "Bom dia." A voz soou um pouco fria, um pouco formal.

"Bom dia", eu respondi, me sentando devagar. Tomei um gole demorado de água. "Imagino... que muita coisa tenha acontecido ontem à noite."

Ela começou a colocar os cosméticos em uma maleta cor-de-rosa. "Sim, pode-se dizer que sim."

Puxei as cobertas até o pescoço. "E onde está todo mundo?", perguntei tímida, olhando para a mesinha de cabeceira, onde eu tinha deixado o relógio. Já eram quase dez horas. "Imagino que tenham cancelado a entrevista e a sessão de fotos, mas eu estava..."

"Todos foram embora", minha mãe disse, tampando um pote de creme hidratante. "As pessoas do *Times* estavam saindo de manhã quando eu desci para tomar café."

"E Hayden?", eu perguntei, cochichando baixinho.

"Hayden foi embora também."

Mamãe veio até a cama e me entregou um envelope. Na aba da frente, a gravura do Victory Inn e meu nome escrito na parte de trás. A caligrafia era de Hayden.

"Ele deixou embaixo da porta", ela explicou e depois foi até a cômoda, de onde tirou um xale azul-claro e colocou na mala.

Abri o envelope, com medo do que iria encontrar. Dentro, uma carta escrita em tinta preta em uma folha de papel branca.

Querida Ellen,

Muitas coisas passam pela minha cabeça neste momento. Estou tentando organizá-las e dar um sentido a todas elas. No início, sentei e escrevi uma longa lista de perguntas que eu queria fazer sobre você e Roy. Imaginei que eram questões que eu precisava entender e, uma vez tendo as respostas, conseguiria dizer onde e por que você estava errada. E eu poderia convencê-la de que a ideia de ficar com ele era maluca e que, se você continuasse nesse caminho, nunca seria feliz. Mas aí percebi que não era hora de depoimento ou interrogatório. Não estou lidando com uma matéria jurídica. É o seu coração.

Não sei o que se passa no seu coração, Ellen. Pensei que eu estava lá dentro. E espero que ainda esteja, de alguma maneira. Vou presumir que, seja qual for seu sentimento por Roy, é apenas um capricho maluco que não vai durar. Talvez você esteja nervosa com o casamento. Talvez assumir esse passo definitivo seja mais difícil do que você imaginava. Esse é o único jeito de isso tudo fazer algum sentido para mim. Tenho esperança de que, uma vez de volta a Manhattan, você voltará a ser a Ellen que eu conheço, aquela que me ama.

O único conselho que eu gostaria de lhe dar é leve o tempo necessário para descobrir o que você realmente quer. Fique aqui mais um pouco. Reflita com carinho. E depois, se você acreditar, de todo coração, que Roy Cummings é o único homem capaz de fazê-la feliz, você terá a minha bênção.

Hayden

Puxei as cobertas para cima da cabeça. Como fui capaz de fazer uma coisa tão terrível com Hayden? Ele me amava e... bem, eu ainda o amava. Não é que eu sinta algo a menos por Hayden, apenas sinto algo a mais por Roy. E como era possível? Como era possível que eu amasse Hayden o suficiente para querer me casar com ele e então, de repente, me apaixonasse por outra pessoa? O que isso queria dizer sobre mim? Que eu era instável? Não era digna de confiança? Que eu não conhecia meu próprio funcionamento mental?

Devo ser louca, pensei. Devo estar fora de mim. Nunca mais vou poder confiar na minha opinião sobre os homens. Agora eu acho que estou apaixonada por Roy, mas e se eu não estiver de verdade? E se Hayden estiver certo e tudo isso é apenas paixão passageira? Se for assim, vou acabar fazendo para o Roy a mesma coisa que eu fiz para o Hayden. Será que eu iria arruinar a vida dos dois? Eles não mereciam.

Não, não posso fazer isso, pensei. Já causei muitos danos. O melhor a fazer agora é sair da vida dos dois, me afastar por completo de qualquer romance. Se a minha capacidade de julgamento está prejudicada, só há um jeito de prosseguir. Está tudo acabado com o Hayden e nunca vai começar com o Roy. Vou ficar sozinha. É isso o que eu devo fazer.

"O que Hayden disse?", minha mãe perguntou.

Empurrei as cobertas de volta, devagar. Ela estava no pé da cama. "Ele acha que não vai durar", eu respondi, com a garganta apertada só de pensar em como eu o magoei. "Ele acha que é uma paixão passageira."

Minha mãe concordou.

"Ele disse que tem esperança de que, quando eu voltar para Manhattan, vou retomar a minha personalidade anterior. Aquela apaixonada por ele."

Minha mãe concordou de novo, deu um suspiro e voltou para a mala.

"A questão é...", eu disse, observando ela enfiar um estojo de joias no canto. "Eu amo ele sim. Apenas não..."

Ela se voltou para mim e ergueu as sobrancelhas, na expectativa.

"Não o suficiente."

Ela olhou para mim com aquela cara que só ela sabia fazer tão bem — um terço preocupada e dois terços frustrada.

"Por que você está fazendo essa cara?", eu perguntei.

"Terminar o noivado com o Hayden", ela disse, pondo um vidro de colônia na mala. "Você vem até aqui para ficar uma semana e acaba virando a sua vida de cabeça para baixo. Quase se afoga, então pensa que está apaixonada por um, um... carpinteiro que te salva. Aí termina o noivado. Suponho que agora você vá largar o trabalho, se mudar para cá e fazer pão ou sei lá o quê."

"Mãe, você está sendo ridícula."

"Querida", ela disse, se aproximando de mim. "Você sabe quantas mulheres iam querer ficar com o Hayden na hora? O homem é inteligente, bonito e realizado." Ela se sentou ao meu lado. "E vem de uma família excelente."

"Então talvez você deva se casar com ele", eu disse, saindo da cama e começando a recolher as roupas que tinham ficado esparramadas no quarto na noite anterior. "Todo esse casamento tem muito mais a ver com você do que comigo, de qualquer forma."

"Que absurdo!", Mamãe disse, com o rosto ficando vermelho.

"Não, é verdade. Só você não enxerga. Você é que transformou a coisa toda no evento social da temporada. Você e Hayden."

"Pensei que você queria assim", ela disse, chocada. "Não me diga que você não queria."

"Você tem razão, eu queria. Mas eu queria porque você queria", eu expliquei. "Tudo sempre girou em torno do que você queria. Tudo com certa aparência, todo mundo agindo de uma certa forma. É tudo você e é isso o que você me ensinou."

"Não entendo o que você quer dizer." Ela ficou em pé, foi até a cômoda e começou a brigar com o cabelo na frente do espelho.

Fui até ela. Não a deixaria escapar. "Estou falando de aparências, Mamãe. Do aspecto das coisas. Essa é a sua especialidade."

Uma parte dentro de mim estava começando a desmoronar. Como se eu fosse uma corda que estivesse se desembaraçando, fio a fio. Olhei no espelho para o reflexo da Mamãe e para o meu, duas gerações de mulheres Branford, ligadas por tantas coisas. Mas ainda havia espaço para eu ser diferente.

"As aparências também costumavam ser minha especialidade", eu disse. "Mas agora eu não quero mais."

Minha mãe se afastou. "Sim, eu sei. Ficou claro na noite passada quando você anunciou o rompimento do noivado no meio de uma performance de karaokê embriagada."

"Veja quem está falando. Você estava lá jogando dardos e, se a minha memória não falha, você tinha entornado alguns daiquiris."

"A diferença, Ellen, é que eu estava dando conta da quantidade de álcool que tomei. E, em todo caso, lancei mesmo alguns dardos. E daí?"

"Lançou alguns? Mãe, você saiu com um troféu, pelo amor de Deus."

"Bem, ninguém jamais vai saber, exceto algumas pessoas de Beacon. Pelo menos eu não fiz um manifesto público a respeito."

Ela voltou a arrumar a mala, colocando uma calça branca sobre as outras roupas. "E, de qualquer maneira, eu não pude evitar. As pessoas no pub insistiram muito para eu jogar. Quando eu disse que era sua mãe, eles só..." Ela fez um aceno com a mão. "Acho que eles formularam algum conceito sobre genética e dardos."

"Sobre o quê?"

Ela encolheu os ombros e recolheu uma echarpe de seda. "Eu me saía bem na faculdade, só isso."

"O que você quer dizer? Você se saía bem em quê?"

Ela pôs a echarpe sobre a calça. "Dardos, querida, dardos."

Ela se virou para mim. "Fiz parte da equipe de Princeton." Ela fechou o zíper da mala. "Nós chegamos até a fase nacional."

"Você o quê?" Cheguei mais perto dela. "Do que você está falando?"

Ela pegou o troféu da cômoda e levantou, com um sorriso travesso no rosto. "Você não achou que foi apenas sorte, achou? No meu tempo, jogava muito bem nos campeonatos."

"Você está brincando", eu disse. "Você deve estar brincando." Sentei na cama e observei a minha mãe com o troféu na mão. E aí eu comecei a rir. Ri até cair, até a cama balançar, até minha mãe cair na risada comigo. E então, ela se sentou ao meu lado, com o troféu entre nós, e nós duas rimos até lágrimas rolarem em nossos rostos.

Ainda estava tentando recuperar o fôlego quando o telefone do quarto tocou. Mamãe olhou para mim. "Você atende", ela disse, dando risada.

"Não, você atende", eu respondi, rindo de volta.

O telefone continuou a tocar.

"Está bem, está bem." Minha mãe enxugou os olhos com um lenço de papel e depois pegou o telefone. "Sim? Alô?"

Houve um instante de silêncio. Em seguida, ela disse. "Sim, vou falar para ela. Obrigada." Ela se virou para mim. "Era a Paula. Entregaram um pacote para você lá embaixo."

"Um pacote? Não encomendei nada."

Mamãe estendeu um lenço de papel para mim. "Ela disse que deixaram um objeto lá embaixo para você."

Levantei. "Tudo bem. Vou lá pegar."

Joguei um pouco de água no rosto e escovei depressa os dentes. Em seguida, coloquei uma roupa qualquer e desci.

Paula estava na recepção, conversando com um casal jovem que fazia o check-in.

"E eu vou precisar usar o *business center*", a esposa disse, com uma pasta pendurada no ombro.

Olhei para a Paula e um sorriso começou a se esboçar em meus lábios.

"Vou ver o que consigo arrumar", Paula respondeu. Em seguida, ela enfiou a caneta atrás da orelha e deu uma olhada para mim. Posso jurar que ela piscou.

O casal subiu as escadas e Paula apontou para uma caixa de papelão encostada na parede. "O serviço de entregas acabou de deixar para você."

"Serviço de entregas. Você tem certeza de que é para mim?"

"Está escrito o seu nome", ela respondeu.

A caixa era grande, provavelmente com um metro por um metro e meio, mas só uns vinte centímetros de profundidade. Na extremidade superior de um envelope colado na frente, estava escrito SERVIÇO DE ENTREGAS CROWN COURIER. No meio, alguém escreveu meu nome.

"Ei", Paula disse. "Antes de você ir..."

Ela empurrou algo na minha direção. "O *Beacon Bugle* de hoje", ela disse. Em seguida, apontou uma foto grande colorida na primeira página. "Poderia jurar que essa mulher é a cara da..."

"Mamãe!", eu gritei.

Lá estava ela, olhos vidrados, um sorriso de plástico no rosto, cabelo desarrumado, segurando o troféu de sessenta centímetros de altura em um ângulo de quarenta e cinco graus. Ai, meu Deus, e o nome dela estava impresso na legenda. "Cynthia Branford, de Connecticut, ganha o primeiro lugar no torneio anual de verão de dardos do Antler."

Comecei a rir. Não pude evitar. Tudo estava se encaixando tão perfeitamente. Paula recuou a cabeça um pouco e me encarou. Dessa vez, ela ficou sem palavras. Empurrei o jornal de volta para ela. "Acho que se você pedir, ela autografa para você." Ainda estava rindo baixinho quando cheguei ao terceiro andar.

"O que é isso?", Mamãe perguntou, olhando para mim, assim que eu entrei no quarto. Encostei a caixa em uma das camas.

"Não sei", respondi. "Mas tem um recibo ou uma fatura ou coisa do gênero aqui." Abri o envelope e tirei um bilhete escrito em uma folha pequena de papel branco. A data do dia anterior estava na extremidade superior.

E,

    Consegui que as pinturas da sua avó fossem enviadas para a casa da sua mãe em Connecticut — todas menos essa, com a qual eu queria fazer uma surpresa para você. Mal posso esperar para ver sua reação.

Amor,
H

Ele tinha escrito antes do desastre no Antler. Era típico de Hayden — capaz de resolver toda a questão dos quadros com calma e ainda planejar a entrega. Mordi os lábios para não chorar.

Minha mãe se aproximou. "O que é isso? O que está acontecendo agora?"

Estendi o bilhete para ela sem pronunciar uma palavra, rezando para ela não dizer "não te falei".

"Ai, querida", ela disse, me abraçando depois de ler.

Removi a fita adesiva de uma das extremidades da caixa. Em seguida, retirei o objeto embrulhado em papelão grosso acolchoado. Coloquei em cima da cama e examinei a cena. No meio da tela, estava a sede da fazenda branca e, ao lado dela, um celeiro vermelho. Perto do celeiro, um carvalho solitário, com um conjunto de árvores menores atrás dele, e, ao fundo, hectares de arbustos de blueberry. Em primeiro plano, um gramado se estendia até uma pequena estrada de terra e à beira do gramado, no acostamento, uma banca com uma placa pintada à mão: BLUEBERRIES.

"Essa é a Kenlyn Farm", eu disse, a respiração presa na garganta. "É onde Chet Cummings cresceu."

Mamãe ficou em pé ao meu lado, admirando em silêncio enquanto examinava o trabalho. "Minha mãe era mesmo uma excelente pintora, não era?" Dava para ouvir o orgulho na voz dela. "Não fazia a menor ideia."

Ela chegou mais perto. "É lindo. Olha o detalhe da grama." Ela apontou para as pinceladas de verde e amarelo e cor de canela. "Dá para ver cada folha. E as blueberries. Está vendo os reflexos do sol bem aqui? E olhe o telhado do celeiro. A maneira como ela misturou as cores." E seu rosto adquiriu um aspecto sonhador, como se tivesse dado de cara com um amigo antigo, cujo nome estava na ponta da língua e ela ainda estivesse tentando lembrar.

"Alguma coisa está escrita na parte inferior... bem aqui." Ela apontou para um pequeno ponto na grama. "Não consigo ler, Ellen. O que está escrito?"

Olhei para onde ela estava apontando. As palavras estavam escritas com a letra de mão da minha avó. "Está escrito NOSSA FAZENDA."

"Nossa fazenda", minha mãe repetiu, se virando para mim.

"A ideia era que fosse deles", eu disse. "Do Chet e da Vovó. Quando se casassem, imagino." Apoiei o quadro na parede e me afastei. "Eles iriam ser os proprietários, tomar conta dela juntos. Era o grande sonho deles. Mas aí a Vovó foi para a faculdade e conheceu o Poppy..."

"Eu sei o que aconteceu depois disso", Mamãe me interrompeu.

"Você não sabe toda a história", eu falei para ela enquanto admirava um reflexo do sol salpicado no carvalho e me perguntava como a Vovó tinha conseguido aquele efeito. "Depois que Chet ouviu que eles estavam noivos, ele foi embora de Beacon. Não queria ficar perto de todas as... bem, você sabe, das coisas que fizessem ele se lembrar da Vovó. Ainda estava apaixonado por ela."

"Para onde ele foi?", minha mãe perguntou.

"Ele foi para Vermont e não sei para onde mais, mas ficou fora por um longo tempo. Como ele foi embora de Beacon, seus pais acabaram vendendo a fazenda."

"Esta fazenda? A que está no quadro?"

"Sim", eu respondi. "Kenlyn Farm." Toquei a camada espessa de tinta vermelha que a minha avó tinha aplicado no celeiro. "E imagino que essa parte é o que mais incomodou a Vovó. Ela sabia o quanto a fazenda significava para Chet. E acreditava que acabou saindo das mãos da família por culpa dela."

Mamãe ergueu a cabeça e olhou para mim. "E como você sabe de tudo isso?"

Contemplei a sede da fazenda, pintada de branco, e a pequena barraca, onde cestas de blueberry formavam uma pilha alta. "Porque Chet escreveu para a Vovó depois que ela terminou o relacionamento. Ele escreveu para ela durante meses, mas ela mandou todas as cartas de volta, sem abrir." Sentei na cama.

"Roy encontrou todas e nós lemos todas ontem."

Mamãe sentou ao meu lado e não disse nada por um tempinho. Ficou apenas apreciando a pintura. "Bem", ela disse finalmente, "o fato de ela ainda estar pensando nisso depois de todos esses anos... é um tanto quanto inacreditável." Ela olhou para mim, com os olhos afáveis. "E triste." Deu um pequeno suspiro. "Ela estava fazendo uma retrospectiva da vida e estava pensando se..." A voz dela sumiu.

Olhei para o chão, as tábuas largas com rachaduras e frestas. "Sim", eu disse. "Suponho que a lição de tudo isso seja não chegar aos oitenta anos fazendo um retrospecto da vida e se perguntando se fez a escolha certa ou como a vida teria sido diferente se você tivesse feito uma opção e não a outra."

A luz do sol entrando pela janela cintilava e pousava na cama em manchas furta-cor. Pensei na Vovó pouco antes de ela morrer, me pedindo para entregar a carta. E pensei nela jovem, de pé embaixo do carvalho na fazenda com Chet. Gostaria de saber como teria sido a vida dela se tivesse ficado em Beacon. Mas, naquele instante, ao considerar essa possibilidade, as perspectivas da vida dela não me pareciam desagradáveis e sem graça como eu teria imaginado uma semana antes. O panorama me parecia alegre e belo e cheio de potencial.

Minha mãe tirou um fio de cabelo da minha testa. "Às vezes eu esqueço que você é uma mulher adulta, inteligente e que eu tenho que respeitar as suas decisões, mesmo que sejam diferentes das decisões que eu tomaria." Ela me abraçou. "Eu sou apenas teimosa e rígida no meu modo de ser, Ellen... e eu sinto muito." Ela me puxou para perto.

"Eu amo você", ela cochichou.

Apoiei a cabeça no ombro dela. "Eu amo você também."

Ficamos abraçadas, enquanto uma brisa soprava pelas janelas, fazendo as cortinas tremularem e trazendo o cheiro suave de maresia para dentro do quarto. Acima de nós, em uma árvore em algum lugar, um pica-pau tamborilou uma melodia.

Ao entrar na Dorset Lane, pisei no acelerador até o fundo, cantando os pneus. Assim que vi a casa de Roy, minhas mãos ficaram frias e uma sensação de vazio passou por dentro de mim. A caminhonete estava na garagem e o Audi não estava lá. Ele deve ter ido embora. Frustrada, bati a mão na direção e sem querer toquei a buzina.

Talvez ele ainda esteja ali, eu pensei, mesmo que o Audi não esteja. Estacionei na entrada da garagem, deixei o carro parado e subi correndo os degraus até a varanda. Abri a porta de tela e bati forte na de madeira muitas vezes.

"Roy, Roy, sou eu, Ellen. Você está aí?"

Não obtive resposta. Só um canto de rouxinol no quintal atrás da casa.

"Roy, abra, por favor", eu pedi. "É a Ellen."

"Ele está fora da cidade."

Me virei espantada, e vi a vizinha de Roy no patamar da varanda. Ela estava com uma roupa rosa de ginástica e segurava pesos para os braços.

"Estou fazendo minha caminhada pesada." Ela estava sem fôlego. "Ando normalmente três quilômetros e meio por dia."

Andei até a beirada da varanda. "O quê? Você disse que ele foi embora?"

"É, há mais ou menos meia hora. Vai ficar fora algumas semanas."

Ela se agachou para amarrar o cadarço do tênis cor-de-rosa. "Estou tomando conta do Sr. Puddy, o gato dele." Ela se levantou. "Ele fica muito aborrecido e estraga tudo quando fica sozinho por muito tempo, mas fica bem comigo. Roy disse que eu tenho um toque mágico." Ela pegou os pesos e saiu correndo pelo gramado em direção à rua. "Até mais."

"Até mais", eu respondi. No alto, uma nuvem tapou o sol e uma brisa fez a grama farfalhar. Fui para o carro.

A vizinha, agora algumas casas adiante, virou a cabeça e disse alto: "Parece que você realmente partiu o coração dele". Em seguida, continuou a marcha.

Não havia nada que eu pudesse dizer. Entrei no carro, com os olhos ardendo. Olhei a casa de Roy uma última vez — as janelas onde pela primeira vez eu chamei "Sr. Cummings", procurando Chet; a escada lateral da casa; o banco onde Roy e eu nos sentamos para ler a carta da Vovó. E depois programei o GPS para Manhattan.

Já estava na Bidwell Road, próxima da entrada 20A, em direção à estrada principal, quando me dei conta de que precisava fazer mais uma coisa pela minha avó. Ou talvez por mim. Tinha que me despedir dela de um modo apropriado. E, para fazer isso, precisava jogar a carta dela no mar. Roy tinha dito que nós todos deveríamos deixar isso para trás e seguir em frente e ele tinha razão. Talvez essa fosse uma boa maneira de fazer isso. Dei meia-volta com o carro e dirigi de volta para a cidade.

Em dez minutos, contornei a curva nos limites da cidade e o mar apareceu. O cheiro de maresia invadiu meu carro e eu fiquei impressionada com o tom azul-cobalto brilhante da água, as ondas parecendo suspiros e o céu cheio de gaivotas. Imaginei as diferentes maneiras de enquadrar uma foto com as lentes da minha câmera.

Andei de carro entre a praia e as lojas, passando na frente do Three Penny Diner, do Tindal & Griffiin e do Armazém Beacon, da adega e da alfaiataria do Frank, onde funcionou o Irresistível Café de Cupcakes do quadro da Vovó. Atravessei toda a cidade até o fim da Paget Street, onde estava a casa em construção.

Me surpreendeu ver como estava diferente do dia da minha chegada a Beacon. O telhado já estava terminado, com as telhas colocadas, e os canos e os fios e as tábuas de madeira e o entulho, antes espalhados pelo chão de terra, não estavam mais lá.

Uma van branca e um jipe marrom estavam estacionados na área da frente, e, entre eles, estava o Audi verde de Roy. Ele estava lá. Ainda não tinha ido embora.

Saltei rápido do carro e corri em direção aos fundos da casa, dando um encontrão em um dos homens trabalhando, ao dobrar a esquina. Ele derrubou uma lata de café e milhares de pregos voaram por todos os lados.

"Desculpe", eu disse, sem fôlego, me agachando e tentando recolher alguns dos pregos. Joguei-os de volta na lata. "O Roy Cummings está por aqui?"

O homem me examinou, os olhos castanhos calmos voltando à vida por um segundo. "Ei, você não é a Nadadora?"

"Sim", eu confirmei. "Sim, eu sou a Nadadora. Sou eu. Mas, por favor, eu preciso encontrar o Roy Cummings."

"Acho que ele está lá dentro", o homem disse, encolhendo os ombros. Eu saí correndo.

Havia, fácil, vinte pessoas trabalhando na casa, instalando armários de cozinha, colocando azulejos no banheiro, instalando acessórios. Procurei Roy de quarto em quarto, mas ele não estava em nenhum lugar. Por último, desci e saí pela porta dos fundos. Foi quando eu me dei conta.

O píer antigo não estava mais lá, e uma estrutura nova em folha estava em seu lugar. As tábuas quebradas, os parapeitos faltando, as ripas podres, todos tinham sido substituídos por peças novas de madeira tratada. E tinham colocado um portão preto brilhante, ornamentado com arabescos. Olhei para a extremidade do píer e vi um homem em pé lá. Era Roy.

Correndo pela areia, pulei na plataforma e abri o portão. Roy me observou correndo pelo píer, os sapatos batendo na madeira. Cheguei ao final e parei.

"Ei", eu arfei.

Ele olhou para mim de cima a baixo. "Ei, você. O que está fazendo aqui?"

"Estive te procurando em todos os lugares", eu disse. "Pensei que já tinha ido embora."

"Ainda não", ele disse. "Estou indo daqui a pouco. Tenho uma entrevista de trabalho no norte do estado."

Ai, não, eu pensei. Ele vai arranjar um emprego em outra empresa e vai ter que sair de Beacon. "Você está se mudando?", eu perguntei. Pela minha voz, dava para perceber que eu estava em pânico.

Roy inclinou a cabeça e franziu os olhos para mim. "O quê?"

"Você vai arranjar um emprego em outra empresa de construções?"

"Outra empresa de construções... Não, eu... Ellen, o que você veio fazer aqui?"

Olhei para baixo, para ver as tábuas de madeira novinhas em folha sob os meus pés. Pareciam fortes, sólidas. Meu olhar percorreu a água em direção à praia, onde um garoto estava atirando uma bola para um golden retriever. Então olhei bem nos olhos de Roy. "Não vou me casar com Hayden."

Ele me olhou desconfiado, o rosto com expressão confusa. "Não vai?"

"Não." Levantei a mão esquerda e mexi os dedos. "Não tem anel. Está vendo?"

Ele pegou minha mão e virou de frente para trás. Em seguida, soltou. "O que aconteceu?"

Me lembrei do Antler e do karaokê e do meu discurso de bêbada. "Sabe, eu nunca tive problemas com álcool em Nova York, mas aqui... é outra história. Ontem à noite, no Antler, eu fiquei um pouco alta de novo."

Roy deu um sorriso irônico. "Não acredito."

"É verdade."

"Jogou Presidentes Mortos de novo, Meritíssima? Ou dessa vez foi algum outro jogo?

"Nenhum deles. Não estava jogando dardos", eu disse. Logo me lembrei do troféu da minha mãe. "Ah, mas minha mãe estava e ela ganhou o torneio anual de verão! Nem tinha ideia que ela sabia jogar."

Roy ergueu as sobrancelhas. "Sua mãe? Uau. Acho que gostaria de conhecê-la."

"Eu também gostaria que você a conhecesse", eu disse e sorri. Ficamos ali em pé um momento, olhos nos olhos.

Por fim, ele disse. "E o que aconteceu?"

Contei para ele sobre o karaokê e minha interpretação de "Our Love is Here to Stay." "Acho que Gershwin deve ter se revirado no túmulo, mas a multidão adorou. Talvez eles estivessem apoiando o azarão."

"Eles estavam torcendo pela Nadadora", ele disse.

"Pode ser. Não sei. A questão é, durante todo o tempo em que eu cantei estava pensando em você e desejando que você estivesse lá. E depois eu comecei a falar todas aquelas maluquices a respeito de tirar fotos e... não sei. Mas no final, na frente de todo mundo no Antler, eu disse para o Hayden que o casamento estava cancelado." Dava para ouvir o barulho da água batendo contra os pilares do píer enquanto Roy estava lá em pé, tentando assimilar.

"Por que você fez isso?", Roy perguntou, depois de um tempo.

Respirei fundo. "Porque eu não posso voltar a viver do jeito que as coisas costumavam ser. Eu vim para cá com uma expectativa e tive uma experiência completamente diferente. Tudo mudou. Eu mudei. E não posso me casar com Hayden se eu estou apaixonada por você."

"O que você disse?"

"Eu disse que agora tudo mudou e eu não posso voltar para..."

"Não, eu me refiro à última parte."

Peguei a mão dele. Respirei fundo. "Eu disse que *estou apaixonada por você*."

Ele fechou os dedos sobre os meus. "Mas e tudo aquilo que você me disse na noite passada?" Ele olhou para baixo. "Você disse que não estava apaixonada por mim."

"Eu estava com medo da verdade. Às vezes, a verdade pode ser bem confusa. Eu magoei muito Hayden. Tenho consciência disso e tenho que lidar com essa questão. Mas não deixo de estar apaixonada por você."

"E Nova York e a sua carreira? E o ranger dos dentes quando dorme?"

Dei risada. "Sabe, não estou rangendo os dentes desde que cheguei a Beacon." Pensei na minha avó e no dinheiro que ela me deixou e pensei na Kenlyn Farm e no ramo de blueberry que eu tinha encontrado por lá.

"E de repente me veio um desejo maluco de ser proprietária de uma fazenda de blueberry. Quem sabe abrir uma padaria. Poderia vender ótimos cupcakes e tortas de blueberry e..." Olhei pela praia em direção à cidade e à estátua da dama de blueberry. "Alguma vez você parou para pensar por que não se faz croissants de blueberry? Talvez eu possa fazer também. Sabe, ouvi dizer que uma fazenda de blueberry antiga está à venda."

Um peixe-voador pulou para fora do mar, o corpo parecia um jato prateado contra a água azul. Roy olhou para mim e sorriu. "Acho que você é maluca, Ellen Branford. Mas eu te amo." Ele me puxou para perto dele.

"Espere", eu disse. "Preciso fazer uma coisa."

Tirei a carta da minha avó do bolso. Desdobrei o papel, alisei os vincos e olhei para a escrita dela pela última vez. Depois andei até a beirada do píer e soltei o papel. Flutuou na brisa e pousou na água.

Roy veio e ficou ao meu lado. "Quem sabe ela finalmente encontre um pouco de paz."

"Espero que sim."

"Acho que ela ficaria muito orgulhosa de você", ele disse.

"Você acha?"

"Claro. Eu estou orgulhoso de você."

"Obrigada", eu disse. Nós ficamos apoiados no parapeito um tempinho, contemplando as ondulações que a brisa produzia na água.

"A última coisa que eu esperava era ver você neste píer de novo", Roy disse.

Dei um sorriso. "Bem, aqui estou. E prefiro muito mais este píer do que o antigo."

Ele deu risada. "Você gostou?"

"É lindo", eu respondi.

"Acho que o proprietário ficou com medo de ser processado. Sabe, por aquela mulher que caiu."

"Ah, claro", eu disse. "Aquela advogada. Você acha que ela iria entrar com uma ação?"

Ele encolheu os ombros. "Não sei. Talvez. Talvez não. Poderia ser um... conflito. Conflito de interesses?"

"Acho que não. Por que seria um conflito de interesses?"

"Bem, ela acaba de dizer para o proprietário que está apaixonada por ele."

"Não, eu não disse. Eu... espere um minuto. *O quê?*"

Roy estava dando um sorriso irônico.

"Você é o proprietário?", eu perguntei. "Você?"

"Construtora C. R. Cummings, Ltda." Ele estendeu a mão para eu apertar.

Devo ter feito uma cara de confusa. Ele estava tentando não rir. "Você está me dizendo que você é o dono do píer?", eu perguntei.

"Dono do píer e da casa. São uma coisa só, lembra? Até vender, eu sou o proprietário. Sei que você pensava que eu fosse um carpinteiro. E eu sou, mas sou também empresário da construção civil. Eu sou o dono da empresa."

Contemplei a extensão do píer até a nova construção, agora sabendo que estavam lá por causa do Roy, era como se eu estivesse vendo pela primeira vez. "Você é impressionante, Roy Cummings."

Ele deu um sorriso encabulado. "Bem, é sobre isso a reunião mais tarde. Vou conversar com alguém sobre um projeto. Uma área enorme com um lago e eles querem... ei, não temos nada que conversar sobre negócios agora. Temos coisas melhores para fazer."

Ele olhou nos meus olhos, pegou a minha mão e me puxou para perto. Alguma coisa dentro de mim estremeceu. Parecia o coração de um pássaro engaiolado, de repente liberto e prestes a voar.

"Você sabe", ele disse, "pode parecer maluco, mas acho que estou apaixonado desde o primeiro dia em que vi você aqui, quando estava se afogando."

Eu me afastei. "Quando eu estava o quê?"

"Quando você estava se afogando", ele disse, com naturalidade.

Pus as mãos nos quadris. "Eu não estava me afogando, Roy Cummings. Nunca estive me afogando."

"Sei." Ele tentou camuflar um sorriso. "Então por que você estava se debatendo na água, como se estivesse em pânico? Era só para atrair minha atenção?"

"Nunca entrei em pânico em toda a minha vida." Coloquei os ombros para trás. "Especialmente no que se refere à natação. Quando eu estava em Exeter..."

Roy me puxou para junto dele de novo. "Sim, sim, eu sei. Você chegou até a fase nacional."

E antes que eu tivesse a chance de pronunciar outra palavra, seus braços me envolveram, seu rosto encostou no meu. Ele me beijou a testa. Senti a barba por fazer e o cheiro da loção pós-barba conforme nossas faces se tocavam. O cheiro dele me fazia pensar em um campo de flores silvestres, onde havia existido uma sede de fazenda, onde blueberries floresceram e iriam florescer de novo.

Ele beijou a ponta do meu nariz e depois trouxe os lábios para junto dos meus e tudo ao meu redor — as tábuas sob meus pés, o murmúrio do mar contra os pilares do píer, o céu azul —, cada átomo de vida, com exceção de nós dois, sumiu em silêncio.

Epílogo
Um ano depois

Segurando os pegadores de panela, tirei os cupcakes de blueberry do forno. O cheiro de canela invadiu o ar, enquanto eu colocava as duas assadeiras em uma prateleira para esfriar. Acho que a Vovó teria gostado da minha adaptação da sua receita — colocar canela e açúcar em cima para ficarem ainda mais crocantes.

De pé na cozinha do Café, com luvas de forno e "Night and Day", de Cole Porter de fundo, era difícil acreditar que passou um ano desde a morte da minha avó e da viagem para Beacon. Acredito que ela ficaria orgulhosa do que eu fiz e sei que ela teria adorado o Café, sobretudo porque o nome foi uma homenagem ao Irresistível Café de Cupcakes da sua juventude.

Havia vestígios da Vovó em todo o lugar. Dava para imaginar nós duas dançando, como a gente fazia na cozinha dela, enquanto os cupcakes assavam e Ella Fitzgerald cantava "Bewitched, Bothered, and Bewildered".

Ao entrar no salão da frente, a pintura da Kenlyn Farm me deu as boas-vindas. Sorri ao ver o celeiro vermelho e a banquinha na estrada e pensei em como a Vovó ficaria feliz de saber que eu e Roy compramos a fazenda e que parte do dinheiro que ela me deixou veio parar aqui. Ainda levaria alguns anos para que os arbustos de blueberry que nós plantamos dessem frutas, mas tudo bem. Nós esperaríamos.

Ao lado da pintura da Vovó, penduramos um quadro-negro com

a lista dos pratos do dia. Peguei um pedaço de giz amarelo e escrevi "Sopa fria de gengibre e cenoura", "Sanduíche de salada de frango, maçã e nozes pecan" e "Baguette com presunto defumado e brie". Roy ia querer o presunto defumado e brie quando ele passasse por aqui. Nós cobríamos com folhas de salada frescas e arrematávamos com molho de mostarda de Dijon, que ele amava. Provavelmente ele viria de jeans desbotados e camiseta do Red Sox, entraria na cozinha ou me encontraria no quartinho, que eu chamava de escritório, e me beijaria com a barba espetada de sábado de manhã. Era tudo muito bom.

Roy e eu nos casaríamos no outono — um casamento simples, com a família e alguns amigos próximos. Seria perfeito. Nós tínhamos reservado o Victory Inn para a festa e para os convidados de fora da cidade e Paula até ameaçou comprar novas cadeiras para a cobertura.

Um casal de idosos levantou da mesa, deixando um exemplar do *New York Times*. Peguei o jornal quando vi a manchete dizendo, CROFT GANHARÁ UMA VAGA NA CÂMARA POR BOA MARGEM. Senti uma ligeira vibração de entusiasmo por Hayden. A eleição só aconteceria em novembro, mas tudo indicava que ele já tinha assegurado uma vaga em seu distrito, o que não me surpreendia.

Pensei no e-mail que Hayden tinha me mando alguns meses atrás. Ele me contou que tinha encontrado Tally em uma noite de gala no New York City Ballet, na primavera, e eles estavam namorando desde então. Escrevi de volta, desejando a ele tudo de bom, e contei que tinha encontrado Jim, agora crítico gastronômico do *Times*. Jim tinha vindo para cá em abril e deu duas estrelas para o meu café na resenha que escreveu para uma série produzida pelo jornal sobre os restaurantes de comida caseira dessa região de New England.

De vez em quando, penso em Nova York e me pergunto como teria sido a minha vida se eu tivesse colocado a carta da minha avó no correio e nunca tivesse vindo a Beacon. Agora não consigo me imaginar vivendo em nenhum outro lugar ou estando com outra pessoa a não ser Roy. É estranho como a morte da minha avó, embora trágica, me trouxe algo tão maravilhoso. Talvez Roy tivesse razão quando disse que a Vovó me mandou para cá para descobrir os segredos dela. Talvez ela tenha me mandado para descobrir os meus segredos também.

Guardei o giz amarelo e peguei uma caixa de receitas da minha avó de uma prateleira atrás do balcão. A parte da frente era decorada com flores azul e branco pintadas à mão, desgastadas e arranhadas, mas ainda visíveis. Passei o dedo sobre a superfície e tirei a tampa. A caligrafia da minha avó nas fichas amareladas, com suas letras altas e elegantes, ensinava como fazer pães e bolos, tortas e massas, biscoitos e, claro, cupcakes. Apesar de escritas com tinta azul-pavão desbotada, as palavras dela ainda continuam vivas.

Agradecimentos

Muitas pessoas me ajudaram na elaboração deste livro e sou muito grata pela contribuição de todos.

Meu marido Bob me apoiou de todas as maneiras, enquanto eu escrevia e reescrevia o original. ("Você ainda está trabalhando no livro?", ele me perguntava, particularmente à uma e meia da madrugada.) Além disso, como um dos primeiros leitores, ele me proporcionava uma grande satisfação quando ria nos momentos certos.

Muitos familiares e amigos também leram o original e me deram sugestões sensacionais, todas elas muito apreciadas por mim, e a maioria, incorporada: Michael Simses, Kate Simses, Christine Lacerenza, Suzanne Ainslie, Ann Depuy, Rebecca Holliman e Angela Rossetti.

A equipe da minha editora, Little, Brown, fez coisas incríveis para transformar meu conto em livro. Michael Pietsch, meu *publisher*, foi maravilhoso (muito obrigada por me dar essa oportunidade!). Judy Clain, minha editora, apresentou ideias e *insights* tão brilhantes que fizeram com que a história e a escrita ficassem muito melhores do que eu jamais teria imaginado. E todas as outras pessoas da Little, Brown — todos que trabalharam duro para fazer com que a história passasse do original para a impressão e para as estantes das livrarias —, foi um prazer conhecer e trabalhar com vocês.

Um obrigado especial para Sue e Jim Patterson pelas ideias e sugestões, decisivas para fortalecer o enredo e realçar o conteúdo dramático em pontos-chave (providenciando a "cereja do bolo"). Sou particularmente grata ao Jim, que teve a bondade de chamar a atenção da Little, Brown para o original.

Por fim, quero expressar a minha gratidão para Jamie Cat Callan, amiga e autora, por ser minha conselheira durante a escrita do livro e por me fornecer orientação e estímulo durante todo o processo. Foi o grito de guerra de Jamie que acabou me convencendo a colocar de lado os contos que eu estava escrevendo e ir em busca de algo maior. Ela sempre me dizia: "Você tem que escrever um romance!". E finalmente eu consegui.

TIPOGRAFIA Adriane por Marconi Lima
DIAGRAMAÇÃO Verba Editorial
PAPEL Pólen Soft
IMPRESSÃO Gráfica Bartira, maio de 2014

A marca FSC® é a garantia de que a madeira utilizada na fabricação do papel deste livro provém de florestas que foram gerenciadas de maneira ambientalmente correta, socialmente justa e economicamente viável, além de outras fontes de origem controlada.